Der sechste

Dämon

Buch Eins

Deutsch Bücher von R. A. Steffan

Ein Vampir Ohnegleichen: Buch Eins
Ein Vampir Ohnegleichen: Buch Zwei
Ein Vampir Ohnegleichen: Buch Drei
Ein Vampir Ohnegleichen: Buch Vier
Ein Vampir Ohnegleichen: Buch Fünf
Ein Vampir Ohnegleichen: Buch Sechs

Gebundener Vampir: Buch Eins
Gebundener Vampir: Buch Zwei
Gebundener Vampir: Buch Drei
Gebundener Vampir: Buch Vier

Verstoßene Fae: Buch Eins
Verstoßene Fae: Buch Zwei
Verstoßene Fae: Buch Drei

Der sechste

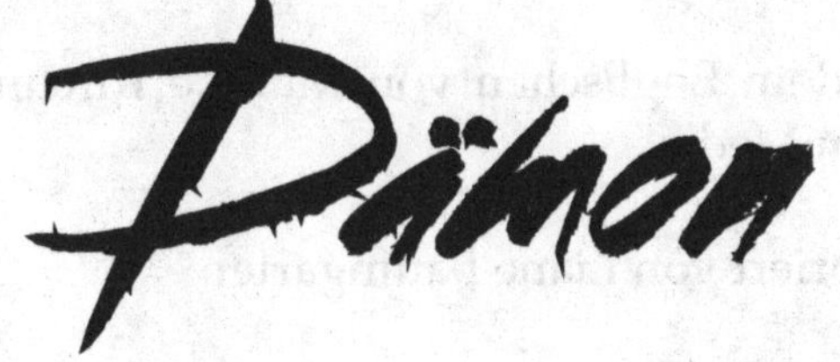

Buch Eins

R. A. STEFFAN

Der sechste Dämon: Buch Eins

Aus dem Englischen von Marijke Kirchner, Aberdream Media

Lektoriert von Liane Baumgarten

Umschlaggestaltung durch
Deranged Doctor Design

ISBN: 978-1-955073-83-7 (Taschenbuch)

Für Informationen kontaktieren Sie den Autor unter http://www.rasteffan.com/contact/

Erste Auflage: Oktober 2024

INHALTSVERZEICHNIS

PROLOG

ES DAUERTE EINHUNDERTDREIUNDACHTZIG JAHRE, um das Vertrauen der Wache zu gewinnen.

Inzwischen war sie sich ziemlich sicher, dass ihre dämonischen Entführer sie im Gefängnis vergessen hatten, zumindest größtenteils. Es war töricht von ihnen, anzunehmen, dass eine Seelie Fae nicht in der Lage war, auf lange Sicht zu planen, nur weil sie nach dem *Großen Krieg* mit Amnesie und ohne eine Erinnerung an ihren eigenen Namen in die Hölle gestolpert war.

Leyak, der Kobold, der vom Dämonenrat beauftragt worden war, sie zu bewachen, lehnte lässig an den Eisengittern, die die Stirnwand ihrer Zelle bildeten. „Wie kommt es, dass du, eine Fae, mich besser versteht als jeder andere in den drei Reichen?", fragte er.

Vielleicht, weil du ein Einfaltspinsel bist und sich niemand sonst die Mühe macht, dich zu verstehen. Ich mache es nur aus Angst vor der erdrückenden Langeweile, dachte sie.

Die Fae konnten nicht lügen, also sagte sie laut: „Du bist nicht so schwer zu verstehen. Ist es nicht ein allgemeiner Wunsch, verstanden zu werden?"

Leyak dachte einen Moment lang darüber nach. „Ich nehme an, das ist es", stimmte er zu.

„Bist du dir absolut sicher, dass du die Seelenbindung durchführen willst?"

In gewisser Weise war das fast zu einfach. Man hatte ihr einen Kobold als Wache zugeteilt statt eines Sukkubus oder eines Schicksalsdämons. Wahrscheinlich war es als großmütige Geste gedacht; eine Gefälligkeit, um die Unterzeichnung des erfolgreichen Friedensvertrages mit dem Fae-Court zu ehren.

Kobolde wurden von Magie angezogen, und sie hatte Magie in Hülle und Fülle – so versteckt sie auch sein mochte. Es dauerte seine Zeit, aber der arme Narr hätte ihr niemals auf Dauer widerstehen können.

„Das bin ich", sagte sie und funkelte ihn mit großen grünen Augen an. „Ich bin zuversichtlich, dass ich mich mit dem Band an meinen Namen erinnern kann und daran, warum ich hier in der Hölle gelandet bin. Ich möchte nicht für immer hier gefangen sein, Leyak. Wenn ich in der Lage wäre, deinem Rat die Antworten zu geben, die er sucht, würde er vielleicht Milde walten lassen."

„Du vermisst deine Heimat", schlussfolgerte Leyak mit deutlichem Mitgefühl. „Du vermisst das Fae-Reich und Dhuinne."

„Das tue ich", stimmte sie zu, und es war die Wahrheit. „Es ist ein guter Deal, und ich möchte ihn mit dir abschließen … und nur mit dir. Wenn es uns gelingt, meine Erinnerungen zu entschlüsseln und diese Informationen an deinen Rat weiterzugeben, wird dieser Erfolg deine Stellung in deinem Volk verbessern. Es würde mir auch die Chance geben, das zu erreichen, was ich mir wünsche – eines Tages nach Hause zurückzukehren."

Die Hölle an sich war schon ein Gefängnis und hatte nichts mit dieser geräumigen, möblierten, in den lebenden Fels gehauenen Zelle zu tun. Jeder konnte die Hölle betreten, aber nur Dämonen und die an sie Gebundenen konnten sie verlassen. Das war der einzige Grund, warum die Dämonenhochburg während des Krieges einem direkten Angriff entgangen war – jeder andere wäre hier sofort für immer gefangen gewesen.

Leyak nickte. „Dann ist der Handel besiegelt." Er hob einen kleinen, facettierten Stein an, der wie glühender Quarz aussah. „Ich habe einen Bindungskristall erworben. Wahrscheinlich ist es das Beste, nicht zu fragen, wie ich ihn bekommen habe."

„Das würde ich mir nie anmaßen", sagte sie ernst.

Er nickte erneut, sichtlich nervös, und schloss die Zelle auf. Als er drinnen war, schloss er die Tür wieder sorgfältig ab, als ob sie ein eisernes Schloss aufhalten könnte, sobald sie hatte, was sie wollte.

„Verstehst du, wie das funktioniert?", fragte Leyak. „Du wirst deine Seele an mich verkaufen. Das kann nicht rückgängig gemacht werden."

„Ich verstehe." Sie streckte ihre Hand mit der Handfläche nach oben aus.

Leyak legte den Kristall vorsichtig hinein und hielt ihn fest. Mit seiner anderen Hand zog er einen Dolch aus seinem Gürtel und zog die scharfe Klinge über ihre Daumenwurzel. Blut quoll hervor und befleckte die glänzende, facettenreiche Oberfläche des Kristalls. Er ließ sie los, schnitt seine eigene Handfläche auf und umklammerte ihre verletzte Hand, wobei er den Kristall zwischen sie presste, sodass sich ihr Blut vermischte.

Sie starrte in seine granitfarbenen Augen, die nicht blinzelten.

„Es ist vollbracht", sagte er, ließ sie los und riss ihr den Kristall aus der Hand. Mit dämonischer Kraft zerquetschte er ihn in seiner Hand und ließ die winzigen, roten Splitter auf den Steinboden herunterrieseln. „Deine Seele ist an mich gebunden, namenlose Seelie. Niemand kann zerreißen, was Magie gebunden hat."

„Oh, gut", sagte sie, ihre Magie und ihre Erinnerungen entfalteten sich dort, wo sie fast zwei Jahrhunderte lang geschlummert und auf diesen Moment gewartet hatten. „Es wurde auch Zeit."

Leyak schaute sie verwirrt an und keuchte dann auf, als ihre Hand nach vorne schnellte und seine kühle Stirn bedeckte, wobei ihre Handfläche sein unsichtbares drittes Auge verbarg. Sie ließ ihre Magie herausströmen und konzentrierte sich ganz darauf, seinen Willen dem ihren zu beugen.

Der Verstand des Kobolds kämpfte und peitschte um sich. „Was ...", keuchte er. „Was *bist* du?"

Sie lächelte ihn an und entblößte dabei ihre scharfen Eckzähne. „Habe ich dir etwa nicht gesagt, dass ich mit der Bindung in der Lage sein werde, mich an meinen Namen zu erinnern und warum ich hier in die Hölle gekommen bin? Ich bin Königin Mab, Höllenbrut. Ich habe meinen Namen und meine Erinnerungen aufgegeben, um hierherzukommen und die Geheimnisse eures Volkes zu erfahren. Der Fae-Court mag sich damit zufriedengeben, zu verhandeln und zu beschwichtigen, jetzt, da der Krieg vorbei ist, aber ich werde mich nicht zufriedengeben, bis die Hölle zerstört ist."

Leyak starrte sie mit weit aufgerissenen Augen an. „Nein ...", murmelte er, kurz bevor sein Wille dem ihren erlag.

◆

Es war einfach, dem Kobold Erinnerungen zu entlocken. Sie suchte nach Bildern von zwei hochrangigen Dämonen, die in der Lage sein würden, das Tor zwischen der Hölle und der Erde zu durchschreiten, ohne befragt zu werden. Nachdem sie sich und ihren Wächter so getarnt hatte, dass sie den beiden ähnelten, zwang sie Leyak, die Zelle zu öffnen. Auf ihre mentale Anweisung hin führte er sie zu den Höhlen, in denen sich die Barriere befand, die die Hölle von der Erde trennte.

Die Wächter des Tores nickten respektvoll, als sie eintraten. Benommen führte Leyak sie zur Felswand und hindurch. Magie glitt über ihren Körper, als sie das Dämonenreich verließ, dank der Seelenbindung, die sie mit ihm eingegangen war.

Auf der anderen Seite herrschte absolute Dunkelheit. Sie beschwor eine glühende Lichtsphäre herauf, die über ihr schwebte und einen Haufen umgestürzter Felsbrocken beleuchtete, welche zu einem unterirdischen Tunnel hinunterführten. Das unheimliche Geräusch des Windes, der durch die engen Gänge wehte, erinnerte sie an das Wehklagen der dem Untergang geweihten Seelen, die von der *Wilden Jagd* verschlungen wurden.

Auf der Bergseite des Tunnels befand sich eine flache Grube. Die Luft, die aus dieser Richtung kam, war schwach von Schwefelgeruch erfüllt. Mab führte Leyak in die andere Richtung, tiefer, in die unterirdische Höhle. Als sie eine zweite, viel tiefere Grube erreichte, umklammerte sie den Verstand des törichten Kobolds heftiger, damit er ruhig blieb.

Der Dolch, den er am Gürtel trug, war nicht ihre bevorzugte Waffe, aber in Ermangelung ihres geliebten Schwertes genügte es, um dem Idioten den Kopf abzuschlagen. Sie verschwendete keine Zeit und spaltete seinen Schädel in zwei Teile.

Dämonen waren praktisch unsterblich, aber Mab wollte ihn für ein paar Stunden bewusstlos und damit hilflos zurücklassen. Sie warf die eine Hälfte des Kopfes in die tiefe Grube. Dann schnitt sie ihm sein Herz heraus und stopfte es, noch immer schlagend, in ihre Tunika, um es mitzunehmen. Die andere Schädelhälfte trug sie zurück in die flache Grube und warf sie hinein. Sie war sich sicher, dass er eine Weile brauchen würde, um auf magische Weise alle seine Einzelteile zusammenzusuchen, wenn sie so weit voneinander verstreut lagen.

Nachdem sie seinen Dolch an ihrer Hirschlederhose abgewischt hatte, steckte sie sowohl diesen als auch den anderen Dolch, den er bei der Bindungszeremonie benutzt hatte, in ihren Gürtel. Sie errichtete ein Portal und schritt durch das flammende Oval in die Freiheit.

Sie hatte erwartet, sich in der Wildnis wiederzufinden, die die Höhle mit dem verborgenen Tor der Hölle umgab. Stattdessen trat sie in hellen Sonnenschein, der ein grelles, von Menschenhand geschaffenes Bauwerk beleuchtete. *„Moaning Cavern Adventure Park"*, verkündete ein Schild in Englisch. *„Parallele Zipline, 450 Meter, täglich geöffnet."*

Die Schrift war kryptisch geschwungen und die Umgebung seltsam, aber es war klar, dass Menschen in das Gebiet eingedrungen waren und sich hier niedergelassen hatten. Einige der Kreaturen liefen umher, und einige drehten sich nach ihrem plötzlichen Auftauchen abrupt um und sahen sie an. Sie sandte eine Welle subtiler Kraft aus. Die Menschen sahen benommen und uninteressiert aus, als sie zu dem zurückkehrten, was sie vor ihrem plötzlichen Erscheinen getan hatten.

Das war wahrlich ein Segen, direkt von Mutter Dhuinne. Sie war davon ausgegangen, dass sie am Ufer des nahe gelegenen Flusses die nächste Eingeborenensiedlung finden würde, aber hier gab es genug Menschen, die reif für die Übernahme waren.

Was sie geplant hatte, war ungeheuerlich. Es würde außerdem zu ihrem Tod führen – nicht sofort, aber in absehbarer Zeit. Doch ihr Opfer würde sich lohnen, wenn es die endgültige Vernichtung der alten Feinde der Fae ermöglichte. Sie erklomm die hölzernen Stufen, die zu dem Gebäude führten, und betrat es. Das Innere war von nutzlosen Gegenständen übersät – Steine und hässliche Kleidung, Bücher, Kisten und Schmuckstücke aller

Art. Eine junge Menschenfrau mit dunklem Haar und braunen Augen stand hinter einem Tisch, der mit noch mehr sinnlosem Plunder vollgestopft war.

Die Augenbrauen des Menschen zogen sich hoch. „Whoa", sagte sie auf Englisch. „Nettes Cosplayoutfit! Hey … warte. Ist alles in Ordnung bei dir? Ist das … Blut?"

Mab ließ ihre Magie noch einmal aufblühen und beugte den Willen der Frau mit nur einem Bruchteil der Kraft, die es gekostet hatte, ihre Dämonenwache zu überwältigen.

„Bring mich irgendwohin, wo wir ungestört sind", befahl sie.

Die Miene der Frau wurde schlagartig ausdruckslos. Sie trat hinter dem Tisch hervor, und Mab folgte ihr in einen Raum im hinteren Teil des Gebäudes. Hier stank es wie in einer Latrine, der Geruch menschlicher Ausscheidungen wurde von einem entsetzlichen chemischen Gestank überlagert, der in ihrer Nase brannte. Die Kreatur schloss die Tür hinter ihnen und betätigte mit einem Klicken einen metallenen Schließmechanismus. Über ihren Köpfen flackerten unnatürliche Lichter auf, die in langen Glasröhren ein kränkliches Licht verbreiteten.

Mabs Lippen verzogen sich vor Abscheu, aber sie ignorierte die Unannehmlichkeiten und konzentrierte sich auf die nächste Phase ihres Plans.

„Sieh mich an, Kreatur", befahl sie, legte eine Hand auf das Herz der Frau und strich ihr mit der anderen über die Stirn, so wie sie es bei Leyak getan hatte. „Ich habe eine Aufgabe für dich."

In den Augen der Frau flammte tiefe Erwartungsangst auf, bevor Mab die Kontrolle über sie übernahm.

KAPITEL EINS

ALS NEVEAH LANE AM TATORT EINTRAF, war das Mordopfer bereits aus der Toilette des Geschenkeladens weggeschafft worden. Das war keine wirkliche Überraschung, denn obwohl sie mithilfe einer Polizeiscanner-App, mit der sie sich in den Polizeifunk eingewählt hatte, ein wachsames Auge auf seltsame Vorkommnisse in der näheren Umgebung von Vallecito hatte, war es immer noch eine gute Stunde Fahrt von ihrer Wohnung in Stockton bis hierher.

Morning Watch – die Internetzeitung – bezahlte Neveah dafür, dass sie als investigative Reporterin interessante Nachrichten für sie schrieb. Auch wenn sie ihre Nase schon seit einigen Jahrtausenden überall dort hineinsteckte, wo es nicht erwünscht war, war es relativ neu für sie, Geld für ihre Schnüffelei zu erhalten.

Sie schob ihre Kameratasche in eine etwas bequemere Position und zog ein Notizbuch heraus. „Du hast das Opfer also nicht in den Laden kommen sehen?", fragte sie den blassen, aknegeplagten Teenager, der hinter dem Verkaufstresen stand, als könnte er als Bollwerk gegen die Außenwelt dienen.

Er schüttelte schnell den Kopf und da dabei seine schwarz umrandete Hornbrille verrutscht war, schob er sie auf der Nase wieder nach oben. „Nein, das hat niemand. Es war wirklich seltsam. Alice hat auf den Tresen aufgepasst und ich war draußen, um die Seilrutschen aufzubauen. Es war allerdings eine ziemlich große Menschenmenge da, die sich vor allem draußen im Abenteuerpark herumtrieb."

Neveah notierte sich seine Aussage und nickte ihm zügig zu. „Okay. Aber du warst derjenige, der die Leiche gefunden hat?"

Wieder ein hektisches Kopfschütteln. „Nein … ich meine, nicht ganz. Sie lag auf der Damentoilette. Eine Kundin hat sie gefunden, und als ich die Schreie hörte, bin ich hingerannt. Was ich dann sah, verschlug mir den Atem. Diese wunderschöne Frau – und ich rede hier von einem Supermodel – sah aus wie Tauriel aus *Herr der Ringe*. Ihre ganze Front war mit Blut bespritzt."

Neveah hob eine Augenbraue, überspielte ihre Reaktion aber schnell. „Weißt du, woran sie gestorben ist? Hat die Polizei etwas gesagt?"

„Ich glaube, sie wissen es noch nicht genau", meinte der Teenager. „Erschossen oder erstochen, denke ich, bei all dem Blut. Aber was das Seltsamste war … sie sah … *friedlich* aus. Ihre Augen waren offen und starrten an die Decke, aber sie hatte dieses seltsame kleine Lächeln im Gesicht. Wie … wie nennt man das noch gleich? Ein *Mona-Lisa*-Lächeln. Ja, genau, das ist es. Genau wie auf dem Gemälde."

„Hmm", brummte Neveah abwesend und plante bereits ihre nächsten Schritte. „Das ist interessant. Vielen Dank für deine Hilfe. Eine Sache noch: Du erwähntest eine Mitarbeiterin, die im Geschenkeladen war, als das Mordopfer den Laden betrat. Alice?"

Besorgnis verdunkelte das Gesicht des Jungen. „Alice Ramirez, ja. Sie, äh … sie ist verschwunden. Ich glaube, sie hat vielleicht gesehen, was in der Damentoilette passiert ist, und war verängstigt. Vielleicht ist sie deswegen weggelaufen? Die Polizei schien ernsthaft daran interessiert zu sein, mit ihr zu reden, aber niemand weiß, wo sie jetzt ist."

Neveah bezweifelte nicht, dass die Polizei daran interessiert war. Sie notierte sich den Namen und schrieb daneben *Verdächtige?*. „Ich verstehe. Ich nehme an, du weißt nicht, wo Alice wohnt?"

„Nein, nur dass sie eine Wohnung in Vallecito hat. Sie studiert an der Columbia. Ich schätze, ihre Eltern sind stinkreich, aber sie wollten, dass sie in den Sommermonaten arbeitet, um Erfahrungen zu sammeln." Er fummelte hinter dem Tresen herum und holte ein abgenutztes Klemmbrett aus Holz hervor. „Warte, ich habe hier ihre Handynummer. Ich habe sie auch schon der Polizei gegeben und habe auch vorhin schon versucht sie anzurufen, aber es ging nur die Mailbox dran."

Nachdem sie sich die Handynummer notiert hatte, bedankte sich Neveah noch einmal bei ihm und machte sich auf den Weg, um die betreffende Toilette zu untersuchen. Es überraschte sie nicht, dass der Bereich um die Toilette herum mit Flatterband abgesperrt war und von einer stoischen Polizistin bewacht wurde. Die Frau hob warnend die Hand, als sich Neveah näherte.

14

„Über die gelbe Absperrung hinaus ist keine Presse erlaubt", sagte die Beamtin. „Dies ist ein aktiver Tatort, du musst zurückbleiben."

Neveah lächelte sie an und beobachtete, wie die Frau daraufhin schnell blinzelte und ihre Lippen leicht spitzte.

„Ich verstehe", sagte Neveah und ließ ihren Charme spielen. „Ich frage wirklich nur ungern, aber es würde mir *so* viel bedeuten, wenn du mir einen kleinen Einblick gewähren würdest – nur für einen kurzen Moment, versprochen. Ich ziehe auch die süßen Füßlinge und alles andere drüber."

Der Gesichtsausdruck der Beamtin wurde immer benommener, und in ihren Augen glänzte die Bewunderung für Neveah. „Nur für eine Minute, ja?"

Neveah schenkte der Frau ihr strahlendstes Lächeln. „Ganz bestimmt, Sweetheart, ich brauche nur einen *winzigen* Blick. Niemand muss erfahren, dass ich keine forensische Fotografin bin."

Mit einem verstohlenen Blick in die Runde, um sich zu vergewissern, dass niemand sonst sie beobachtete, nickte die Beamtin ihr zögernd zu. „Okay. Sieh dich kurz um, aber berühre bitte nichts."

„Du bist ein Engel", sagte Neveah zu ihr. „Danke, meine Liebe. Ich bin gleich wieder draußen, keine Sorge."

Mit einem letzten strahlenden Lächeln über ihre Schulter schnappte sich Neveah ein Paar sterile Füßlinge von einem Klapptisch, der außerhalb der Absperrung aufgestellt worden war, und duckte sich unter dem gelben Flatterband hindurch. Ein paar Leute blickten zu ihr auf, aber wie es in solchen Situationen üblich war, nahmen sie an, dass der diensthabende Beamte ihr den Zutritt erlaubt hatte und sie sich deshalb dort aufhalten konnte.

Die Toilettentür an der Rückseite des rustikal angehauchten Ladens war nur angelehnt worden. Der Raum dahinter war nicht groß und enthielt nur eine Toilettenkabine in Standardgröße und eine behindertengerechte Toilette gegenüber des Doppelwaschbeckens. Ein Händetrockner, ein Mülleimer und eine Wickelkommode vervollständigten alles.

Ein junger Mann, der neben einer Blutlache auf dem schmutzigen Fliesenboden hockte, sah auf, als sie den Kopf hereinsteckte. Seine Stirn runzelte sich, als er die Kamera in ihren Händen sah.

„Sie sind bereits mit den Fotos fertig", sagte er.

Während sie ein paar Fotos von der Einrichtung des Bades schoss, schenkte sie ihm ein sonniges Lächeln. „Nicht ganz", antwortete sie. „Aber jetzt ist alles dokumentiert. Danke!"

Es hatte nur ein oder zwei Sekunden gedauert, bis sie das noch schwach vorhandene Echo der Magie erkannte, das in dem geschlossenen Raum verweilte – nicht, dass es wirklich eine Überraschung gewesen war. Die Wahrscheinlichkeit, dass es sich bei dem Mord, der vor der Tür des verborgenen Durchgangs passierte, der die Erde mit der Hölle verband, um mehr als nur einen schiefgelaufenen Raubüberfall handelte, war von vornherein ziemlich hoch gewesen.

Am Eingang des Dämonenreichs war es in den letzten Monaten ruhig geworden, aber die Lage zwischen den beiden mächtigen Völkern war immer noch angespannt. Schließlich befanden sie sich erst vor Kurzem, über die Dimensionen hinweg, im Krieg gegeneinander. Die Erde mochte als eine Art entmilitarisierte Zone zwischen der Hölle und dem Fae-Reich Dhuinne fungieren, doch in diesen Tagen genügte ein schlecht getimter diplomatischer Zwischenfall, um die ganze Angelegenheit wieder in Gang zu bringen.

Bedauerlicherweise war eine tote Fae, die vor den Toren der Hölle aufgefunden wurde, *definitiv* ein diplomatischer Zwischenfall. Neveah konnte sich nicht vorstellen, was sich die Fae dabei gedacht hatte, überhaupt hierherzukommen. Ihre Spezies mochte nach dem letzten Konflikt innerhalb des Reichs der nominelle Gewinner gewesen sein, aber normalerweise machten sie einen großen Bogen um diesen Ort.

Die Situation hatte das Potenzial, explosiv zu werden. Neveah schlüpfte unter dem Flatterband des Tatorts hindurch, streifte ihre Füßlinge ab und nickte der Polizistin als Dank zu. Die Frau strahlte sie im Gegenzug an.

Auf dem Weg zum Parkplatz plante sie ihren nächsten Schritt. Die Menschen hatten die Leiche zur Autopsie ins nächste Leichenschauhaus gebracht, und in einer Gegend wie dieser, in der es keine feste Fae-Präsenz hinter den Kulissen gab, würden die menschlichen Ärzte absolut keine Anhaltspunkte finden, womit sie es zu tun hatten. Als sie sich hinter das Lenkrad ihres alten *VW Rabbit* gezwungen hatte, holte sie ihr Handy heraus und begann Kontakte herauszusuchen, die hilfreich bei der Suche sein konnten, in welchem Krankenhaus derzeit eine mit Magie infizierte Leiche im Keller lag.

KAPITEL ZWEI

„BAALAZAR, BITTE sage mir, dass du mich nur verarschst", brummte Nigellus und massierte seinen Nasenrücken mit Daumen und Zeigefinger. Mit einem Seufzer lehnte er sich in seinem Sessel im Wohnzimmer seines Strandhauses in Atlantic City zurück und warf seinem Vorgesetzten einen genervten Blick zu.

Wie Nigellus war Baalazar ein erstrangiger Dämon – ein Mitglied des herrschenden Rates in der Hölle –, aber er wagte sich nur selten aus dem Dämonenreich heraus. Im Gegensatz dazu zog es Nigellus vor, so viel Zeit wie möglich auf der Erde zu verbringen, obwohl er seit dem Friedensvertrag zwischen den Dämonen und den Fae, der einige Jahrhunderte zuvor in Kraft getreten war, in der menschlichen Welt nur noch eingeschränkt verkehren durfte.

„Das ist natürlich kein Scherz", schnauzte Baalazar. „Glaubst du wirklich, ich würde über etwas so Ernstes scherzen? Die Fae-Gefangene ist aus der Hölle geflohen, anscheinend mit der Hilfe dieses Narren Leyak."

In seiner menschlichen Gestalt war Baalazar ein pingeliger kleiner Mann mit dunklem Haar und gerundeten Schultern. In seiner ursprünglichen Dämonengestalt war er ein Kobold. Er war außerdem das viertmächtigste Individuum unter den dämonischen Wirten – zwei Stufen über Nigellus, der die relative Freiheit bevorzugte, das rangniedrigste Mitglied des herrschenden Rates der sechs Mitglieder zu sein.

Nigellus schloss für einen Moment die Augen und überlegte, wie der Ausbruch der Gefangenen zu einer solch spektakulären Verwüstung führen konnte.

„Lass mich Edward dazuholen", sagte er. „Da du mich zweifellos damit beauftragen wirst, deine Ausbrecherin zu finden. Und das am besten, bevor sie zu den Fae zurückkehren und ihnen sagen kann, wer sie die letzten zweihundert Jahre gefangen gehalten hat."

Baalazar machte eine ungeduldige, wenn auch zustimmende Geste, während Nigellus nach der Glockenschnur griff, die neben dem kleinen Kamin im Wohnzimmer hing. Der dumpfe Klang der Glocke drang aus der Dienstkammer des Butlers zu ihnen. Wenige Augenblicke später betrat Nigellus' seelengebundener menschlicher Diener den Raum.

„Sie haben geläutet, Sir?", fragte Edward etwas ironisch, wie bei den meisten seiner Interaktionen mit seinem dämonischen Meister.

Edward war für einen Menschen seiner Zeit schon sehr alt gewesen, als er seine Seele an Nigellus verkaufte, um sein Ziel zu erreichen, nach dem er sein Leben lang gestrebt hatte. Als ihn sein Körper im Alter von vierundachtzig Jahren schließlich im Stich ließ, hatte Nigellus ihn in seinen Dienst genommen, anstatt seine Seele zu ernten. Es war aus einer Laune heraus ... ein privates Vergnügen, aus einem Menschen, der sein Leben lang nach Macht strebte, einen Diener zu machen.

Die Tatsache, dass er Edward inzwischen mehrere Jahrhunderte bei sich behalten hatte, spielte keine Rolle. Sie verstanden einander, soweit ein Mensch verstehen konnte, was es bedeutete, ein nicht alternder und unsterblicher Dämon zu sein. Außerdem war der Mann gelegentlich zu mehr zu gebrauchen als zum Bügeln von Hemden und Abstauben von Kaminsimsen.

„Edward", sagte Nigellus. „Baalazar hat uns schlechte Nachrichten gebracht. Er beauftragt mich mit einem Problem, was wiederum bedeutet, dass es auch dein Problem ist."

„Ich bin überrascht, Sir", erwiderte Edward trocken. Seine buschigen weißen Augenbrauen zogen sich zusammen, als er seinen rheumatischen, haselnussbraunen Blick auf ihren Gast richtete. „Ratsherr Baalazar. Darf ich nach den Einzelheiten dieser unglücklichen Nachricht fragen?"

Baalazars Miene verfinsterte sich weiter. „Eine Gefangene ist aus der Hölle entkommen. Sie muss unbedingt gefunden und so schnell wie möglich zurückgebracht werden."

„Aus der Hölle *entkommen*?", wiederholte Edward. „Sie war also an einen Dämon gebunden? Verzeiht mir, aber warum hat der betreffende Dämon nicht einfach die Spur des Seelenbandes verfolgt und sie zurückgeholt?"

Das war eine berechtigte Frage, denn in den allermeisten Fällen würde ein Seelenband tatsächlich wie ein Leuchtfeuer wirken. Es würde dem Dämon, der die Bindung geschaffen hat, normalerweise erlauben, sich an den Ort des gebundenen Individuums zu teleportieren, es sei denn, sie wären durch eine riesige Fläche Salzwasser getrennt oder würden von einem Experten magisch geschützt.

Baalazar schnaubte frustriert. „Der fragliche Dämon ist derzeit in mindestens vier Teile zerstückelt. Sein Herz und die Hälfte seines Schädels fehlen noch, was bedeutet, dass es einige Zeit dauern wird, bis er in der Lage ist, *etwas* anderes zu tun, als nur dazuliegen und zu zucken. Der Idiot." Den letzten Teil murmelte er irritiert.

Leyak würde es irgendwann gelingen, alle seine Körperteile zurückzugewinnen – vorausgesetzt, die Gefangene hatte nicht die wichtigen Teile in Salz eingepackt. Nigellus und seinesgleichen waren im wahrsten Sinne des Wortes unsterblich. Sie konnten nicht getötet, jedoch durch eine grausame Methode – Zerstückelung – vorübergehend hilflos gemacht werden.

„Oh je. Das ist bedauerlich", sagte Edward auf Baalazars Erklärung. Einen Moment später, als er offensichtlich eins und eins zusammenzählte, zeichnete sich ein besorgter Ausdruck auf seinem tief gezeichneten Gesicht ab. „Wartet. Diese Gefangene. Ist es …"

„Sie ist es", bestätigte Nigellus ernst.

„Die namenlose Seelie-Kriegerin, ja", schnauzte Baalazar. „Deshalb müssen wir schnell handeln."

„Ich verstehe", sagte Edward. „Ja, ich nehme an, das ist politisch ziemlich unangenehm, nicht wahr?"

„So kann man es auch ausdrücken", antwortete Nigellus monoton.

Die Fae war kurz nach dem Ende des letzten großen Krieges in der Hölle gelandet, offenbar ohne Erinnerung an ihre Identität oder den Zweck ihres Eindringens in das Dämonenreich. Da die Fae nicht in der Lage waren zu lügen, wurde angenommen, dass sie während des Konflikts einen magischen Angriff überlebt hatte, der ihren Geist dauerhaft geschädigt hatte.

Die Schwachstelle im Schleier, die Erde und Hölle trennte, fungierte als Portal, das sich nur in eine Richtung frei öffnen ließ. Die Fae hatte sich in weit ausgedehnten unterirdischen Höhlen aufgehalten, in einem Gebiet, das die Menschen heute Kalifornien nennen. Obwohl es für das bloße Auge unsichtbar war und die Dämonenseite gut bewacht wurde, gab es nichts, was jemanden physisch daran hinderte, durch das Tor zu stolpern.

Die Unwahrscheinlichkeit, dass jemand so etwas zufällig tat, machte die Geschichte der Seelie-Fae ein wenig suspekt, dennoch *war* so etwas tatsächlich im Laufe der Äonen ein paar Mal vorgekommen. Der Rat war nicht gewillt, einem seiner uralten Feinde Bewegungsfreiheit in der Hölle zu gewähren, aber sie waren bereit gewesen, die Gefangenschaft der Seelie so angenehm wie möglich zu gestalten.

Sie konnte nicht kommen und gehen, ohne ihre Seele an einen Dämon zu binden – das lag in der Natur des Tores zwischen den Welten. Man hatte sich nach langer Debatte darauf geeinigt, dass es eine politische Provokation wäre, eine Fae mit Gedächtnisverlust, deren Seele an einen ihrer Todfeinde gebunden war, zurück nach Dhuinne zu schicken, und so wurde, in der Hoffnung, dass ihre Gefährten annehmen würden, sie sei im Kampf getötet worden, die Sache einfach verschwiegen.

Angesichts des fragilen Friedens, der nach den katastrophalen letzten Kriegstagen herrschte, war diese Entscheidung durchaus sinnvoll. Jetzt jedoch, da das politische Klima zwischen dem Dämonenrat und dem Court der Fae fast so angespannt war wie in jenen früheren Tagen, könnte auf diese Entscheidung eine Reaktion der Fae auf wirklich spektakulär verheerende Weise folgen.

„Das Reich der Fae befindet sich bereits im politischen Umbruch, und der halbe Court schreit nach einem Wiederaufflammen des Krieges", fasste Edward zusammen. „Und wenn die geflohene Gefangene zu ihrem Volk zurückkehrt und ihnen erzählt, dass sie für den größten Teil der letzten zwei Jahrhunderte eine nicht deklarierte Gefangene der Hölle war, werden sie das wahrscheinlich als Vorwand nehmen und den Vertrag zerreißen und zu Asche verbrennen."

„Mehr oder weniger", stimmte Baalazar zu. „Deshalb müssen wir sie finden, bevor die Fae es tun. Die Alternative ist undenkbar."

Edwards gebeugte Schultern hoben und senkten sich beim nächsten tiefen Atemzug. „Wenn sie magisch talentiert ist, ist sie wahrscheinlich bereits zur nächsten Kraftlinie teleportiert und direkt über den Atlantik nach County Meath und zum Tor nach Dhuinne gereist."

Baalazar nickte. „Zu unserem Glück hat sie in fast zweihundert Jahren noch nie Anzeichen einer derartigen magischen Begabung gezeigt. Wenn sie auf nicht magisches Reisen angewiesen ist, gibt es noch eine Chance." Die granitfarbenen Augen des Kobolds schweiften über Nigellus. „Du hast ein Anwesen in Vallecito, das sich in der Nähe des Tores befindet. Geh dorthin und versuche, ihre Spur aufzunehmen. Ich kehre in die Hölle zurück und schaue, ob wir etwas tun können, um Leyaks Genesung zu beschleunigen."

Nigellus nickte und schluckte einen Seufzer hinunter, denn er wusste, dass eine solche Kopfgeldjagd nicht einfach sein würde. „Nun gut", sagte er. „Aber vielleicht muss ich mich kurzfristig mit dir in Verbindung setzen. Edward, hast du ein Messer?"

Edward warf ihm einen tadelnden Blick zu und holte ein kleines Taschenmesser aus seiner Tasche. Als Mensch mit einer gewissen natürlichen Begabung für Blutmagie war er selten ohne Messer unterwegs, und das wussten sie beide. Nigellus nahm es, öffnete es mit Daumen und Zeigefinger und benutzte die scharfe Klinge, um sich in den Handballen zu ritzen. Er holte ein Taschentuch aus seiner Tasche, drückte es auf die Wunde und reichte Baalazar das rot gefärbte Tuch, bevor er die Wunde verschloss.

Der Kobold faltete das Tuch und steckte es in die Innentasche seiner Jacke, dann nahm er das Messer entgegen und wiederholte den Vorgang mit seinem eigenen Tuch. Nigellus nahm ihm beide Gegenstände ab und nickte ihm zum Abschied zu. Baalazar hob anerkennend das Kinn und verschwand ohne ein weiteres Wort aus ihrem Leben.

Das Blut, welches er auf dem befleckten Taschentuch vergossen hatte, war wie ein zarter, seidener Faden in Nigellus' Geist, der es ihm ermöglichen würde, sich innerhalb eines bestimmten Reiches direkt an Baalazars Seite zu portieren. Wenige Augenblicke später, als der Kobold das Höllentor durchquerte, wurde das Gefühl dieser Verbindung schwächer.

Edward legte den Kopf schief und warf Nigellus einen spekulativen Blick zu. „Nun", sagte er. „Jetzt *weiß* ich, dass Sie besorgt sind. Sie hassen es, jemandem Zugang zu gewähren. Ich nehme also an, dass wir sofort nach Kalifornien aufbrechen?"

Nigellus' Lippen verzogen sich verärgert. „Offenbar ja. Sage bitte alle Termine ab, die ich für die nächsten Tage geplant hatte, und packe für uns. Die Reise wird nicht leicht."

❖

Das Anwesen in Calaveras County lag an einem fruchtbaren Hang außerhalb von Vallecito, umgeben von Weinbergen. Das Haus selbst wurde aus Gründen der Privatsphäre und der Sicherheit strengstens bewacht.

Es war nicht Nigellus' bevorzugter Wohnsitz. Trotz der Verwunderung der anderen Dämonen über seine Wahl einer von der salzigen Meeresbrise umgebenen Herberge zog er das Haus in Atlantic City vor. Das Vallecito-Anwesen war jedoch nützlich, weil es in der Nähe des Höhlensystems lag, welches die Menschen *Moaning Caverns* nannten …

und weil es in der Nähe seines wahren Zuhauses lag.

Magische Schutzwälle machten das Anwesen sowohl unsichtbar als auch unzugänglich für alle, die nicht ausdrücklich eingeladen worden waren. Sie waren jedoch kein Hindernis für den Besitzer – und auch nicht für Edward, der sie mit Nigellus' Kraft errichtet hatte. Der alte Mensch hatte wirklich ein Händchen für solche Aufgaben und seine natürlichen Talente als menschlicher Hexenmeister wurden durch seinen Zugang zu einem fast unerschöpflichen Brunnen dämonischer Magie noch verstärkt.

Das Haus zeichnete sich durch ein klares, minimalistisches Design aus, welches Nigellus als angenehm empfand. Edward lief umher, überprüfte alle Räume und schloss das Modem an. Nigellus besaß nicht die Geduld, mit jeder neu entwickelten menschlichen Technologie Schritt zu halten, aber er legte Wert darauf, Zugang zu Computern und dem Internet zu haben.

Als das WLAN eingeschaltet war, holte er einen der neusten Laptops auf dem Markt hervor und schaltete ihn ein. Die langsame Abschaffung der Papierzeitungen in den letzten Jahrzehnten hatte zur Folge, dass selbst lokale Nachrichten im Internet schneller verfügbar waren als noch vor ein paar Jahren. Er begann das Internet nach allem zu durchsuchen, was relevant erscheinen mochte. Leider bestand Calaveras County aus kleinen, meist nicht eingemeindeten Städten, die keine eigenen Nachrichtenseiten betrieben.

„Versuch es mit dem Polizeiscanner", rief er Edward zu, bevor er seine Suche auf aktuelle Nachrichtenberichte ausdehnte, in denen die Worte *Vallecito* oder *Moaning Caverns* vorkamen.

„Natürlich, Sir", rief Edward aus dem Zimmer nebenan zurück. „Ich nehme an, dass alle Berichte über eine verwirrte Frau in ungewöhnlicher Kleidung Hinweise sein könnten. Oh, und wenn eine normale Suche auf den Nachrichtenseiten nichts ergibt, könnten Sie nach aktuellen Tweets schauen, die mit Ihren Schlüsselwörtern getaggt sind."

Im Gegensatz zu Nigellus war Edward von den technischen Entwicklungen der Menschen etwas mehr angetan – eine weitere nützliche Eigenschaft seines Dieners. Nigellus grunzte zustimmend und rief die entsprechenden Webseiten auf. Nach einigem Herumstöbern und Neuordnen erschien ein Tweet, der sieben Minuten zuvor von einem Account mit dem Titel *The Morning Watch* gepostet worden war. *Mysteriöser Tod im Moaning Caverns Adventure Park in Nordkalifornien*, lautete die Überschrift, gefolgt von einem verkürzten Link, der zu einer externen Website führte, und mehreren Hashtags, darunter *#breakingnews* und *#exclusive*.

„Gut erkannt", murmelte er, als er sich durchklickte.

Edward steckte den Kopf ins Zimmer. „Schon was gefunden?"

„Gut möglich", sagte Nigellus und zog die Augenbrauen hoch, als er den Artikel auf der unabhängigen Nachrichtenseite überflog.

Edward trat herein und las über seine Schulter mit. „Gütiger Himmel. Wenn die vermisste Seelie bereits tot ist, wäre das ein ziemliches Ärgernis, nicht wahr?"

Nigellus lehnte sich stirnrunzelnd in seinem Schreibtischstuhl zurück.

„Sie glauben doch nicht, dass Leyak das Bewusstsein wiedererlangt und ihre Seele geerntet hat?", fragte Edward mit skeptischer Miene.

„Wenn er dies ohne die Erlaubnis des Rates getan hat und Baalazar davon erfährt, wird er wahrscheinlich die nächsten Jahrtausende in derselben Zelle verbringen wie seine ehemalige Gefangene", antwortete Nigellus.

„Hmm. Nun, positiv betrachtet sollte es viel einfacher sein, eine Leiche aufzuspüren als eine lebende Fae, die nicht gefunden werden will", sagte Edward pragmatisch.

Nigellus stieß ein wortloses, bestätigendes Grunzen aus, schüttelte dann langsam den Kopf und verschränkte die Arme vor der Brust. „Irgendetwas ist hier faul."

„Gewöhnliche Intuition oder dämonischer sechster Sinn?", fragte Edward.

„Letzteres", murmelte Nigellus grimmig und machte Anstalten, sich zu erheben. Edward wich zurück, um ihm Platz zu machen.

Baalazar und Leyak waren Kobolde, die ihre Kraft aus der Umgebungsmagie von Menschen und der Natur schöpften. Nigellus hingegen war ein Dämon des Schicksals. Er bezog seine Macht aus dem Gefüge der Zeit, und wie andere seiner Art gab ihm das ein gewisses Gespür dafür, wann sich Ereignisse einem bedeutenden Wendepunkt näherten.

Sein Diener stieß einen müden Seufzer aus. „Oh, gut", sagte er. „Denn *dieser* funktioniert gewöhnlich tadellos."

„Ja, *danke*, Edward", antwortete Nigellus und dachte bereits an das, was notwendig sein würde, um an die Leiche heranzukommen und sie zu entsorgen.

Edward wollte den Deckel des Laptops gerade zuklappen, hielt aber plötzlich inne. „Ähm ...", stotterte er.

„Was?" Nigellus blickte ihn stirnrunzelnd an.

„Ich nehme an, Sie haben die Schlagzeile nicht gelesen", sagte Edward und drehte den Bildschirm zu ihm.

Nigellus blickte auf den Namen am Ende des Artikels und erstarrte.

Neveah Lane.

Edward hob eine Augenbraue. „Ist sie nicht diejenige, die ...?"

„Ja." Nigellus unterbrach ihn.

„Die Reporterin, die Sie in den letzten Jahren verfolgt hat?", beendete Edward.

Nigellus rieb sich die Schläfen.

„Könnte das ein Zufall sein?", fragte Edward.

Nigellus warf ihm einen genervten Seitenblick zu.

„Dachte ich mir schon", murmelte Edward. „Gut. Ich werde dann mal alle Krankenhäuser in der Nähe abklappern, ja?"

KAPITEL DREI

LEICHENSCHAUHÄUSER waren ein echter Stimmungsdämpfer, dachte Neveah. Das galt umso mehr, da sie sich jetzt in sie hineinversetzten konnte – zumindest theoretisch. Durch die Menschen hatte sie ihre erste Begegnung mit dem Konzept der Sterblichkeit ... dem Gedanken, dass ein fühlendes Wesen einfach aufhören konnte zu existieren. An einem Tag waren sie noch da, und am nächsten – *puff* ... waren sie weg, nur noch eine menschenförmige Hülle in der Welt, wo sie einmal existierten.

Nach so vielen endlosen Jahren, die sie auf der Erde verbracht hatte, war die Existenz des Todes nicht mehr neu, wie es einst für sie gewesen war. Sie hatte sich mit der Aussicht abgefunden, dass auch sie zu einem unbekannten Zeitpunkt in der Zukunft nichts weiter als eine Neveah-förmige Hülle sein würde. Ohne jegliche Verbindung zu ihrem Zuhause würde schließlich auch die letzte Energie, die sie innehatte, in den Äther zurückkehren und nichts weiter als eine Sammlung von Online-Nachrichtenartikeln und flüchtige Erinnerungen anderer sterblicher Wesen zurücklassen.

Also ... ja. *Ein Stimmungsdämpfer*.

Leichenschauhäuser waren jedoch auch ein guter Anlaufort, um Leichen von Interesse zu finden, da die Menschen in diesem Teil der Welt sehr darauf bedacht zu sein schienen, in frisch Verstorbenen herumzustochern, um herauszufinden, was schiefgelaufen war, bevor sie starben.

Es hatte ein wenig gedauert, bis ihr Kontaktmann bei *The Morning Watch* das richtige Krankenhaus identifiziert hatte, ganz zu schweigen von der Fahrtzeit, die sie mit dem Auto hierher brauchte. Sie lächelte den Leichenschauer freundlich an; einen kräftig gebauten Menschen Ende zwanzig, der aussah, als wäre er in der Lage, selbst den widerspenstigsten Toten von der Trage über die Kühlbox zum Autopsietisch zu hieven.

„Hör zu", sagte sie zu ihm, „ich brauche nur einen kurzen Blick auf die Leiche, um festzustellen, ob es meine liebe alte Tante Mary ist oder nicht."

Der Mann warf ihr einen skeptischen Blick zu. Daraufhin wandte sie ein wenig ihrer Kraft an, um ihre Argumente zu untermauern.

„Hast du schon mit der Polizei gesprochen?", fragte er. „Es sollte ein Beamter bei dir sein, um deine Aussage zu notieren, falls du die Leiche identifizieren kannst."

„Ach, wirklich?", fragte sie ganz unschuldig. „Es tut mir so leid, ich muss das falsch verstanden haben. Ich dachte, ich sollte hierherkommen und danach eine Erklärung abgeben."

Die Wärme ihrer unsichtbaren magnetischen Anziehungskraft überflutete den Mann, und er schwankte, eindeutig gegen den Drang ankämpfend, ihr Dinge zu sagen, die er nicht sagen sollte. Sie projizierte noch ein wenig mehr, in der Hoffnung, ihn zum Sprechen zu bringen.

„Nun …", begann er, doch zögerte. „Die Sache ist die, dieser spezielle Fall ist ein bisschen … *ungewöhnlich.*"

„Wirklich? Warum denn?", fragte Neveah mit weit aufgerissenen Augen.

Der Mann leckte sich über die Lippen und kämpfte einen Moment lang mit sich selbst, bevor er schließlich nachgab. „Die Tote ist komisch. Die Leiche brennt ständig unsere gesamten elektronischen Geräte durch." Die Worte kamen schneller aus ihm heraus, als er normalerweise sprach, als hätten sie sich hinter einem Damm aufgestaut und kämen jetzt, da dieser gebrochen war, durch die Ritzen herausgesprudelt. „Es ist ziemlich verrückt, wenn ich ehrlich bin. Wir haben sie auf *echtes* Eis gelegt, denn immer wenn wir versuchen, sie mit den anderen Leichen in den Kühlschrank zu legen, bekommt die Platine im Thermostat einen Kurzschluss und muss ersetzt werden. Die Wartungsabteilung scheißt sich vor Angst in die Hose."

„Meine Güte. Das hört sich *wirklich* unangenehm an", sagte sie und fragte sich zum millionsten Mal, wie Menschen nur auf solche Formulierungen kamen. „Wie auch immer, wenn du mir die richtige Richtung zeigen könntest … es dauert nur einen Moment. Tante Mary und ich standen uns nicht sonderlich nahe, du brauchst also keine Angst vor Tränen oder hysterischen Zusammenbrüchen zu haben."

„Okay …", sagte der Wärter unsicher. Sie ließ ihre Kraft noch ein wenig mehr von der Leine, und er warf ihr einen rehäugigen Blick voller sehnsüchtiger Anbetung zu, bevor er genau das tat, worum sie ihn gebeten hatte.

Sie hatten die Tote in einen Raum gebracht, der offensichtlich nicht für die Aufbewahrung von Leichen gedacht war. Sie war in einen schwarzen Leichensack verpackt und lag auf einem Berg Eis in einer großen Metallwanne, die ungefähr zwei Meter lang und einen Meter breit war.

„Bist du sicher, dass du hier alleine zurechtkommst?", fragte der Wärter und sah etwas enttäuscht aus, als sie nickte und ihm dankte.

Als sich die Tür hinter ihm schloss, griff Neveah nach dem Reißverschluss und öffnete ihn. Als sich die beiden Hälften des Leichensacks trennten, kam ein schönes und stolzes Gesicht mit flammend rotem Haar zum Vorschein. Die Kleidung der Frau war bereits entfernt worden. Auf ihrem nackten Oberkörper war ein Fleck getrockneten Blutes zu sehen, aber darunter befand sich keine Wunde – der Körper schien zumindest auf der Vorderseite unversehrt zu sein.

Nun gab es keinen Zweifel mehr daran, dass die Frau eine Seelie-Fae war. Wenn Neveahs Gespür nicht schon die sich langsam auflösende Magie in der Toilette des Geschenkladens bemerkt hätte, wäre die Wirkung der Leiche auf die menschlichen elektronischen Geräte im Krankenhaus Beweis genug gewesen.

Also ... eine tote Fae direkt vor dem Tor zur Hölle.

Das war wahrscheinlich ein Problem, möglicherweise sogar ein ziemlich großes.

Neveahs Gedanken wurden durch das Geräusch leiser Stimmen im Gang unterbrochen. Sie richtete sich auf und drehte sich zur Tür um, als sich diese öffnete. Eine neue Macht kitzelte ihre Sinne und eine markante Gestalt hob sich als Silhouette von den helleren Lichtern des Flurs ab. Und, *oh*, sie erkannte den Geruch dieser Macht. Natürlich war es nach dem, was sie bisher erfahren hatte, nicht überraschend, dass *er* hier auftauchen würde.

Es war Nigellus, der berüchtigte Spionagemeister des Dämonenrats, der auf der Erde den etwas verunglimpften Nachnamen Benecea trug. Er war ein Dämon des Schicksals und der strategische Kopf hinter einigen der erfolgreichsten Schachzüge während des letzten Krieges. Außerdem war er derjenige, den Neveah seit einiger Zeit erfolglos in die Enge getrieben hatte, in der Hoffnung, einige sehr spezifische Fragen beantwortet zu bekommen.

Leider mussten diese Fragen angesichts der aktuellen Situation noch etwas warten.

„Mr. Benecea", zwitscherte sie und legte dabei eine Maske aus offensichtlich falscher Fröhlichkeit und Naivität an. „Wie schön, Sie hier zu treffen! Sind Sie auch gekommen, um die Leiche der armen Tante Mary zu identifizieren?"

„Ms. Lane", antwortete der Dämon, trocken wie die Wüste. „Ich wünschte, ich könnte sagen, dass dies eine angenehme Überraschung ist."

In seiner menschlichen Gestalt war der Dämon ein großer Mann, aber nicht unverschämt stattlich. Seine Gesichtszüge waren im Allgemeinen angenehm, obwohl sie vielleicht *noch* ansprechender gewesen wären, wenn der verdammte Mann jemals lächeln würde. Unter seinen geschwungenen Brauen und dunkelbraunem Haar, das an den Schläfen von weißen Strähnen durchzogen war, funkelte er sie kühl mit seinen Augen von der Farbe eines guten Bourbons an.

Offenbar hatte er immer noch eine Vorliebe für sehr teure, maßgeschneiderte Anzüge, selbst wenn er eine Leiche identifizierte. Sie fragte sich, wie hoch seine Rechnungen für die Reinigung waren.

„Glauben Sie mir, es war nicht meine Absicht, vorhersehbar zu sein", erwiderte sie. „Aber da ich investigative Reporterin bin und es sich um eine Exklusivstory handelt, ist es dies wohl ein *bisschen*. Sagen Sie mir, haben Sie den armen Leichenhallenwärter mit einer Dampfwalze überrollt, um Zugang zu diesem Raum zu bekommen? Denn, verzeihen Sie mir, das klingt furchtbar nach *Einmischung in menschliche Angelegenheiten*. Und ich schätze, das ist in manchen Kreisen verpönt."

Es war insbesondere in Fae-Kreisen verpönt, da die Dämonen im Rahmen der Friedensverhandlungen die Kontrolle über das Menschenreich an ihre alten Feinde abgetreten hatten.

„Ich habe keine Ahnung, was damit gemeint ist", antwortete er. „Und jetzt treten Sie bitte zur Seite."

Neveah gab seinem Wunsch nach, neugierig darauf, wie der Dämon auf die in einer Wanne aus Eis liegende Leiche reagieren würde. Nigellus trat an die Seite der Toten und sah auf den entblößten Oberkörper der Fae-Frau hinunter, sein Blick kalt und berechnend. Er hob eine Hand, drückte einen einzelnen Finger auf die grau gefärbte Haut der Seelie und blieb einen Moment lang unbewegt stehen, als würde er etwas hören, das nur er vernehmen konnte.

„Nun", sagte er und trat zurück, „ich nehme an, das ist eine einfachere Lösung als die Alternative."

Mit diesen Worten streckte er seinen rechten Arm aus und spreizte die Finger. Einen Augenblick später schlossen sie sich um den Griff eines gewaltigen Flammenschwerts, das aus dem Nichts aufgetaucht war. Neveah starrte völlig schockiert auf die unheimliche Waffe, während ihr Mund offen stehen blieb.

„Sind Sie …", begann sie, unterbrach sich dann und versuchte es erneut. „Ist das …?"

Doch der Dämon des Schicksals ignorierte sie und richtete seine volle Aufmerksamkeit auf die Überreste der Fae. Das Schwert senkte sich und die Spitze kam über dem stillstehenden Herzen der Seelie zur Ruhe. Die Leiche und der Leichensack, in dem sie sich befand, loderten in denselben unheimlichen Flammen auf, die die Klinge umgaben, und verbrannten innerhalb von Sekunden zu Nichts. Zurück blieb lediglich etwas schmelzendes Eis.

Neveah starrte ihn weiter an, ihre Aufmerksamkeit galt hauptsächlich dem feurigen Schwert. Er schwenkte die Waffe ein letztes Mal und plötzlich verschwand sie wieder auf die gleiche Weise, wie sie aufgetaucht war. Sie richtete ihren Blick wieder auf sein Gesicht.

„Ich war mit der Untersuchung der Leiche noch nicht fertig! Das war …", stotterte sie empört und suchte nach passenden Worten. *„Unglaublich unhöflich!"*

Der Dämon verzog keine Miene und hielt ihrem Blick stand, ohne zu blinzeln. Ein schwaches rotes Flackern flammte in den Tiefen seiner Pupillen auf, und eine Welle psychischer Macht überflutete sie mit unbestreitbarer Kraft.

„Sagen Sie mir, was Sie hierhergeführt hat", brummte er, die Stimme tief und hallend. „Was haben Sie bei Ihren Ermittlungen über diese Frau erfahren?"

Das Gewicht der Worte drückte auf Neveahs Verstand und verlangte eine Antwort.

„Oh, eine ganze Reihe von Dingen", antwortete sie ohne zu zögern. „Ich habe immer ein offenes Ohr für interessante Ereignisse in den Höhlen, wissen Sie. So ein *faszinierender* Ort, nicht wahr? Als der Polizeiscanner für die Gegend eine Leiche in der Toilette des Geschenkladens anzeigte, bin ich sofort in mein Auto gesprungen und von Stockton hierhergefahren. Das Opfer war weiblich und schien Anfang vierzig zu sein. Außerdem trug sie merkwürdige Kleidung und war mit Blut bedeckt – offensichtlich nicht ihr eigenes. Ich machte einige Fotos vom Tatort und befragte das Personal und die Zeugen, von denen es eigentlich nicht viele gab. Keine guten *Zeugen*, um genau zu sein. Das Personal ist bestimmt hervorragend, da bin ich mir sicher."

Nigellus nickte, ohne den Blickkontakt zu unterbrechen. „Und was haben Sie noch herausgefunden?"

„Nun, gut, dass Sie fragen", fuhr Neveah eifrig fort. „Die junge Dame, die hinter der Theke des Geschenkladens stand, als das Opfer eintraf, ist verschwunden. Sie verschwand irgendwann, bevor die Polizei eintraf. Ich habe ihre Handynummer, aber es geht nur die Mailbox ran, und diese ist bereits voll. Bisher hatte ich noch keine Gelegenheit, diese Spur weiterzuverfolgen, aber finden Sie das nicht interessant?"

„Vielleicht", sagte Nigellus. „Wie heißt diese junge Frau?"

„Alice Ramirez", sagte sie. „Studentin der Forstwirtschaft und natürlichen Ressourcen, reiche Eltern, arbeitet in den Sommerferien im Abenteuerpark. Ich denke, das ist so ziemlich alles."

Nigellus nickte nachdenklich. „Nun gut. Ich bin dankbar für die Hilfe ... wenngleich es ein wenig irritierend ist." Der Druck, der auf ihrem Geist lastete, wurde schwerer, erdrückender. „Sie werden dieses Aufeinandertreffen vergessen, ebenso wie den Zustand der Leiche. Das Personal wird Sie nicht befragen oder versuchen, Sie aufzuhalten, wenn Sie gehen. Sie werden Ihre Nachforschungen einstellen und davon ausgehen, dass es sich bei dem Opfer um eine Unbekannte handelt, deren Identität und Todesursache nie geklärt werden wird."

Neveah warf ihm einen finsteren Blick zu und legte ihr fröhliches Benehmen abrupt ab. „Machen Sie Witze? Warum, um Himmels willen, sollte ich *das* tun? Wissen Sie, Sie sind noch unhöflicher, als ich ursprünglich dachte."

Der Dämon blinzelte sie verblüfft an.

Sie presste ihre Lippen zu einer dünnen Linie zusammen und funkelte ihn an. „Eine Seelie-Fae wurde direkt vor dem Tor zur Hölle ermordet. Ich glaube, Sie haben weitaus größere Probleme als eine Geschichte, die auf einer obskuren Indie-Website veröffentlicht wurde. Vielleicht hören Sie also besser auf, mit dem freien Willen der Menschen zu spielen, und erklären mir *genau*, was in letzter Zeit im Dämonenreich vor sich geht."

KAPITEL VIER

„DU BIST KEIN MENSCH", sagte Nigellus langsam und vergaß vollkommen, Neveah zu siezen. „*Ah*. Ich nehme an, das erklärt einiges."

Neveah verdrehte die Augen. „Ist das wirklich das, worauf du dich konzentrieren willst? Du hast eine politische Granate in der Hand, und jemand hat gerade den Stift gezogen."

„Sehr treffend formuliert. Obwohl ich sagen muss, dass du für eine Mitarbeiterin einer *obskuren Indie-Website*, wie du es nennst, bemerkenswert gut informiert zu sein scheinst." Er beobachtete sie weiter, als ob er erwartete, dass sie vor ihn springen und *Buh* rufen würde.

„Sagen wir einfach, ich hatte viel Zeit, um Nachforschungen anzustellen", sagte sie. „Wohnst du wieder in deinem unsichtbaren Haus? Das mit den vielen Weinreben? Wenn ja, könnten wir uns vielleicht aus strategischen Gründen dorthin zurückziehen, bevor jemand deinen Einfluss so weit abschüttelt, dass er sich fragt, was genau hier vor sich geht."

Er lachte spöttisch. „Das wird wohl kaum ein Problem sein. Aber ja, es wäre vielleicht ratsam, sich für ein möglicherweise längeres Gespräch an einen etwas bequemeren Ort zurückzuziehen." Er streckte ihr eine Hand entgegen. „Darf ich?"

Sie neigte ihr Kinn in einem königlichen Nicken. „Natürlich", sagte sie und legte ihre Hand in seine.

Die Welt verschwand in einem schwindelerregenden Wirbel, und die kühle und unangenehme Atmosphäre der Leichenhalle des Krankenhauses wurde im Handumdrehen von der brennenden Sonne abgelöst, die von der angenehmen Brise am späten Nachmittag abgeschwächt wurde. Neveah zog ihre Hand zurück und schaute sich um, um den Anblick und die Naturgeräusche in sich aufzunehmen. Vögel zwitscherten. Insekten schwirrten umher. Und ein paar Hundert Meter entfernt säumten Weinreben den Hang eines Berges.

Sie nahm die elektrostatischen Felder in sich auf und zeichnete die Form eines großen, aber unsichtbaren Objekts in der Nähe auf. Die Tarnung war fachmännisch gemacht, ebenso wie die Zauber, die über das Gebäude gelegt wurden, um jeden abzuwehren, der sich versehentlich nähern könnte, und ihn davon zu überzeugen, dass er umkehren und gehen wollte. Sie hatte keinen Zweifel daran, dass es in der Gegend noch weitere magische Stolperdrähte gab, die speziell für die Fae entwickelt worden waren.

„Darf ich fragen, wer die Schutzzauber gewirkt hat?", fragte sie. „Als ich das letzte Mal hier war, ist mir aufgefallen, dass sie ziemlich gut sind."

Er warf ihr einen Seitenblick zu. „Wirklich? Wenn ich mich recht erinnere, haben sie nicht dazu beigetragen, *dich* von meiner Tür fernzuhalten."

„Nun, nein", stimmte sie zu. „Aber das könnten sie auch nicht, oder? Ich bin etwas Besonderes."

Sie spürte förmlich das Brennen seiner Neugier auf ihrer Haut, aber er sagte nur: „Um deine Frage zu beantworten, mein menschlicher Diener hat sie angefertigt. Er ist stolz auf sein Fachwissen in solchen Dingen." Mit einem weiteren strengen Blick auf sie fügte er fast beiläufig hinzu: „Neveah Lane, tritt ein und sei willkommen."

Als Antwort auf seine Einladung schimmerten die Wälle um sie herum und enthüllten das moderne architektonische Meisterwerk von einem Haus, das sie zuvor zwar hatte spüren, aber nicht sehen können.

„Stilvoll", meinte sie.

Er gab ein unverbindliches Brummen von sich, tippte einen Sicherheitscode an der Eingangstür ein und schwang sie auf. Sie erinnerte sich vage an die strahlend weiße und metallene Einrichtung von ihrem letzten Besuch – als sie ihn hier in die Enge getrieben hatte, in der Hoffnung, endlich mit ihm sprechen zu können, aber die Tür wurde ihr kurzerhand vor der Nase zugeschlagen und verschlossen.

Das Haus ließ nicht erkennen, dass es bewohnt war. Es war perfekt in Szene gesetzt, als sollte die Immobilie bald verkauft werden. Sie konnte niemanden sonst im Haus entdecken. „Ist dein Diener hier? Abgesehen von der aktuellen Krise würde ich ihn gerne über magisches Handwerk ausfragen."

„Im Moment nicht. Ich glaube, er geht einigen Hinweisen nach, die mit der *aktuellen Krise* zu tun haben, wie du es nennst." Er führte sie in ein

Wohnzimmer mit hohen Decken, das spärlich mit Möbeln eingerichtet war.

Sie setzte sich auf ein dünn gepolstertes ergonomisches Sofa, schlug die Beine übereinander und betrachtete ihn, während er sich auf dem ebenso spartanischen Stuhl ihr gegenüber niederließ.

„Nun, ich nehme an, ich weiß endlich, was nötig ist, damit du mit mir redest. Du warst ein ganz schön schlüpfriger Kerl." Sie hob eine Augenbraue. „Interessante Wahl des Namens, übrigens. Eine Abwandlung von *Gesegneter*? Echt jetzt?"

„Der Name ist so gut wie jeder andere", erwiderte er, verschränkte die Finger und betrachtete sie dabei. „Wenn man lange genug lebt, sucht man nach flüchtigem Vergnügen, wo immer man es finden kann."

Erzähle mir mehr, dachte sie.

„Du scheinst bemerkenswert gut über andere Reiche informiert zu sein", fuhr er fort. „Und doch bist du keine Fae und ganz sicher kein Dämon. Ich gestehe, dass ich fasziniert bin."

Sie verschränkte die Arme. „Nun … wenn du mich vor einem Jahr kontaktiert hättest, wäre ich begeistert gewesen, dieses Gespräch mit dir zu führen", sagte sie. „Aber so wie die Dinge heute stehen, mache ich mir mehr Sorgen darüber, dass sich dein Volk mit den Fae wieder einen metaphorischen Schlagabtausch liefern und dabei möglicherweise die Erde platt machen könnte. Ich fürchte, das andere Thema könnte nur eine Ablenkung sein."

„Ein gutes Argument", gestand er, ohne ihr etwas zu verraten.

Sie seufzte resigniert. „Also … vielleicht möchtest du mir erklären, warum du beschlossen hast, die Leiche zu flambieren, bevor wir herausfinden konnten, was genau vorgefallen ist, damit sie überhaupt dorthin gelangt ist?"

Sein Blick wurde berechnend. „Nicht wirklich, nein."

„Du bist wirklich der unerhörteste –", begann sie, um sich dann mit einem scharfen Ausatmen selbst zu unterbrechen. „Gut, ich sag dir was, Nigellus vom Dämonenrat. Die Erde ist das einzige Zuhause, das ich noch habe, und ich habe nicht vor, sie in eine riesige vulkanische Scheibe verwandeln zu lassen, nachdem ihr mit magischen Bomben um euch geworfen habt."

„Ich auch nicht", erwiderte er. „Das ist ja gerade der Punkt."

Neveahs Volk hatte einst den wohlverdienten Ruf, geduldig zu sein. Leider war Neveah kein besonders gutes Sprachrohr für ihre Spezies gewesen, schon bevor die Dinge aus dem Ruder gelaufen waren. Jetzt, nach ein paar Tausend Jahren, in denen sie sich unter den Menschen herumgetrieben hatte, war sie noch weniger geneigt, Nigellus' ausweichende Art zu dulden.

Sie besaß nur noch wenige ihrer ursprünglichen Gaben, aber die Fähigkeit, Verehrung zu wecken, konnte sie immer noch nutzen. Es kostete sie mehr Energie, als die daraus resultierende Liebesflut wieder auffüllen konnte, aber es war erstaunlich effektiv, um zu bekommen, was sie brauchte, wenn es nötig war.

Dämonen – so unsterblich, alterslos und mächtig sie auch sein mochten – waren noch nie ein würdiger Gegner für Neveahs Volk gewesen. Sie hatte zwar noch keinen Anlass gehabt, auf einem Schlachtfeld gegen einen anzutreten, aber sie war zuversichtlich, dass Nigellus ihr nicht gewachsen sein würde.

Das Schicksal dreier Reiche stand auf dem Spiel und sie wollte Antworten.

„Du weißt bereits ganz *genau*, wie diese Fae an der Schwelle zur Hölle starb", warf sie ihm leise vor. Ihre Macht entfaltete sich in vollem Umfang, umhüllte sie wie große Flügel und hüllte sie beide ein. „Sag mir, was passiert ist, Spionagemeister. Vielleicht kann ich dir helfen, den Geist wieder in die Flasche zu stecken, falls es nicht schon zu spät ist."

Nigellus' bourbonfarbene Augen richteten sich auf sie, als ihn ihre magnetische Anziehungskraft umgab. Das Höllenfeuer loderte erneut in ihren Tiefen, stärker und heller als zuvor. Sie spürte, dass er sich ihres Spiels immer mehr bewusst wurde, denn ihre Aura forderte seine sofortige und ehrfürchtige Hingabe. Ein Mensch hätte sich innerhalb der ersten zwei Sekunden zu ihren Füßen niedergeworfen, aber Nigellus kämpfte gegen die Anziehungskraft an und seine Hände umklammerten die Armlehnen seines Stuhls, bis der Metallrahmen unter Protest knarrte.

Sie fragte sich, ob schon einmal jemand seine eigenen Gedankenspiele gegen ihn verwendet hatte. Ihr Volk hatte gegen das seine gekämpft, bevor die Menschheit auch nur ein Schimmer im Auge der Evolution gewesen war, aber sie ließ sich nicht auf solche Kämpfe ein. Neveahs Artgenossen hätten eine solche Manipulation als unter ihrer Würde angesehen – eine weitere ungeschriebene Regel, die für sie jetzt keine Bedeutung mehr hatte.

Nigellus erhob sich von seinem Stuhl und sie tat es ihm gleich.

„Sag es mir", befahl sie, hüllte ihn in ihre Aura der Liebe ein und zog ihn näher zu sich heran.

Er stolperte vorwärts – einen weiteren Schritt, und noch einen. Erst als er nur noch eine Armlänge von ihr entfernt war, las sie die Emotionen hinter seinen rot gefärbten Augen und fragte sich, ob es vielleicht einen *anderen* Grund gab, warum ihr Volk nie auf diese Weise mit Dämonen gespielt hatte.

Nigellus' höllischer Blick brannte nicht vor unkontrollierbarer Liebe für sie.

Er brannte stattdessen vor Lust.

Hoppla, dachte sie einen Augenblick, bevor sich eine langfingrige Hand um ihre Kehle legte und sie rückwärts schob, bis ihre Schultern mit einem dumpfen Aufprall gegen die nächste Wand schlugen.

KAPITEL FÜNF

„UPSIE", hauchte sie mit großen Augen, als sie zu dem Dämon aufblickte, der über ihr aufragte. „So hatte ich mir das eigentlich nicht vorgestellt."

„Was *bist* du?", brummte Nigellus heiser. Er machte einen weiteren aggressiven Schritt nach vorne und schob einen muskulösen Oberschenkel zwischen Neveahs Beine.

Ein Schauder lief ihr über den Rücken und das Herz, das sie von den Menschen, unter denen sie lebte, zu nutzen gelernt hatte, hämmerte gegen ihre Rippen. Sie schluckte krampfhaft, die Bewegung drückte gegen die Finger, die ihre Kehle umspannten.

„Ähm. Nun, weißt du …", begann sie, doch die Worte wurden durch ihr Keuchen unterbrochen, als der muskulöse Schenkel zwischen ihren Beinen einen weiteren Schauer der Lust durch sie hindurchjagte. Sie wand sich, was sich als wenig erfolgreiche Strategie herausstellte, wenn man bedachte, dass es ihr Ziel war, dem ungewohnten Ansturm der körperlichen Lust zu entkommen.

Das war doch das Ziel … oder?

Die harte Länge des Dämons drückte gegen die Spalte zwischen ihren Schenkeln. Er *knurrte* – ein tiefes, bedrohliches Grollen, das Neveah bis ins Mark spürte. Im hellen Licht des luftigen Wohnzimmers beobachtete sie mit großen Augen, wie sich die gewundenen Hörner des Widders und die großen ledernen Flügel wie flackernde Bilder auf einem Film in die aktuelle Ebene der Existenz hinein- und wieder herausbewegten.

Sie nahm nur aus der Ferne das Geräusch einer Tür wahr, die geöffnet und geschlossen wurde.

„Sir?", erklang eine unbekannte menschliche Stimme, die durch das fortgeschrittene Alter eingerostet war. „Gütiger Himmel! *Was, um Himmels willen, soll das?"*

Die darauf folgende Explosion menschlicher magischer Kraft, die durch sie hindurchschoss, schien Nigellus' Benommenheit zu durchdringen. Er stieß sich fast gewaltsam von der Wand ab, wobei seine gewaltige dämonische Gestalt wild mit seiner kultivierten menschlichen Gestalt hin und her wechselte.

„Engel", zischte er, als wäre es ein Fluch.

„Äh, ja. Hallo. Tut mir leid", keuchte sie, während sie versuchte, die Kontrolle über ihre galoppierenden menschlichen Sinne wiederzuerlangen. Sie hob eine Hand und winkte dem älteren Menschen, der in der Tür stand, zu. „Du musst der Mensch mit der Abschirmfähigkeit sein, richtig? Freut mich, dich kennenzulernen."

Der Mann betrachtete sie mit unverhohlener Bestürzung und hielt eine Sphäre aus brodelnder magischer Energie in seiner knorrigen Hand hoch. Er war gebrechlich und hatte hängende Schultern, aber seine weißen, buschigen Augenbrauen zogen sich über Augen zusammen, die schon den einen oder anderen Kampf gesehen hatten.

„Sir?", fragte er den Dämon. „Geht es Ihnen gut?"

Nigellus biss die Zähne aufeinander und rollte zielstrebig die Schultern. Die Flügel verschwanden wieder in der Dimension, in der sie sich normalerweise befanden, ebenso wie die Hörner. Neveah vermisste sie irgendwie.

„Ja, danke, Edward", sagte er, als hätten sie nicht erst vor ein paar Sekunden vorgehabt, einander zu vernaschen. „Alles ist unter Kontrolle."

Der Mensch – Edward – warf seinem Meister einen leicht ungläubigen Blick zu, den er schnell wieder verbarg. Er schnippte mit den Fingern und zerstreute die Energie, die er bereitgehalten hatte, um seinen Herren zu verteidigen.

„Oh, gut", sagte er. „Ich vertraue darauf, dass Sie mich vorwarnen, wenn die Dinge *außer* Kontrolle geraten, Sir." Er richtete einen wachsamen Blick auf Neveah. „Miss? Ich nehme an, Sie sind unverletzt?"

„Oh, ganz recht", antwortete sie. „Und bitte, nenn mich Neveah. Mr. Benecea und ich waren gerade dabei, eine Diskussion über eine tote Fae im Moaning Caverns Adventure Park zu führen, aber anscheinend hat sich das Gesprächsthema gerade etwas verschoben."

Nigellus hatte sich so weit erholt, dass er sich wieder an der Unterhaltung beteiligen konnte. „Deine Anwesenheit hier ist unmöglich. Der Himmel hat sich kurz nach Beginn des Krieges von den anderen Reichen abgeschottet."

Neveah zuckte entschuldigend mit den Schultern. „Ja, das haben sie. Das ist eine ziemlich lange Geschichte."

Edward schaute zwischen den beiden hin und her, um die Stimmung im Raum abzuschätzen. „Äh ... gut. Ich gehe dann mal und kümmere mich um die Drinks, ja?", sagte er.

Ein paar Minuten später saß Neveah wieder auf der Couch – diesmal mit einem Glas sehr passablen Rotweins in der Hand.

„Ist der Wein vom Weinberg, den ich draußen gesehen habe?", fragte sie, schwenkte die purpurne Flüssigkeit und nahm einen Schluck.

„Das ist er", antwortete Edward, der immer noch wachsam klang.

„Wie schön." Sie riskierte einen kurzen Blick auf Nigellus, der das Glas Whiskey in seinen Händen eifrig ignorierte.

„Du wolltest gerade erklären, was ein Engel auf der Erde macht", forderte der Dämon in einem Tonfall, der bedeutete, dass sie besser anfangen sollte zu reden.

Sie stieß einen gereizten Seufzer aus. „Ja. Nun. Du hast völlig recht, dass der Himmel das Tor zu den anderen Reichen geschlossen hat, als klar wurde, dass der Krieg zwischen deinem Volk und den Fae zu eskalieren drohte. Unglücklicherweise haben sie es versäumt, vorher eine genaue Personenzählung durchzuführen. Und ich war auf *dieser* Seite der Barriere, als die Pforte zuschnappte."

Nigellus starrte sie mehrere Sekunden lang an. „Ich dachte, du hättest gesagt, es sei eine lange Geschichte."

Ein säuerlicher Ausdruck umspielte ihre Mundwinkel. „Habe ich das gesagt? Entschuldigung, ich meinte *peinlich*, nicht *lang*."

„Du willst also damit sagen, dass du das Memo von HR übersehen hast und deswegen aus dem Himmel ausgesperrt wurdest?", hakte Edward nach. „Gilt das nur für dich oder gibt es noch andere Engel, die auf der Erde gefangen sind?"

„Nur ich bin noch hier", bestätigte sie. „Und ich *habe* bereits gesagt, dass es peinlich ist."

„Du bist seit eintausendfünfhundert Jahren allein auf der Erde?", fragte Nigellus. „Und du hast überhaupt keinen Kontakt mit dem Himmelreich?"

„Null", gestand sie.

„Wie füllst du deine Energie wieder auf?", fragte Nigellus. „Engel schöpfen direkt aus dem Gefüge ihres Reiches."

Unbehagen durchströmte sie bei dieser unwillkommenen Erinnerung. Das war kein Thema, über das sie sprechen wollte ... oder überhaupt nachdenken wollte.

„Meistens fülle ich meine Reserven *nicht* auf", antwortete sie. „Engel haben eine große Kraftreserve, aber abgesehen von der gelegentlichen spontanen Liebesdosis, die mir zuteilwird, habe ich den metaphorischen Brunnen über die Jahre hinweg einfach nur geleert. Irgendwann werde ich den letzten Rest verbrauchen und mich in Luft auflösen, nehme ich an."

Sie weigerte sich, sich mit der Aussicht zu befassen, als diffuses, undifferenziertes Bewusstsein in der menschlichen Welt umherzugeistern, immer noch unsterblich, aber abgeschnitten von allem, was ihre Existenz lohnenswert machte.

Nigellus hob eine Augenbraue. „Du hast offensichtlich immer noch Kräfte."

Neveah winkte die Worte ab. „Ja, ja. Ich bin Teil der himmlischen Heerscharen. Ich kann Anbetung gebieten, aber das verbraucht mehr Energie, als es wert ist. Und ich habe bereits den größten Teil meiner engelhaften Natur verloren. Seit Anfang der Neunzigerjahre kann ich meine Flügel nicht mehr entfalten." Sie rieb ihre Schultern unbehaglich gegen die Lehne der Couch. „Sie *jucken*."

Der Dämon schien sich bei dieser Erkenntnis etwas unwohl zu fühlen – wie wohl jedes geflügelte Wesen. Edward konzentrierte sich jedoch bereits auf andere Dinge.

„Und jetzt arbeitest du als freiberufliche Internet-Reporterin?", fragte er.

Sie breitete ihre Hände aus und nickte, um dies wortlos zu bestätigen.

„Warum?", fragte er.

Sie überlegte einen Moment, denn diese Frage hatte noch nie jemand gestellt.

„Was sollte ich sonst tun?", antwortete sie.

In Wahrheit tat sie schon seit geraumer Zeit nur noch so, als ob sie Interesse am Weltgeschehen hatte. Die Alternative wäre, *lediglich zu existieren*, und das hörte sich noch schlimmer an. Also steckte sie ihre Nase dort hinein, wo sie nicht erwünscht war, und schrieb Geschichten über die Dinge, die sie herausfand.

„Ich nehme an, es ist recht nützlich, wenn man jemand stalken will." Nigellus' Ton war spitz.

„Ja, das auch", stimmte sie zu. „Allerdings warst du bis jetzt ein besonders heikles Ziel."

„Aber warum stalkst du ihn überhaupt?", fragte Edward.

Sie schnaubte. „Fragst du ernsthaft, wieso ich das einzige Mitglied des Dämonenrats, das auf der Erde präsent ist, stalke? Verzeih mir, aber wen sollte ich sonst über die Barriere befragen, die den Himmel vor den anderen Welten schützt? Die Fae wissen nichts darüber und es interessiert sie nicht."

Auf den streng kontrollierten Gesichtszügen des Dämons dämmerte Verständnis. „Du willst zurückgehen."

„Natürlich will ich zurück!", rief sie. „Glaubst du, ich *will* auf diesem lächerlichen Planeten so lange verweilen, bis ich nur noch eine körperlose Dunstwolke bin, die im Wind herumschwebt?"

Die meisten Menschen wussten nicht einmal von der Welt außerhalb der Erde. Sie irrten umher und merkten nicht, dass die Erde die Beute in einem Krieg war, von dem sie nichts wussten. Die Vampire waren wenigstens *interessant* gewesen … und dann waren die Dämonen gegangen und hatten die meisten von ihnen während des Konflikts als Kanonenfutter verwendet.

„Ich verstehe", murmelte Nigellus. „Und was hast du mit der aktuellen Krise zu tun?"

„Du meinst mit deiner toten Fae?", fragte sie. „Ich *habe* nichts mit der *aktuellen Krise* zu tun, abgesehen von dem, was du bereits weißt. Ich bin investigative Reporterin – ich beobachte die Gegend um das Tor zur Hölle. Und ich habe ein persönliches Interesse daran, dass die Erde nicht von den mächtigeren Spezies plattgemacht wird, denn wie ich bereits erwähnt habe, sitze ich hier fest."

„Wenn es um die Sicherheit der Erde geht, stehen wir in der Tat auf derselben Seite", sagte Nigellus. „Eine Wiederaufnahme des Krieges ist für niemanden von Vorteil."

Sie lehnte sich auf der Couch zurück und drehte abwesend den Stiel des leeren Weinglases zwischen Zeigefinger und Daumen. „Wenn das so ist, dann erzähl mir etwas."

Sein misstrauischer Blick kehrte zurück zu ihr.

„Du besitzt ein Engelsschwert", sagte sie. „Woher hast du es?"

Eine dunkle Augenbraue schoss hoch. Sie hatte ihn überrascht.

„Das Schwert von Shemasiel?", antwortete er. „Ich habe es vor einigen Jahrhunderten bei einem anderen Dämon gegen einen Gefallen eingetauscht."

„Und woher hatte er es?", fragte sie.

„Ich habe keine Ahnung", sagte Nigellus. „Soweit ich weiß, hat es mehrmals den Besitzer gewechselt, seit es ursprünglich in der Schlacht während der Engelskriege erbeutet wurde. Warum?"

Sie ließ das Thema auf sich beruhen. „Es ist nicht so wichtig. Ich war nur neugierig." Mit einem tiefen Atemzug ging sie zu einem wichtigeren Thema über. „Warum reden wir nicht stattdessen darüber, dass zufällig eine menschliche Studentin die Hauptverdächtige im Mordfall der Fae-Kriegerin ist? Denn, es tut mir leid, aber das passt nicht zusammen."

Edwards buschige Augenbrauen zogen sich zusammen. „Das tut es sicher nicht. Von welcher Studentin reden wir?"

Neveah informierte ihn über Alice Ramirez und ihr plötzliches Verschwinden zum Zeitpunkt des Mordes.

„Alice aus dem Geschenkeladen?", fragte Edward, sichtlich verblüfft. „Oh *Himmel*, nein. Sie hat dort jeden Sommer gearbeitet, seit sie die Highschool abgeschlossen hat. Sie kann es nicht gewesen sein."

„Ihr habt beide recht", sagte Nigellus. „Kein Mensch kann eine Fae ohne Kampf töten, ohne eine einzige Spur auf dem Körper zu hinterlassen. Es muss eine andere Erklärung geben. Vielleicht hat Ms. Ramirez die Leiche gefunden und geriet in Panik."

„Das bedeutet, dass es eine *andere* Erklärung dafür geben muss, dass eine Seelie-Kriegerin auf der Toilette eines Geschenkladens tot umgefallen ist", schlussfolgerte Neveah. „Es gibt etwas Wichtiges, das du mir verschweigst, *Spionage*meister."

Er legte den Kopf schief. „Es ist faszinierend, dass du etwas anderes erwartet hast."

Edward verfolgte das Gespräch wie jemand, der einem Tennismatch zuschaute. „Nun, Sir", sagte er. „Verzeihen Sie meine Unverschämtheit, aber wenn Sie einem Engel nicht trauen können ..."

Nigellus starrte ihn an.

„Es sieht nicht so aus, als ob du große Fortschritte bei der Entschlüsselung des Geheimnisses machen würdest", fügte Neveah hinzu. „Zumindest nicht über das Flambieren der Beweisstücke hinaus. Zum Glück für dich bin ich, obwohl ich ein schreckliches Beispiel für einen Engel bin, eine ziemlich gute investigative Reporterin."

Edward warf seinem Arbeitgeber einen strengen Blick zu. „Sie haben die Leiche flambiert, Sir? Wirklich?"

Nigellus blickte finster drein. „Ich habe die Leiche entsorgt, sodass sie nicht in die Hände der Fae fallen kann. Das war der Sinn der Sache – und normalerweise wäre ich geneigt, zu melden, dass die Angelegenheit erledigt ist ... bis auf das kleine verbleibende Rätsel dieser vermissten Menschenfrau."

Neveah lächelte langsam und räuberisch. „Die tote Fae ist also jemand, den man nicht vermissen wird? Das ist interessant. Ich frage mich, woher sie wohl gekommen sein mag, dass keiner ihrer Leute nach ihr sucht?"

Edward rieb sich den Nasenrücken. „Sie können es ihr genauso gut sagen, Sir. Sie wird es auf jeden Fall herausfinden, und sie hat recht damit, dass wir Hilfe brauchen."

Die Miene des Dämons war ausdruckslos und verriet nichts.

Neveah schnaufte verärgert. „Du hast es bereits selbst gesagt. Wenn es wirklich dein Ziel ist, den Frieden zu bewahren, stehen wir trotz unserer Differenzen auf derselben Seite. Die Erde ist die einzige Heimat, die ich noch habe."

Nigellus betrachtete sie mit einem durchdringenden Blick und sie dachte, dass dieses ganze Treffen *etwas* reibungsloser hätte verlaufen können.

„Bist du sicher, dass du es nicht vorziehen würdest, die Informationen direkt aus meinem Kopf zu zapfen?", fragte er irreführend milde.

Sie sah ihn mit geschürzten Lippen an. „Äh, *hallo*? Topf, Tiegel? Versuchst du wirklich gerade, moralische Überlegenheit zu demonstrieren?"

„Moralische Überlegenheit ist im Allgemeinen keine meiner dämonischen Stärken. Aber ich verstehe, was du meinst." Er hielt inne und atmete langsam durch die Nase aus. Widerwillig fuhr er fort: „Und die Antwort, die du suchst, ist, dass die tote Seelie-Frau kurz nach dem Friedensvertrag in die Hölle kam, angeblich ohne Erinnerung an ihre Identität oder den Grund ihres Kommens. Seitdem war sie ein … *Gast*."

Neveah setzte die Puzzleteile zusammen. „Oh", sagte sie. Und dann: „*Oh*. Oh je."

„Ganz recht", stimmte Nigellus zu.

Die Implikationen fielen wie Dominosteine. „Diese Fae ist aus der Hölle *entkommen*? Wo ist der Dämon, an den sie gebunden war?"

„Derzeit ist er in mehrere Teile zerstückelt", sagte Nigellus trocken.

Sie zuckte zusammen. „Autsch. Ich schätze, der Rat wird ihm das Leben nicht leicht machen, sobald er wieder in einem Stück ist."

„Das ist noch milde ausgedrückt", murmelte Edward.

„Und ihr habt nie herausgefunden, wer die Seelie war?", fragte Neveah. „Der Court der Fae hat sie nie als vermisst gemeldet oder ist vorbeigekommen, um Fragen zu stellen?"

„Niemals", bestätigte Nigellus.

Sie dachte eine Weile darüber nach.

„Wenn wir also davon ausgehen, dass Alice Ramirez nur eine unschuldige Zuschauerin war, die beim Anblick einer Leiche in Panik geriet, seid ihr fein aus der Sache raus. Die Fae waren nicht auf der Suche nach ihr, und es gibt keine Leiche, die als Beweis dienen könnte, also gibt es keinen Grund für sie, etwas zu vermuten."

„Man kann nur auf eine so einfache Lösung hoffen", gestand Nigellus. „Aber wenn, wie du vermutet hast, mehr hinter Ms. Ramirez' Beteiligung steckt ..."

„Dann steckst du immer noch potenziell in Schwierigkeiten", endete Neveah. „Sie könnte der falschen Person etwas sagen, und es könnte zu einer der Fae durchdringen, die die Dinge auf der Erde hinter den Kulissen überwachen."

Nigellus neigte anerkennend den Kopf.

„*Nun.*" Neveah stellte das leere Weinglas auf die Armlehne der Couch und klatschte zügig in die Hände. „Wir haben einen vollständigen Namen, eine Handynummer, einen Wohnort und eine aktuelle Immatrikulation am College. Es klingt, als sollten wir ihre Adresse herausfinden und Alice einen Besuch abstatten. Ihre armen Eltern werden sich bestimmt große Sorgen machen, wenn sie erfahren, dass sie verschwunden ist."

KAPITEL SECHS

PERSONEN AUFZUSPÜREN, die von Interesse waren, gehörte zu Neveahs Aufgaben als investigative Reporterin, und es stellte sich weiterhin heraus, dass Nigellus' dämonisch gebundener Diener ungeachtet seines Alters eine überraschende Affinität zur Technik hatte. Es dauerte also nicht lange, bis sie mithilfe öffentlich zugänglicher Websites eine Adresse und eine Wohnungsnummer von Alice Ramirez herausgefunden hatten.

Edward beschloss zu bleiben und nach weiteren Nachrichtenartikeln über den Tod oder das Verschwinden der Ermordeten zu suchen. Abgesehen von ein paar Erwähnungen seltsamer Kleidung gab es bisher nichts, was darauf hindeutete, dass es sich bei dem Vorfall um etwas anderes als eine menschliche Tragödie handelte. Wenn Nigellus seine Spuren im Krankenhaus geschickt verwischt hatte, als er die Gedanken des Leichenhallenpersonals beeinflusste, gab es keinen Grund zu der Annahme, dass die Fae jemals davon erfahren würden.

Hoffentlich würde hier die Geschichte enden. Die Erde war nach dem Inkrafttreten des Vertrages unter die nominelle Kontrolle der Fae gefallen, und die Präsenz der Fae hinter den Kulissen der politischen und militärischen Organisationen der

Menschen war sehr groß. Nachdem ein prominentes Mitglied der Unseelie in ein verräterisches Komplott verwickelt war, befand sich der herrschende Court in Dhuinne in einem politischen Umbruch.

Dennoch waren die Fae nicht allwissend, wenn es um die menschliche Welt ging. Wehe dem einzelnen Menschen oder Vampir, der in ihr Fadenkreuz geriet – aber sie überwachten nicht rund um die Uhr jeden Winkel des Globus. Außerdem kamen die Fae und die fortschrittliche menschliche Technologie nicht besonders gut miteinander aus. Ihre Magie neigte dazu, alles, was eine Platine hatte, durchzubrennen, es sei denn, sie schirmten ihre Auren aktiv ab, wie die IT-Abteilung des Krankenhauses auf die harte Tour erfahren hatte.

Kombinierte man dieses mit ihrer Abneigung, zu nahe am Stützpunkt ihrer alten Feinde, den Dämonen, herumzuschnüffeln, war es gut möglich, dass die ganze Sache am Ende völlig unter ihrem Radar fliegen würde, zumindest unter der Voraussetzung, dass Alice Ramirez nicht zu einem unerwarteten Störfaktor wurde.

Als sie allein mit dem Dämon im Auto nach Vallecito fuhr, unterdrückte Neveah jede noch vorhandene Kränkung. In der kleinen Stadt gab es nicht viel. Ein Postamt und ein historisches Denkmal vor einer kleinen Kirche. Die nächsten Gebäude befanden sich ein paar Kilometer entfernt in der etwas größeren Stadt Angels Camp. Bei den meisten Häusern handelte es sich um einfache Einfamilienhäuser – einige waren gepflegt, andere hatten behelfsmäßige Zäune aus Holz und Blech. In ein paar Einfahrten standen Autos auf Blöcken.

Alice Ramirez wohnte in einem der viel selteneren Dreifamilienhäuser, das nur ein paar Blocks von der Highschool entfernt lag. Es war ein großes Gebäude, das den Eindruck erweckte, als sei es im Laufe mehrerer Jahrzehnte weiter ausgebaut und nicht von Anfang an als Mehrfamilienhaus konzipiert worden. Die Außenseite war in einem fröhlichen Gelb gestrichen, und Blumenbeete – allesamt verdorrt – säumten die Einfahrt. Jede Einheit hatte ihren eigenen Parkplatz, und ein *Zu-vermieten*-Schild stand neben der Einfahrt der mittleren Einheit.

Vor der ersten Wohnung stand eine alte Buick-Limousine, aber in der Einfahrt der dritten Wohnung stand kein Auto.

„Apartment C", sagte Neveah und deutete auf die leere Bucht.

Nigellus parkte seinen dunkelblauen Maserati Quattroporte in der leeren Einfahrt und sah zu ihr rüber. Neveah hatte sich sehr bemüht, sich nicht beim Anblick des Sportwagens lustig zu machen, aber nach der Szene vorhin in seinem Wohnzimmer konnte sie keinen Witz mehr darüber machen, dass er damit etwas kompensieren wollte.

Auf seiner Stirn bildete sich eine kleine Furche, als er auf die Tür zur Einheit starrte.

„Irgendetwas stimmt nicht", murmelte er.

Neveah bemühte ihre Sinne, so gut sie konnte, aber sie konnte nichts Ungewöhnliches spüren. „Was meinst du?"

Er schüttelte ein wenig den Kopf. „Ich spüre es nur schwach, aber die Zeit an diesem Ort ist völlig verdreht. Etwas Bedeutendes ist geschehen oder wird geschehen."

Sie sah ihn einen Moment lang an, bevor sie nach dem Türgriff griff. „Ich wette, Schicksalsdämonen sind auf Partys ein großer Hit."

Anders als Kobolde, die ihre Kraft aus der freien Magie des Äthers schöpften, oder Sukkubi und Inkubi, die ihre Kraft aus dem Animus von Lebewesen bezogen, schöpften Schicksalsdämonen direkt aus dem Gefüge der Realität. Das bedeutete nicht, dass sie in die Zukunft sehen oder bestimmte Ereignisse vorhersagen konnten, aber es machte sie sensibel für ungewöhnliche Ereignisse. In der gegenwärtigen Situation war das kein besonders gutes Zeichen.

Es blieb ihnen nichts anderes übrig, als auszusteigen und an die Tür zu klopfen. Neveah stieg aus und war sich des Dämons, der hinter ihr ging, durchaus bewusst. Sie vermutete, dass es dieses Gefühl war, was die Menschen meinten, wenn sie davon sprachen, dass sich die Haare im Nacken aufstellten. Er brauchte nur einen einzigen Schritt vorwärtszumachen und …

„Es öffnet niemand", sagte sie unnötigerweise und unterbrach ihren Gedankengang, bevor er sich festsetzen konnte.

Nigellus griff an ihr vorbei nach dem Türknauf und drückte ruckartig gegen die Tür. Mit einem splitternden Geräusch riss die Metallplatte des Schlosses aus dem Rahmen und die Tür sprang auf.

„Raffiniert", bemerkte Neveah. „Ich nehme an, dass du die Klausel des Friedensvertrags *keine Einmischung in menschliche Angelegenheiten* eher für einen Vorschlag hältst als für ein Gesetz?"

„Das ist eine dämonische Angelegenheit, keine menschliche." Er ging hinein und sah sich im Raum um. Das Zimmer machte einen gemütlichen Eindruck. „Wenn ich verhindern kann, dass es zu einer Angelegenheit der Fae wird, wird mir der Rat etwas Spielraum in dieser Sache gewähren."

Neveah drängte sich an ihm vorbei und sah sich ebenfalls in Alice' Wohnbereich um. Sie trennten sich in wortlosem Einvernehmen – Nigellus ging in Richtung Küche, während Neveah einen kurzen Flur zum Schlafzimmer hinunterging.

Die Schranktür stand offen, das Bett war ungemacht – das könnte von Bedeutung sein oder einfach nur darauf hindeuten, dass hier eine faule Studentin wohnte. Die Koffer, die in den Raum zwischen Bett und Wand gequetscht waren, sprachen jedoch für Ersteres. Sie waren wie Matroschkas verstaut worden, wobei der kleine Koffer in den mittelgroßen geschoben worden war, der wiederum in den größten Koffer passte.

Nur das Handgepäck fehlte.

Sie ging über den Flur zum Badezimmer, um zu prüfen, ob eine Zahnbürste und Toilettenartikel vorhanden waren oder nicht, doch als sie die Tür öffnete, hielt sie inne.

Schritte erklangen am anderen Ende des Flurs.

„Es ist sehr schwach, aber es gibt eine Spur von Fae-Magie an diesem Ort", rief Nigellus. „In der Küche steht außerdem ein vierzig Pfund schwerer Sack mit Wasserenthärtersalz, was ebenfalls ein Hinweis sein könnte. Hast du noch etwas Interessantes gefunden?"

„Das kann man wohl sagen." Ihre Haut prickelte erneut, als der Dämon hinter ihr auftauchte. Sie trat einen Schritt zur Seite, was in dem engen Badezimmer eine wahre Herausforderung war, sodass sie den Blick auf einen schrumpeligen, aus dem Duschvorhang schlaff heraushängenden Arm freigab.

„*Ah*", sagte Nigellus.

———◆———

Schulter an Schulter starrten sie auf die blutigen Überreste der älteren Frau, gekleidet in ein geblümtes Hauskleid. Die Todesursache war offensichtlich … ihre Kehle war von Ohr zu Ohr aufgeschlitzt worden.

„Der Angreifer zerrte sie in die Wanne, bevor er sie tötete", bemerkte Neveah. „Sieh dir das Muster der Blutspritzer an den Wänden an."

„Das sehe ich auch so." Nigellus klang grimmig, was in dieser Situation durchaus angebracht war. „So viel zu einer sauberen Lösung des Problems."

Und das war noch milde ausgedrückt. Nichts an den Ereignissen ergab Sinn.

Neveah stieß einen frustrierten Atemzug aus. „Wir haben also eine Studentin, die offenbar auch eine kaltblütige Mörderin ist und zufällig an dem Ort war, wo eine Seelie-Kriegerin zu Tode kam, die mächtig genug war, der Hölle zu entkommen und den Dämon zu zerstückeln, an den sie gebunden war." Sie lenkte ihre Aufmerksamkeit von der Leiche ab und untersuchte stattdessen den Waschtisch und den Medizinschrank. „Unser Mädchen hat sich aus dem Staub gemacht. Es fehlt ein Handgepäckkoffer, ihre Zahnbürste und die Zahnpasta."

„Warte hier einen Moment", sagte Nigellus. „Ich möchte etwas in der anderen bewohnten Wohnung überprüfen."

Er ging ohne ein weiteres Wort und ließ sie mit der Leiche allein. Neveah ging zur Wanne hinüber und starrte noch einen Moment auf die Tote. Dann zog sie den Duschvorhang zu, so wie er zuvor gewesen war, und lief in die Küche. Wie Nigellus bereits erwähnt hatte, stand ein vierzig Pfund schwerer Plastiksack mit Wasserenthärtersalz in der Ecke neben einem Schrank. Der obere Teil war schief aufgeschnitten worden und ein Viertel des Inhalts war verschwunden. Ansonsten schien in dem Raum nichts fehl am Platz zu sein.

Nigellus kam kurz darauf zurück, eine tiefe Furche auf seinem markanten Gesicht. Währenddessen tippte er schnell auf seinem Handy herum.

„Die Tür zur anderen Wohnung war nicht verschlossen", sagte er, ohne aufzublicken. „In der Wohnung befanden sich mehrere alte Fotos, darunter auch einige von der toten Frau. Sie scheint dort gelebt zu haben, offenbar allein. Ich habe ihre Post durchgesehen, um den Namen herauszufinden, und laut der Datenbank des Bezirksgutachters – die ich gerade überprüft habe – gehörte ihr dieses Gebäude."

Er sah auf und steckte das Handy weg.

Neveah dachte darüber nach. „Also, stell dir folgendes Szenario vor. Die Polizei kommt und klopft, um Alice zu suchen, aber sie haben noch keinen Durchsuchungsbefehl für die Wohnung. Sie ist entweder nicht da oder sie antwortet nicht, und sie gehen wieder. Die Vermieterin kommt vorbei und will wissen, warum die Polizei an die Tür ihrer Mieterin klopft, woraufhin ihr die Kehle aufgeschlitzt wird. Danach macht sich Alice aus dem Staub."

„Ich nehme an, es passt zu allen Fakten, wenn man die kognitive Dissonanz ignoriert, dass die junge Studentin eine bösartige Mörderin sein soll." Nigellus deutete mit seinem Kinn in Richtung der offenen Tüte in der Ecke. „Da ist auch noch das Salz."

„Vielleicht musste die Wasserenthärtungsanlage des Gebäudes gewartet werden?", schlug Neveah wenig überzeugt vor. Sie schüttelte den Kopf und verwarf den Vorschlag vorerst. „Es gibt noch eine Sache, die ich überprüfen möchte, bevor wir gehen. Sie hat einen Safe in ihrem Schlafzimmerschrank. Er sieht billig genug aus, um leicht geknackt werden zu können, und vielleicht befinden sich darin ein paar nützliche Informationen."

„Wie zum Beispiel?", fragte Nigellus.

Neveah zuckte mit den Schultern. „Das weiß ich erst, wenn ich es sehe, oder? Aber wenn ein Reisepass drin ist, würde das bedeuten, dass sie nicht vorhat, das Land zu verlassen. Oder wenn etwas auf frühere illegale Aktivitäten hindeutet, könnte es uns Aufschluss über ihren plötzlichen Blutdurst geben."

Nigellus warf ihr einen ernsten Blick zu. „Du glaubst doch nicht im Ernst, dass diese Menschenfrau eine Seelie-Kriegerin getötet hat, oder?"

Sie breitete ihre Hände aus. „Ich habe *buchstäblich* keine Ahnung. Ich versuche, keine Vermutungen über die Vorfälle anzustellen."

Der Dämon schien nicht überzeugt zu sein, aber er folgte ihr ins Schlafzimmer, wo der kleine Safe auf einem Regal in der Ecke des Schranks stand. Neveah untersuchte das einfache Zahlenschloss und beugte sich etwas vor, bevor sie versuchte, ihn zu knacken.

„Ich kann es erzwingen, wenn du den Inhalt wirklich sehen willst", sagte Nigellus.

Sie schüttelte den Kopf und scheuchte ihn rückwärts, damit sie mehr Raum zum Arbeiten hatte. „Nicht nötig."

Sie hielt ihr Ohr an den Mechanismus und drehte das Schloss Stück für Stück und lauschte, bis das Zahlenschloss einrastete. Nach nur ein paar Minuten fiel die letzte Barriere. Neveah blickte triumphierend auf, aber Nigellus stand am Schlafzimmerfenster und starrte hinaus.

„Es nähern sich mehrere Streifenwagen", sagte er. „Der Durchsuchungsbefehl könnte erwirkt worden sein. Zeit zu gehen."

„Nur eine Sekunde, ich habe es geknackt", antwortete Neveah, griff nach dem Schloss und zog die Safetür auf. Der Knall einer Explosion drang zur gleichen Zeit an ihre Ohren wie der massive Aufprall in der Mitte ihrer Brust. Sie taumelte rückwärts und schlug hart auf dem Boden auf, unfähig zu atmen, hervorgerufen vom feurigen Schmerz, der von ihrem zerschmetterten Brustbein ausging. Graue Flecken tanzten in ihren Augenwinkeln.

„*Engel!*", rief Nigellus scharf.

Er war genau auf der anderen Seite des Raumes gewesen, da war sie sich sicher, aber aus irgendeinem Grund klang er plötzlich meilenweit entfernt.

KAPITEL SIEBEN

NIGELLUS SPRANG vom Fenster weg, als das ohrenbetäubende Geräusch des Schusses den Raum erfüllte. Er war gerade noch rechtzeitig, um zu sehen, wie der Engel rückwärts stolperte und mit einem klaffenden Loch in der Brust zu Boden ging.

„Engel!", rief er, durchquerte den Raum in weniger als einer Sekunde und kniete neben ihr nieder.

Der Tresor stand offen und eine kleine Rauchfahne drang aus der Mündung einer hochkalibrigen halb automatischen Pistole, die darin montiert war. Ein Stück Schnur, das an der Tür befestigt war, gab Aufschluss über den Mechanismus – das andere Ende der Schnur war am Abzug befestigt und lief durch eine Rolle auf der Rückseite.

Neveah lag auf dem Boden, umklammerte schwach ihre Brust, unfähig, sich selbst zu heilen. Draußen kündigte das Quietschen von Autobremsen die Ankunft der Polizei an.

„Kontrolliere deine Blutung", fauchte Nigellus. „Das Letzte, was wir brauchen, ist Engelsblut, das in einem forensischen Labor der Menschen landet."

Er hatte gehofft, die Leiche der älteren Frau entsorgen und den Tatort säubern zu können, um zu verhindern, dass die Behörden die Ermittlungen gegen Alice Ramirez ausweiteten. Er hatte auch gehofft, sein teures Auto, das auf seinen menschlichen Diener zugelassen war, *nicht* in der Einfahrt dieser Wohnung stehen lassen zu müssen.

„Polizei! Wir haben einen Durchsuchungsbefehl!" Die gedämpfte Stimme drang durch die aufgebrochene Eingangstür zu ihm durch.

Offenbar hatte das Universum andere Pläne.

Er nahm sich ein paar kostbare Sekunden Zeit, um sich zu vergewissern, dass sich außer der Waffe nichts im Safe befand, bevor er sich wieder an die Seite des Engels hockte und eine Hand um ihren Arm legte. Sie starrte zu ihm auf, öffnete und schloss ihren Mund wie ein Fisch, der nach Luft statt nach Wasser schnappt.

Sie sollte inzwischen geheilt sein, dachte er.

Er überlegte kurz, ob er der Polizei erlauben sollte, einzutreten, um sie geistig zu überwältigen, indem er ihre Gedanken und Erinnerungen nach seinen Vorstellungen umgestaltete, aber das würde Zeit beanspruchen, und der Engel hatte ein Loch im Herzen, das sich nicht schließen wollte.

Sie hatten *keine* Zeit.

„Festhalten", warnte er sie und riss sie an seine Seite, um sie beide wegzuteleportieren.

Sie tauchten in einem der großzügigen Badezimmer des Weinguts wieder auf. Die Konfrontation mit den blutigen menschlichen Überbleibseln in der Badewanne von Alice Ramirez und jetzt dem blutenden Engel auf seinem weißen Fliesenboden war beunruhigend.

„Edward!", brüllte er und ließ Neveahs Arm los, um die Bluse, die sie trug, vorne aufzureißen.

Er riss den darunter liegenden BH auf und ihre Brüste sprangen heraus. Mit einem leisen, verärgerten Knurren schob er das Echo der unnatürlichen Lust beiseite, das sie ihm eingepflanzt hatte und welches sich noch immer nicht verflüchtigt hatte. Aus der Schusswunde, die ihr Brustbein zerschmettert hatte, sickerte träge das Blut.

Sie wimmerte, als er eine Hand unter ihre Schultern schob und ihren Oberkörper anhob, um nach einer Austrittswunde zu suchen. Es gab keine.

Vertraute Schritte näherten sich rasch.

„Sir? Was …?" Edward blieb wie angewurzelt in der Tür stehen. „Großer Gott. Darf ich fragen, was passiert ist?"

„Eine Sprengfalle", sagte er kurz und bündig. „Ein großkalibriges Geschoss, das genau auf ihr Herz zielte. Es scheint, dass die Kugel immer noch in ihr steckt, obwohl ihr Körper sie eigentlich hätte ausstoßen und die Wunde heilen müssen."

„Zu schwach … dafür", keuchte sie, wobei die Worte nur noch ein Röcheln waren.

Edward blinzelte einmal, doch besann sich schnell auf das Wesentliche. „Sie ist immer noch unsterblich. Sie wird nicht sterben, aber die Kugel muss sofort entfernt werden."

„Super", krächzte der Engel.

„Okay", erwiderte Nigellus trocken. „Ich nehme an, dass irgendwo in der Küche eine passende Klinge liegt?"

„Das denke ich auch", erwiderte Edward. „Bin gleich zurück."

Er eilte davon.

„Weißt du, wo die Kugel feststeckt?", fragte Nigellus den Engel, während er weiter ihren Oberkörper stützte. Ihre Haut fühlte sich fiebrig an, selbst durch den Stoff ihrer zerrissenen Kleidung hindurch.

„Linkes ... Schlüsselbein", keuchte sie.

Er nickte. „Es wird einfacher sein, von hinten ranzukommen."

Sie kräuselte die Nase. „Vielleicht ... für ... dich ..."

Er konnte nicht umhin, darüber nachzudenken, was für ein völlig erstaunliches Geschöpf sie war. Langes, weißblondes Haar umrahmte ihr elfengleiches Gesicht, das von Augen in der Farbe eines klaren Sommerhimmels auf der Erde beherrscht wurde. Sie sollte ein mächtiges Wesen aus Legenden sein, aber ihre Schwäche ließ sie fast menschlich erscheinen. Das war natürlich irreführend. Sie hatte seinen Geist schon einmal mit verblüffender Leichtigkeit überwältigt, wenn auch nicht, wie er vermutete, auf genau die Art und Weise, die sie beabsichtigt hatte.

Zum Glück für dich bin ich, obwohl ich ein schreckliches Beispiel für einen Engel bin, eine ziemlich gute investigative Reporterin, hatte sie gesagt, und bis jetzt sah es so aus, als ob sie zumindest die Gabe der Selbsterkenntnis besäße.

Edward kam mit einem bedrohlich aussehenden Ausbeinmesser mit schmaler Klinge und einer Flasche Whiskey in den Händen zurück. Nigellus hob eine Augenbraue und dieser erwiderte den Blick mit einem reuelosen Achselzucken.

„Würde der Whiskey deinen Kreislauf ankurbeln, Neveah?", fragte er und hob die Flasche an, sodass sie sie sehen konnte.

„Vielleicht, wenn ich noch schwächer werde", murmelte sie und griff nach der Flasche.

Edward entfernte den Korken und reichte ihr die Flasche, wobei er ihr half, die Flasche zu halten, während sie trank. Nigellus nahm an, dass sie es abgelehnt hätte, wenn die Kugel einen Schaden an ihrer Speiseröhre angerichtet hätte. Er fragte sich unwillkürlich, mit wie viel Liebe zum Detail sie ihre menschliche Gestalt gestaltet hatte.

Nachdem sie etwa ein Drittel der Flasche geleert hatte, wich sie zurück und Edward nahm die Flasche wieder an sich.

„Okay", sagte sie. „Bringen wir es hinter uns."

Nigellus half ihr aus der Bluse und dem BH, bevor er sie vornüberbeugte und ihre Arme über den Rand der Badewanne legte, damit sie sich abstützen konnte.

„Wer legt eine geladene Pistole als Sprengfalle in einen Safe?", murmelte sie, als sie es sich bequem machte.

Nigellus nahm das Ausbeinmesser von Edward entgegen und kniete sich hinter sie. „Eine mörderische Studentin, wie es scheint."

Edward ließ sich auf den Wannenrand neben dem verletzten Engel nieder, wobei seine Knie knackten. Er reichte ihr die Hand und nach kurzem Zögern ergriff sie die knorrigen Finger des Dieners. Nigellus fand sich damit ab, dass er die gebrochenen Knochen in der Hand seines Dieners später richten musste, wenn er fertig war, aber der

Mensch traf seine eigenen Entscheidungen, wenn es um solche kleinen Akte der Freundlichkeit ging.

Die ganze Sache wäre wesentlich einfacher gewesen, wenn er Magie hätte einsetzen können, um die Kugel aus dem Körper des Engels zu holen, aber trotz ihrer Beteuerungen von Schwäche vertraute er nicht darauf, wie ihre eigenen Kräfte auf seine reagieren würden.

Es gab also keine andere Lösung. Mit der freien Hand tastete er um das Schlüsselbein herum und suchte mit seinen tieferen Sinnen nach dem Blei. Es befand sich unter dem mittleren Rand des Knochens und es gab noch eine andere unerwünschte Substanz.

Das würde die Sache noch komplizierter machen, als ob sie das nicht schon genug wäre.

„Ich nehme an, dass die Hoffnungen auf eine saubere Lösung für die Angelegenheit ziemlich zerschlagen sind, Sir?", fragte Edward, als hätte er seine Gedanken gelesen.

„Gründlich", erwiderte Nigellus und setzte die Klinge so behutsam an, wie es ihm möglich war.

Der Engel gab ein winziges Keuchen von sich, das wie ein gefangenes Tier klang, zuckte aber nicht zurück. Nigellus machte einen Schnitt, der gerade groß genug war, dass er mit einem Finger hineingreifen und die Kugel aus ihrem Körper ziehen konnte. Die Kugel brannte bei der ersten Berührung wie Säure, und er warf sie in die Badewanne, wo sie mit einem metallischen Klirren landete.

Eine dünne Rauchfahne stieg von seinem verbrannten Finger und Daumen auf, der Geruch von verbranntem Fleisch kitzelte seine Nase.

Edward schaute finster drein und griff nach dem Bleikügelchen, das sich nun so verformt hatte, dass es den geöffneten Blütenblättern einer Blume ähnelte.

„Ich rieche etwas Verbranntes. Was ist gerade passiert?", fragte Neveah schwach.

„Salz?", fragte Edward und richtete die Frage an Nigellus, der nickte.

„Du wurdest mit einem hohlen Geschoss getroffen", sagte er dem Engel. „Das mit Salzkristallen gefüllt war."

„Oh", sagte Neveah nach einer kurzen Pause. „Das ist … ziemlich beunruhigend."

Sie hatte nicht unrecht.

Er nahm sich einen Moment Zeit, um genügend magische Energie auf die verbrannte Haut seiner Finger zu lenken, bevor er fragte: „Möchtest du, dass ich die Wunde kauterisiere? Du heilst immer noch nicht richtig."

„Ja, bitte", hauchte Neveah und klang erschöpft. „Es erfordert schon eine Menge Konzentration, das Blut drinnen zu halten."

„Nun gut", erwiderte er und erhitzte die Klinge mit einem Gedanken, bis sie glühte. „Halt still."

Sie tat es, aber ihre Muskeln spannten sich unter ihrer Haut an, als er die Klinge auf den kleinen Einschnitt drückte, den er gerade gemacht hatte. Er hielt die Klinge so lange dort, bis die Wunde verschlossen war. Das Eintrittsloch war nicht so sauber, aber er schloss es so gut er konnte. Außer einem unbehaglichen Zischen gab Neveah keinen Mucks von sich.

Edward, der offenbar keine gebrochenen Fingerknöchel hatte, weil er ihre Hand gehalten hatte, stand auf und holte einen Bademantel vom Haken hinter der Tür. Er half ihr, ihn sich anzuziehen, und trat zurück, damit sie den Gürtel um ihre Taille binden konnte. Der strahlend weiße Frottee verschluckte praktisch ihre zierliche Gestalt.

Sie blickte zu Nigellus auf, der grau und blass war. „Diese Kugel war für einen Dämon bestimmt."

„Ja", sagte er grimmig.

Wäre sie auf sein Angebot eingegangen, den Tresor gewaltsam zu öffnen, wäre *er* von einer Kugel durch die Brust getroffen worden, die die einzige Substanz enthielt, für die Dämonen anfällig waren. Es hätte ihn nicht umgebracht – nichts kann einen Unsterblichen töten –, aber Salz im Herzen oder im Gehirn war zweifellos die schmerzhafteste Verletzung, die ein Dämon erleiden konnte.

„Du solltest dich ausruhen, Neveah", sagte Edward. „Darf ich dir das Gästezimmer zeigen?"

Sie stand auf unsicheren Beinen auf. „Ich fürchte, Engel schlafen nicht, genauso wenig wie Dämonen. Aber wenn du mir den Rest des Whiskeys gibst, werde ich sehen, ob ich mich wenigstens für eine Weile bewusstlos trinken kann." Sie fuhr vorsichtig mit einer Hand über ihre Brust. „Ich muss sagen, das macht wirklich keinen Spaß."

„In der Tat nicht, Miss", stimmte Edward zu. „Hier entlang, bitte. Das Zimmer ist nicht weit entfernt."

Er nahm die Whiskeyflasche und führte den Engel zur Tür und passte dabei seinen Schritt ihrem langsamen, zögernden an.

„Ich muss zu Ms. Ramirez' Wohnung zurückkehren, um den Wagen zurückzuholen und dafür zu sorgen, dass er nicht zurückverfolgt wird", sagte Nigellus zu dem sich zurückziehenden Diener. „Ich werde mich beeilen."

„Natürlich, Sir", stimmte Edward zu und stützte den verletzten Engel mit einer Hand unter ihrem Ellbogen.

◆

Der Maserati stand noch in Ms. Ramirez' Einfahrt, als Nigellus zurück zum Dreifamilienhaus teleportierte, das in einem fröhlichen Gelb getüncht war. Die Auswirkungen dieser jüngsten Enthüllung gingen ihm durch den Kopf und es fiel ihm schwer, der Versuchung, sich in die polizeilichen Ermittlungen einzumischen, zu widerstehen. Er würde dies bis zu einem gewissen Grad tun müssen, denn er musste sicherstellen, dass die Behörden das Auto nicht zu Edward zurückverfolgen konnten. Doch was den Rest betraf … so hatten sich die Dinge bereits zu einem Ausmaß aufgebläht, welches kaum noch eindämmbar war. Zumindest nicht, ohne eine Reihe großer roter Fahnen mit der Aufschrift *Warnung: Dämonische Einmischung* zu hissen.

Die Menschen würden die Verbindung zu seinem übernatürlichen Einfluss vielleicht nicht herstellen, wenn es ihm gelänge, den Mord an der Vermieterin vollständig zu vertuschen. Es *würde* aber jede Fae, die in die Ermittlungen verwickelt war, mit Sicherheit auf den Schirm holen, und eine solche Aussicht war immer noch etwas schlimmer, als dass sie in den Ermittlungen herumschnüffelten, *ohne* Beweise für dämonische Einmischung auf der Erde zu finden.

Es gab jedoch zu viele Hinweise. Die Leiche der Vermieterin selbst ... alle forensischen Beweise, die bereits fotografiert und weitergeleitet worden waren ... die abgefeuerte Pistole im Safe ... die vorhandenen Aufzeichnungen über das Verschwinden von Alice Ramirez nach dem Tod des entkommenen Fae-Häftlings. Wahrscheinlich gab es bereits Dutzende von menschlichen Ermittlern, die entweder direkt oder am Rande involviert waren, und jeder von ihnen konnte Alarm schlagen, wenn Beweise – oder gar eine weitere Leiche – verschwanden.

Am meisten beunruhigte ihn die mit Salz gefüllte Kugel. Alice wusste eindeutig über die übernatürliche Welt Bescheid, und nicht nur das ... sie hatte erwartet, dass übernatürliche Wesen in ihrer Wohnung auftauchen würden. Sie wusste über Dämonen und deren einzige Schwäche Bescheid, *und das sollte sie nicht wissen*. Die einzige denkbare Erklärung, die ihm einfiel, war, dass sie eine Fae-Agentin war. Aber wenn das der Fall war, wie passte dann die tote Seelie-Kriegerin dazu?

Er schob seine Überlegungen beiseite und kümmerte sich lieber um den verflixten Maserati.

Zwei Kriminaltechniker waren gerade dabei, das Fahrzeug auf Fingerabdrücke abzustauben, als er hinzukam. Eine undankbare Aufgabe, da weder Dämonen noch Engel über Hautpapillen an den Fingerspitzen verfügten. Glücklicherweise fuhr Edward nie mit dem Auto, sondern bevorzugte den Aston Martin, wenn sie sich in dieser Gegend aufhielten.

Er fesselte die Blicke der beiden Männer, als sie auf seine Annäherung hin aufschauten, und ließ seine Macht ihre Gedanken umhüllen. „Ihr seid mit eurer Aufgabe fertig und habt nichts Nützliches gefunden", sagte er und ersparte ihnen die Mühe. „Sagt mir bitte, wer das Kennzeichen eingegeben hat."

Sie starrten ihn einen Moment lang an, bevor der nächstgelegene Techniker eine Hand hob und zur offenen Wohnungstür zeigte. „Es war Lieutenant Walker."

„Danke", sagte er und ging in die Wohnung.

Ein Mann in einem schlecht sitzenden Anzug sah auf, runzelte die Stirn und hob eine Hand in der universellen Geste für *Stopp*. „Halt, halt, halt. Wer zum Teufel sind Sie? Dies ist ein aktiver Tatort, Kumpel!"

Auch mehrere Uniformierte sahen auf. Nigellus ließ seine Kraft durch den Raum strömen.

„Leutnant Walker? Ich bin hier, um das Fahrzeug zu beschlagnahmen", sagte er ruhig. „Dunkelblauer Mazda 626, Kennzeichen 6LBK274."

Der Mann im Anzug blinzelte ihn an. „Was? Nein, es war … es war ein … Maserati?"

„Nein", wiederholte Nigellus. „Es war ein dunkelblauer Mazda 626 mit dem Kennzeichen 6LBK274. Jemand hat vorhin beim Notieren der Daten einen Fehler gemacht. Sie sollten die Korrektur sofort veranlassen."

Der Leutnant starrte ihn einen Moment lang mit leerem Blick und offenem Mund an. Nigellus starrte zurück, und der Mann nahm sein Handy in die Hand und wählte. Er wartete, bis der Leutnant sein Gespräch beendet und sein Handy wieder in seine Tasche gesteckt hatte.

„Nur ein kleiner Fehler", murmelte der Mensch. „Könnte jedem passieren."

„Ganz recht", stimmte Nigellus zu. „Könnte jetzt jemand den Streifenwagen wegfahren, der die Einfahrt blockiert?"

Ein uniformierter Beamter nickte stumm und drängte sich an Nigellus vorbei, um nach draußen zu gehen. Auch hier widerstand Nigellus dem Drang, den Menschen weitere Gedanken einzupflanzen, denn das könnte später leicht auf ihn zurückfallen, wenn er sich auch nur im Geringsten vertat.

„Danke, Leutnant", sagte er stattdessen und fuhr den Maserati zurück zum Haus.

Als er ankam, wartete Edward bereits auf ihn.

„Sie hätten das verdammte Auto dort lassen sollen", sagte sein Diener. „Sie wären wahrscheinlich nicht in der Lage gewesen, die Eigentumsverhältnisse durch all die verschiedenen Briefkastenfirmen zu klären, und Sie hätten es durch ein Cabrio ersetzen können, *denn wir sind im verdammten Kalifornien.*"

Nigellus warf ihm einen etwas längeren Blick zu. „Du bist wegen irgendetwas verärgert. Ich nehme an, es hat nichts mit dem Maserati zu tun."

Edward presste die Lippen aufeinander und versuchte sichtlich, sich zu beherrschen. „Sir. In Ihrem Gästezimmer befindet sich ein *Engel.* Ein Engel, wie ich hinzufügen möchte, der gerade seinen Vollrausch ausschläft, weil er sich eine mit Salz versetzte Schusswunde zugezogen hat, die für einen Dämon bestimmt war … und sie heilt nicht."

„Immer noch nicht?", fragte Nigellus und unterdrückte einen kleinen Anflug von Sorge. „Sie sollte sich inzwischen regeneriert haben, auch wenn sie geschwächt ist."

„In der Tat", stimmte Edward mit erzwungener Geduld zu. „Das sollte sie tatsächlich. Das ist der Punkt, auf den ich hinauswill. Allerdings würde ich auch gerne noch einmal auf den Teil mit dem *für einen Dämon bestimmt* zurückkommen, wenn es geht. Warum befand sich in der Wohnung dieser jungen Frau eine Sprengfalle mit Salz? Und woher konnte sie wissen, dass sie den Besuch eines Dämons zu erwarten hatte, geschweige denn, wie sie wissen konnte, wie man ihn am besten angreift?"

„Alles gute Fragen", antwortete Nigellus. „In ihrer Küche stand auch ein großer Sack Salz, in dem vielleicht acht oder zehn Pfund fehlten."

Edwards buschige Augenbrauen schossen in die Höhe. „Und Sie haben nicht daran gedacht, das vorher zu erwähnen?"

Nigellus warf ihm einen nüchternen Blick zu. „Ich war etwas abgelenkt."

Der alte Mann schnaubte. „So kann man es auch ausdrücken ... *Sir*."

Nigellus wollte *nicht* zugeben, dass ihn sein älterer menschlicher Diener aus einem Anfall von engelsgleicher Lust gerissen hatte. Wenn er das täte, würde er es nie verwinden.

Sie starrten sich an, als wollten sie den jeweils anderen dazu zwingen, zuerst zu blinzeln. Edward brach den Blickkontakt mit einem resignierten Seufzer ab. „Nun gut. In diesem Fall haben wir es sowohl mit einer toten Fae als auch mit einem Möchtegern-Dämonenjäger zu tun. Aber zuerst: Wie sollen wir einen Engel mit Energie versorgen, während er vom Himmel abgeschnitten ist? Denn selbst wenn es ein ungewolltes Opfer war – sie hat die Kugel für *Sie* in Kauf genommen, Sir."

Nigellus schloss seine Augen und rieb sich die Stirn. „Ja. Ich nehme an, das hat sie. Die Frage ist also, wohin man auf der Erde gehen muss, um einen großen Schwall spontaner Liebe von Fremden zu erfahren."

KAPITEL ACHT

NEVEAH erwachte aus der Besinnungslosigkeit und fand sich in Nigellus' Gästezimmer wieder, aber sie hatte immer noch Schmerzen. Draußen war es dunkel, das konnte sie durch das Fenster sehen, aber jemand hatte eine einzelne, schwach brennende Lampe in der hintersten Ecke des Raumes eingeschaltet.

Das war wohlüberlegt, wenn auch unnötig. Wahrscheinlich war das Edwards Werk.

Sie stieg aus dem bequemen Bett und zuckte zusammen, als ihr Körper protestierte. Über der Kommode befand sich ein Spiegel. Sie zog die Seiten des Bademantels auseinander und beugte sich vor, um die Eintrittswunde in ihrer Brust zu untersuchen. Die Ränder der Wunde begannen sich endlich zu schließen, aber selbst diese kleine Heilung verbrauchte Ressourcen, die sie kaum noch besaß. Ihre Haut war so blass, dass sie fast durchsichtig erschien.

Angst stieg in ihr auf, als sie die deutlichen Anzeichen dafür erkannte, dass ihr beanspruchter menschlicher Körper an seine Grenzen stieß. Er hatte ihr Jahrtausende lang gute Dienste geleistet … allerdings hatte sie die meiste Zeit nicht in direkter Schusslinie von High-Speed-Metallprojektilen gestanden.

Ein zaghaftes Klopfen ertönte an der geschlossenen Schlafzimmertür. Sie zog den Bademantel wieder hoch und lief zur Tür, um sie zu öffnen. Nigellus stand davor, tadellos in *Armani* gekleidet, die beiden obersten Knöpfe seines tiefroten Hemdes geöffnet. Über seinem Kragen war der obere Rand eines Tattoos zu sehen – drei Kreuze, angeordnet in der üblichen Darstellung der christlichen Kreuzigung.

„Hallo", sagte sie. „Dein Whiskeygeschmack ist übrigens ausgezeichnet. Zumindest nehme ich an, dass er das ist. Normalerweise bin ich kein großer Trinker."

„Wenn man sich schon einem Laster hingibt, dann sollte es etwas Hochwertiges sein", antwortete er. Seine Augen musterten sie abschätzend. Sie versuchte, nicht unter seinem unnachgiebigen Blick einzuknicken. „Deine Reserven sind erschöpft. Ich bringe dich an einen Ort, der dir helfen könnte."

Sie starrte ihn einen Moment lang verständnislos an – die Reste des Alkohols schwappten wie Wellen im Meer in ihrem Hirn herum. „Das willst du für mich tun?"

„Ja", sagte er mit erzwungener Geduld. „Du wohnst in Stockton, sagtest du?"

„Das stimmt."

Der Dämon nickte. „Ich habe mir die Freiheit genommen, dein ... Auto ... vom Krankenhausparkplatz zu holen."

Er zögerte bei dem Wort *Auto*, als wäre er sich nicht sicher, ob es das richtige Wort war, um ihren alten Diesel-VW-Rabbit zu beschreiben.

„Woher wusstest du, welches meins ist?", fragte sie.

„Deine Kraftsignatur ist überall darauf zu spüren …" Er legte den Kopf schief und beobachtete sie immer noch genau. „Obwohl sie zugegebenermaßen etwas von dem Gestank von kaltem Pommesfett überlagert wurde."

„Mein VW ist von Diesel auf Pflanzenöl umgestellt worden", antwortete sie hochmütig. „Die Erdölindustrie ist furchtbar und der Schutz unserer Umwelt ist wichtig. Außerdem beziehe ich mein Öl von einem japanischen Restaurant. Ich garantiere, dass sie es nicht zum *Pommesbraten* verwenden."

„Wie bewundernswert von dir." Seine Mundwinkel zuckten nicht einmal. „Auf jeden Fall steht er in der Garage. Aber ich bestehe darauf, heute Abend mit etwas weniger Schrecklichem nach Oakland zu fahren."

Sie hob eine Augenbraue. „*Nicht* mit dem Maserati. Ich bin mir zwar sicher, dass du mit den Gedanken der Menschen gespielt hast, als du ihn zurückgeholt hast, aber du würdest damit zu viel Aufmerksamkeit auf uns lenken."

„Nein, wir nehmen nicht den Maserati", stimmte er zu. „Wir haben hier noch einen Aston Martin. Er hat nur kleine Kratzer, nachdem mein unruhestiftender Vampirschützling damit das letzte Mal in eine Verfolgungsjagd verwickelt war."

Bei der Erwähnung von Nigellus' Hausvampir wurde sie hellhörig. „Oh, du meinst den hübschen Engländer? Ich habe ihn einmal getroffen, als ich versucht habe, dich aufzuspüren. Wie geht es ihm eigentlich?"

„Gut, auch wenn wir derzeit nicht miteinander sprechen", sagte er. „Lange Geschichte."

Wenn sie sich jetzt nicht so schrecklich fühlen würde, hätte sie vielleicht nachgehakt. „Hmm. Nun, ich wage zu behaupten, dass er wieder zur Vernunft kommen wird. Es ist ja nicht so, dass dir die Zeit davonläuft. Also, Oakland, sagtest du?"

Er nickte. „Über Stockton, ja. Möchtest du dich hier erst einmal frisch machen? Wir sollten so schnell wie möglich aufbrechen."

„In Ordnung", stimmte sie zu. „Vorausgesetzt, es gibt nichts Dringendes zu tun, in Bezug auf die Morde und das allgemeine Chaos, meine ich."

„Es gibt keine weiteren Neuigkeiten bezüglich Alice Ramirez, nein. Edward wird die Situation im Auge behalten und mich kontaktieren, wenn es nötig ist."

Sie nickte zustimmend, denn ehrlich gesagt, was sie jetzt in diesem Fall brauchten, war ein Geistesblitz – eine Möglichkeit, alle scheinbar widersprüchlichen Teile unter einen Hut zu bringen. Das konnte auf der Straße genauso gut geschehen wie hier in Calaveras County. Und im Falle eines größeren Durchbruchs in der Sache, etwa falls die Polizei Alice fand, war Nigellus ein Dämon. Er könnte sie im Handumdrehen hierher zurückteleportieren.

„Gut", sagte sie. „Aber ich fürchte, ich muss mir für die Fahrt zu meiner Wohnung in Stockton ein Hemd von dir leihen. Die Menschen können in solchen Angelegenheiten furchtbar spießig sein, weißt du."

Wie sich herausstellte, hatte Edward ihre Bluse gereinigt und geflickt, während sie damit beschäftigt war, ihren Rausch auszuschlafen. Der BH war unwiederbringlich zerstört, aber Neveah erinnerte sich noch gut an die Sechzigerjahre und machte sich nicht viel daraus.

Es fühlte sich mehr als merkwürdig an, Nigellus in ihr privates Reich zu lassen – nicht weil es in ihrer bescheidenen Wohnung etwas Ungewöhnliches zu sehen gab, sondern einfach, weil er ein Dämon war. Schon bevor ihr Volk die Himmelspforte vor den Nasen der anderen Reiche zugeschlagen hatte, hatten Engel und Dämonen nicht wirklich viel miteinander zu tun gehabt, abgesehen von ihren gelegentlichen sinnlosen und ermüdenden Kriegen im Laufe der Äonen.

Dennoch wäre es unhöflich gewesen, ihn zu bitten, im Auto zu warten – einem weiteren protzigen Sportmodell, das wahrscheinlich doppelt so viel kostete, wie die meisten menschlichen Familien in einem Jahr verdienten. Er kam mit ihr im Fahrstuhl nach oben und wartete höflich in ihrem Wohnzimmer, während sie den Flur hinunterging, um sich zu waschen und umzuziehen.

Ihre Bewegungen waren träge, und jedes Mal, wenn etwas ihre halb verheilte Wunde beanspruchte, zuckte sie zusammen. Vorsichtig schlüpfte sie in ein hochgeschlossenes, ärmelloses blaues Kleid, das die hässliche Narbe auf ihrer Brust verbarg, und warf einen letzten Blick in den Spiegel. Sie war immer noch blass und gräulich … oder vielleicht wäre *geisterhaft* ein besseres Wort, um ihr Aussehen zu beschreiben.

Sie zog sich ein paar Stiefeletten mit einem kurzen Schaft an und steckte ihren Ausweis, ihr Handy und ein wenig Bargeld in eine diskrete Strumpfbandtasche, die sie sich um den Oberschenkel schnallte. Der schwingende, knielange Rock verdeckte ihre Habseligkeiten.

Vielleicht hätte sie sich etwas mehr anstrengen sollen, um herauszufinden, wohin sie Nigellus bringen wollte, aber es fiel ihr sehr schwer, Energie für solche Gedanken zu verwenden. Es war ein gewisser Trost, ihm die Kontrolle über die Situation zu überlassen, während sie nichts Anstrengenderes tat, als mitzufahren. Ob er wirklich einen Ort kannte, an dem sie ihre Reserven wieder auffüllen konnte, war fraglich, aber die Chancen waren sicherlich besser, als wenn sie sich allein in ihrer Wohnung zusammenrollen würde, um ihre Wunden zu lecken … *sozusagen*.

„Ist das zweckmäßig?", fragte sie und deutete auf ihr Kleid, als sie ins Wohnzimmer zurückkehrte.

„Perfekt", antwortete er, ohne eine Miene zu verziehen. Unwillkürlich fragte sie sich, wann er das letzte Mal gelächelt hatte.

Sie fuhren schweigend die verbleibenden zwei Stunden nach Oakland. Nigellus lotste sie zu einer nicht gerade einladend aussehenden Kreuzung, an der ein junger Mensch mit einer Umhängetasche über der Schulter und einer gefalteten Karte in der Hand stand. Der Dämon hielt vor ihm und ließ das Beifahrerfenster herunter.

Der junge Mann strahlte sie an. „Wollen Sie eine Karte kaufen, schöne Frau?", fragte er, blickte an ihr vorbei zu Nigellus und dann schnell wieder weg.

„Wie viel?", fragte Nigellus barsch.

„F-fünfzig Dollar", stammelte der Junge.

Nigellus überreichte ihm einen Hundert-Dollar-Schein. „Behalte den Rest."

Der Mensch reichte Neveah behutsam die Karte, als fürchtete er, Nigellus könnte über die Mittelkonsole springen und wie eine Schlange zuschlagen.

Sie nahm die Karte und schenkte ihm ein zaghaftes Lächeln.

Nigellus ließ das Fenster hoch und fuhr weiter, als die Ampel umschaltete. Neveah entfaltete die Karte mit einem Stirnrunzeln.

„Ich wusste nicht, dass es noch Papierkarten gibt", gestand sie.

„Nur für bestimmte Gebiete", antwortete er, völlig unbewegt. „Ist eine Route eingezeichnet?"

Das typisch gelbe Licht der Straßenlaternen beleuchtete das gefaltete Papier. „Ja, das Ziel scheint ein Stück südwestlich des Kolosseums zu liegen", sagte sie stirnrunzelnd. „Was gibt es da unten außer alten Lagerhäusern?"

„Sehr wenig", sagte er kryptisch und bog in die Richtung ab, die sie ihm wies.

Trotz ihrer wachsenden Skepsis lotste sie ihn zu dem leuchtend roten Stern, der auf der Karte eingezeichnet war. Es handelte sich tatsächlich um eine verlassene Lagerhalle ... nur dass es auf dem mit Unkraut überwucherten Parkplatz hinter dem Gebäude von anderen Autos wimmelte.

Hunderte Autos.

Als Nigellus parkte und den Motor abstellte, nahm Neveah ein schwaches Pulsieren unter ihren Füßen wahr – das Gefühl von schweren Bässen knapp jenseits des Hörbereichs.

Sie zog die Augenbrauen hoch. „Hast du mich zu einem illegalen Rave geführt? Ich wusste gar nicht, dass es so etwas noch gibt."

„Ja, aber nicht in dem Ausmaß, wie es vor zwanzig Jahren üblich war."

Sie drehte sich um und betrachtete das Lagerhaus, das von außen dunkel und unscheinbar aussah. Nur die Vibrationen der lauten Musik, die aus dem Inneren drang, verrieten, was darin vor sich ging.

„Fühlt sich an wie in den *frühen Neunzigern*, findest du nicht auch?", sagte sie.

„Für einen Unsterblichen ist das doch nur ein Wimpernschlag", erwiderte er, und sie fragte sich einen Moment lang, ob das ein Scherz gewesen war.

„Das ist wohl wahr", räumte sie ein, „aber ich bin mir nicht ganz sicher, warum du glaubst, dass mir das helfen wird?"

Der Blick, den er ihr zuwarf, war fast mitleidig. „Ich nehme an, dass du in den Neunzigern nicht in dieser Szene unterwegs warst?"

„Äh … nicht wirklich, nein."

„Vielleicht hättest du es mal versuchen sollen", sagte er etwas kryptisch.

In Ermangelung besserer Optionen schleppte sie ihren schmerzenden Körper aus dem Auto, als Nigellus ihr die Tür öffnete, und ließ sich an seinem Arm zu einem unauffälligen Seiteneingang eskortieren – nur weil sie die Unterstützung tatsächlich brauchte. Nigellus übergab die Karte einem kräftig gebauten Mann, der davor stand. Er sah sie sich an, schaute *sie* an und winkte sie mit einem Ruck seines Kinns hinein.

Als sich die Tür öffnete, wurde Neveah von einer Welle von … *etwas* getroffen. Empathie und Mitgefühl und *ja* – Liebe. Sie atmete scharf ein und war sich des Schmerzes in ihrer Brust unter der unerwarteten Flut euphorischer Gefühle kaum noch bewusst.

Elektronische Tanzmusik pulsierte durch den hallenden Raum. Laserlicht beleuchtete Hunderte von wogenden Körpern in scharfen, geometrischen Lichtblitzen und eine Nebelmaschine spuckte weißen Dampf über die Tanzfläche.

Die Menschen hier … sie waren so *glücklich*.

Neveah klammerte sich an den Arm ihres dämonischen Begleiters und ihr Körper wiegte sich im Rhythmus des hämmernden Beats.

„Was … was *ist* das?", fragte sie und musste fast schreien, um über die Musik hinweg gehört zu werden.

„Menschliches Laster vom Feinsten", sagte Nigellus trocken. „Dank der Menge an chemischer Unterstützung, die hier im Umlauf ist, gehe ich davon aus, dass du in der Lage sein wirst, eine anständige Menge platonischer Liebe anzuziehen, ohne mehr Energie zu verbrauchen, als du dabei gewinnst."

Sie starrte ihn mit offen stehendem Mund an und suchte nach Worten.

Bevor Neveah ihre Zunge lösen konnte, kam eine unkonventionell gekleidete, attraktive Frau auf sie zu.

„Möchtet ihr euch den Abend verschönern?", fragte sie. „Zwanzig Dollar pro Tablette für E. Zehn Dollar pro Flasche für Poppers."

Neveah sah etwas benommen zu, wie die Verhandlungen begannen und das Geld den Besitzer wechselte. Die Frau verschwand ohne einen Blick zurück in der Menge. Nigellus führte eine kleine grüne Pille zum Mund und ließ sie einen Moment lang auf der Zunge zergehen.

„Haut ziemlich rein", erklärte er. „Hier. Nimm das."

„MDMA?", fragte sie.

„Du kannst genauso gut auf der gleichen Wellenlänge schweben wie die Leute, von denen du schöpfen wirst", antwortete er. „Außerdem bereitet mir die Aussicht, einen Engel zu verderben, große Freude."

Sie warf ihm einen finsteren Blick zu und schluckte die beiden Pillen, die er ihr reichte, trocken hinunter, ohne den Blickkontakt zu unterbrechen.

„Ich glaube, die bevorzugte Methode ist, sie unter der Zunge zergehen zu lassen", sagte er milde.

„Zu spät. Hast du der religiösen Propaganda der Fae aus dem letzten Krieg geglaubt?", fragte sie und musste immer noch halb schreien, um sich Gehör zu verschaffen. „Ich habe bereits eine ganze Flasche deines Whiskeys getrunken, weißt du."

„Und das war auch köstlich mitanzusehen, obwohl ich mir andere Umstände gewünscht hätte."

Sie rümpfte die Nase über seine Schadenfreude. „Dito."

Während des Krieges war es für die Fae auf der Erde taktisch sinnvoll gewesen, ihre Gabe zu nutzen, indem sie sich als Engelswesen in der abrahamitischen religiösen Tradition positionierten. Neveahs Volk hatte sich vor vielen Tausend Jahren mit dem Volk der Fae vermischt und dabei einige der magischen Eigenschaften mitgegeben, die den Fae heute geläufig sind – vor allem die Fähigkeit, den menschlichen Geist zu manipulieren, indem sie eine Form der Anbetung hervorriefen, die der von Engeln ähnelt.

Die Engel – nun ja, alle außer ihr – hatten das Schlachtfeld bereits verlassen, als die Fae auf die Idee kamen, sich als sie auszugeben, um durch Propaganda eine große Zahl von Menschen zu kontrollieren.

Da die Fae wirklich eine pingelige Spezies waren, wenn es um Laster ging, hatten sie diesen Brauch hochgespielt. Engel waren tugendhaft und rein. Dämonen waren abscheulich, böse und gefährlich. Letztendlich war das nicht der Schachzug gewesen, der den Krieg für sie entschieden hatte – die siegreiche Strategie war die Vernichtung der Vampirarmee der Hölle gewesen. Mit einem einzigen, verheerenden Schlag durch eine experimentelle magische Waffe. Die Propagandakampagne der Fae hatte die Dämonen auf jeden Fall in ihrem Umgang mit den Menschen auf der Erde in die Defensive getrieben.

Trotz gegenteiliger Gerüchte waren Neveahs Leute nicht *wählerisch*. Viele von ihnen waren ehrlich gesagt ziemlich blutrünstig … und eine etwas kleinere Gruppe neigte dazu, Mischlinge mit den anderen, schwächeren Spezies zu zeugen. Sosehr es sie auch schmerzte, es zuzugeben, hatten sie den anderen Reichen wahrscheinlich einen Gefallen getan, als sie sich selbst isolierten.

Seitdem saß Neveah hier auf der Erde fest, und das schon seit *sehr* langer Zeit. Sie hatte Zeiten erlebt, in denen sie das Laster suchte, aber es hatte sich immer trivial angefühlt. Wenn man so lange lebte wie sie, war es schwer, einen Sinn zu finden … aber sie hatte ihn nie auf dem Boden einer Flasche oder im Bett eines beliebigen Menschen gefunden. Sie war vor langer Zeit zum Mitläufer geworden, ging nur noch nach Schema F vor, und doch konnte sie immer noch Momente der Erfüllung verspüren, wenn sie die Puzzlestücke einer wirklich guten Story zusammensetzte.

Und sie würde versuchen, dies mit dem derzeitigen Wirrwarr an widersprüchlichen Hinweisen zu tun. *Morgen.*

In diesem Moment wurde sie von allen Seiten vom Glück und der platonischen Liebe der Menschen umspült. Der Rhythmus pulsierte in ihren Adern, die durch ihr geschädigtes Herz kalt und träge geworden waren. Bunte Lichter durchschnitten die dunstige Atmosphäre wie lebendige Kunst und pulsierten im Takt des Beats.

„Du willst mich verderben? Ich zeige dir, was Laster bedeutet, Dämon", rief sie und tanzte in die Menge.

KAPITEL NEUN

DER ENGEL wiegte sich im Takt der Musik, tanzte durch die pulsierende Menge, so wie es in den Mythen geschrieben stand. Nigellus konnte erkennen, als das Ecstasy ihren geschwächten Stoffwechsel übermannte – er konnte praktisch die wirbelnden Wellen der Liebe sehen, die zwischen ihr und den menschlichen Partygästen, die in ihre Umlaufbahn hinein- und wieder herausglitten, hin und her schwappten.

In Anbetracht des überwältigenden Lärms und der blinkenden Lichter war der Ort für einen auf der Erde lebenden Dämon normal und seltsam entspannend. Die Fae würden so einen Ort wie die Pest meiden. Es gab einen Grund, warum seine Art dazu neigte, sich an Bastionen des Lasters zu halten, wenn sie auf der Erde wandelten.

Atlantic City. Vegas. Monte-Carlo. New Orleans.

Nigellus beschattete den Engel, behielt sie im Auge, obwohl dies mit Sicherheit eine unnötige Vorsichtsmaßnahme war. Sie war unsterblich und lebte zusehends unter dem von Drogen angeheizten Ansturm menschlicher Empathie und Anbetung auf. Ihre durchscheinende Haut vorhin zu sehen, zusammen mit dem Schmerz, der hinter ihren glasigen Sommerhimmel-Augen lauerte, war ... beunruhigend gewesen.

Nigellus hatte gelegentlich Anlass, seine Reserven fast vollständig auszuschöpfen, um ein notwendiges und lohnenswertes Ziel zu verfolgen. Für ihn war das Aufladen aber lediglich eine Frage der Absorption der Energie, die dem Wandel der Zeit innewohnt – oder, was seit dem Vertrag mit den Fae immer seltener vorkam – indem er die Energie einer menschlichen Seele, die er an sich gebunden hatte, erntete und absorbierte.

Die Vorstellung, keinen Zugang zu Energie zu haben, um seine Speicher wieder aufzufüllen, war zutiefst beunruhigend. Eigentlich sollte ihn das Schicksal des letzten Engels auf der Erde nicht interessieren. Er hatte viele Engel auf dem Schlachtfeld während der verschiedenen und letztlich vergeblichen Kämpfe zwischen den beiden wirklich unsterblichen Spezies getroffen. Sie waren furchterregende Kämpfer, wie die Dämonen natürlich auch.

Doch jemandem, der ihm keinen Schaden zugefügt hatte, die Hilfe zu verweigern, obwohl er die Macht hatte, zu helfen? Das wäre unnötig grausam gewesen. Und er hatte vorhin nicht gelogen. Nach ihrem beunruhigend erfolgreichen Versuch, seinen Geist ihrem Willen zu unterwerfen, gefiel ihm der Gedanke, sie, wenn schon nicht zu verderben, so doch wenigstens auf den Boden der Tatsachen zurückzubringen ... sozusagen.

Während sie sich über die voll besetzte Tanzfläche schwang und lächelte, Fremde umarmte und küsste, als wären sie lang vermisste Freunde, fiel es ihm erstaunlich schwer, seine Gedanken nicht zu *Was-wäre-wenn* und *Was-hätte-sein-können* schweifen zu lassen.

Was, wenn Edward nicht im entscheidenden Moment gekommen wäre, um ihn aus seiner Trance zu reißen, und er den Engel an der Wohnzimmerwand gevögelt hätte? Er hatte den schwindelerregenden Gesichtsausdruck von schockiertem Vergnügen auf ihrem Gesicht gesehen. Wenn es darum ging, einen Engel zu verderben, gab es wenig direktere Methoden. Hatte sie während ihres langen Exils schon einmal mit einem Menschen oder einer Fae herumgemacht?

Und, zum Teufel, warum dachte er überhaupt darüber nach? Ihr Einfluss musste immer noch in seinem Kopf herumspuken.

Der illegale Rave würde bis zum Morgengrauen andauern. Er gewöhnte sich an die Atmosphäre menschlicher Dekadenz und bedauerte fast, dass keine der am Veranstaltungsort erhältlichen Drogen eine nennenswerte Wirkung auf seinen Stoffwechsel haben würde.

Neveah tanzte, und während die Stunden vergingen, verblasste die schreckliche Durchsichtigkeit ihrer Haut, während sie an Freude und Lebendigkeit gewann. Als sie schließlich zu ihm zurückkehrte und lachend und trunken von menschlicher Liebe gegen seine Brust stolperte, hielt er sie fest und versuchte, sich daran zu erinnern, wie sich diese Art von unbefangenem Glück eigentlich anfühlte.

„Du bist brillant", rief sie über den hämmernden elektronischen Beat hinweg. „Das ist genial! Ich will das jede Nacht machen!"

„Ich fürchte, sie feiern nicht ständig", sagte er trocken. „Wie geht es dir?"

Sie presste eine Hand zwischen ihre Brüste und schenkte ihm ein strahlendes und engelsgleiches Lächeln.

„Alles repariert! Ich fühle mich ..." Sie seufzte und schmiegte sich an seinen Körper. „Absolut *wunderbar*. Können wir irgendwo frühstücken gehen, bitte?"

❖

Er fuhr mit ihr zum nächstgelegenen Diner, der offenbar ein beliebtes Ziel für Rave-Gäste war. Der Himmel im Osten hellte sich gerade von Blauschwarz zu Marineblau auf, was durch das große Fenster vor ihrer Sitzecke zu sehen war.

Neveah machte sich über den Teller mit Pancakes her, die mit Sirup, Schlagsahne und Erdbeeren garniert waren, als hätte sie seit Ewigkeiten nichts mehr gegessen. Nigellus nippte an seinem starken schwarzen Kaffee, der weniger Ähnlichkeit mit Kielwasser hatte, als man von einem solchen Ort erwarten würde.

„Verrat mir etwas", sagte der Engel und deutete mit einer vollen Gabel auf ihn.

Er zog eine Augenbraue hoch, um sie zum Weiterreden aufzufordern.

„Warum hast du dich so bemüht, mir so lange aus dem Weg zu gehen?" Die Gabel, beladen mit sirupgetränkten Pancakes, verschwand zwischen ihren vollen Lippen.

„Ganz einfach", antwortete er. „Ich habe sofort gemerkt, dass du etwas Ungewöhnliches an dir hast, aber ich hatte angenommen, dass du ein Mensch mit natürlicher Magie bist. In Anbetracht der Vertragsbestimmung über die dämonische Einmischung in die Menschenwelt wäre es leichtsinnig gewesen, mit dir mehr als unbedingt nötig zu interagieren."

Sie schien dies einen Moment lang abzuwägen, während sie kaute und den Bissen hinunterschluckte.

„Das ergibt Sinn", gab sie zu. „Du scheinst aber nicht allzu besorgt zu sein über all die jüngsten Einmischungen bei den polizeilichen Ermittlungen und dem Leichenhallenpersonal."

Er wählte seine Worte mit Bedacht. „Ich bin mir einer großen Anzahl potenzieller Fallstricke im Zusammenhang mit der derzeitigen Situation bewusst, aber es ist nicht sinnvoll, sich über irgendetwas davon *Gedanken* zu machen."

Der Engel legte Messer und Gabel ab und sah ihn an. „Die ganze Sache gerät irgendwie außer Kontrolle, meinst du nicht auch? Alice ist wie ein loser Faden, und jedes Mal, wenn wir daran ziehen, wird das Gewirr nur noch schlimmer."

Nigellus war sich dieser Tatsache schmerzlich bewusst.

„Willst du das wirklich jetzt besprechen?", fragte er.

Sie seufzte und zog seinen Teller mit Bacon, Eiern und Kartoffelpuffern zu sich heran. „Nein, ganz und gar nicht." Ihr Blick wurde wieder verträumt und strahlte in seiner überirdischen Schönheit. „Woher wusstest du, dass du mich zu diesem Rave bringen musstest? Ich wusste gar nicht, dass Menschen in so großen Gruppen emotionale Bindungen eingehen können. Es war wunderschön."

„MDMA ist eine interessante, Empathie auslösende Chemikalie, zumindest in Verbindung mit dem menschlichen Geist", sagte er. „Natürlich ist es für die Menschen nicht immer ungefährlich, aber es ist dennoch eine faszinierende Studie über die psychosozialen Auswirkungen auf ihre Spezies. Und wie ich auf die Idee gekommen bin? Ransley Thorpes Gefährtin ist ein hybrider Sukkubus. Sie ernährt sich oft von der Lust anderer Menschen, die sich in Sexclubs versammeln. Die Gefühle sind anders, aber das Prinzip ist das gleiche."

Ein Lächeln umspielte Neveahs Mundwinkel. „Ah. Du denkst schon wieder an deinen hübschen englischen Vampirschützling, was? Ja, ich habe seine halb dämonische Gefährtin getroffen. Ich glaube, sie mochte mich nicht besonders."

„Hmm. Hast du ihr damals aufdringliche Fragen gestellt?", fragte Nigellus.

„Wahrscheinlich", gab sie zu. „Ich bin froh, dass deine kleine Vampirfamilie wächst, weißt du. Es wäre furchtbar gewesen, wenn die Fae es geschafft hätten, sie komplett auszulöschen."

Nigellus wollte das Thema Vampire nicht weiter vertiefen. Die Fae hatten ihre mächtigsten Zwillingspaare geopfert, als sie die Waffe zündeten, die die Dämonenarmee der Nacht mit einem

Schlag vernichtete. Nigellus – der Spionagemeister – hatte kaum genug Zeit, um Ransley Thorpe vor der Katastrophe in die Hölle in Sicherheit zu bringen.

Die Existenz auch nur eines einzigen Vampirs bedeutete, dass die Möglichkeit bestand, die Vampirspezies in der Zukunft wieder aufleben zu lassen – mehr oder weniger –, aber es hatte einen schrecklichen emotionalen Tribut für den letzten Überlebenden gefordert. Ransley hatte Nigellus nie wirklich verziehen, dass er ihn gerettet hatte, und hatte sich jahrhundertelang geweigert, einen Menschen in einen Vampir zu verwandeln. Erst als er sich verliebte und keine andere Wahl hatte, um das Leben derer zu retten, die ihm am nächsten standen, hatte er nachgegeben. Die gesamte Vampirpopulation bestand nun aus drei Personen – Ransley, seiner halb dämonischen Gefährtin Zorah und Zorahs Großvater Guthrie Leonides.

Selbst jetzt brauchte der Rat der Hölle aus eigennützigen Gründen das Blut der Vampire, aber abgesehen von dem absoluten Minimum an Interaktion, das zur Erfüllung dieser Verpflichtung erforderlich war, wollte keiner der drei Vampire ein Wort mit Nigellus oder einem anderen Dämon wechseln.

„Ja", stimmte Nigellus unwirsch zu. „Ich bin auch froh über den glücklichen Ausgang. Es wäre eine schreckliche Verschwendung gewesen."

Neveah aß etwas mehr als die Hälfte ihres zweiten Tellers, bevor sie sich mit einem herzhaften Stöhnen zurückfallen ließ. „Oh, das war gut." Sie nickte mit Blick auf die Reste. „Willst du noch etwas davon? Ich fürchte, ich bin satt."

„Nein, danke", antwortete er. „Aber ich bin gerne bereit, die Liste der Sünden der Nacht um Völlerei zu erweitern."

Sie schnaubte ihn an. „Was … in Kombination mit Faulheit? Das macht zwei, und ich war nur faul, weil ich mich von einer Schusswunde erholen musste. Das zählt kaum."

„Du vergisst *Lust*", bemerkte er trocken, auch wenn es wahrscheinlich unangebracht war.

Eine leichte Röte befleckte ihre Wangenknochen. „Ah. Ja. Das tut mir wirklich leid."

„Tut es das wirklich?", fragte er.

Die Röte intensivierte sich. „Nun, um fair zu sein, du hast damit angefangen."

Was … auch stimmte. Und wenn Edward nicht hereingekommen wäre, hätte er es wahrscheinlich auch zu Ende gebracht. Die Tatsache, dass sie der Aussicht nicht abgeneigt zu sein schien, war nichts, worüber er zu viel nachdenken sollte.

Er hatte sie für einen Menschen gehalten und sie auch so behandelt. Wie sich herausstellte, war sie durchaus in der Lage, sich zu verteidigen, und diese Fehleinschätzung ging auf sein Konto, nicht auf das ihre.

„Weißt du, du hattest vorhin recht", sagte er beiläufig. „Du bist wirklich kein sehr guter Engel."

Sie rümpfte die Nase und er gab sich große Mühe, das nicht charmant zu finden.

Als die Sonne aufging, fuhren sie über präzise parzelliertes kalifornisches Farmland nach Osten. Ein Großteil davon war Obstplantagen – Mandel- und Walnussbäume standen in genau bemessenen Abständen über das Land verstreut. Gemüsefelder und gelegentliche Abschnitte mit natürlicheren Bäumen unterbrachen die Monotonie.

Der Engel nahm die Fülle an Orange-, Rosa- und Lavendeltönen in sich auf, die den Himmel in der Morgendämmerung färbten. Und Neveah war so entspannt und satt, dass sie aussah, als würde sie mit dem Beifahrersitz des Wagens verschmelzen, anstatt auf ihm zu sitzen. Das Verdeck des Cabriolets war heruntergelassen und der Fahrtwind löste einige Strähnen ihres platinfarbenen Haares aus dem unordentlichen Dutt, den sie mit einem Stift, den sie sich von ihm geliehen hatte, in Position hielt.

„Das Reich der Menschen kann ein wirklich schöner Ort sein", sagte sie über das Dröhnen von Motor und Wind hinweg. „Und doch vermisse ich meine Heimat."

Sie klang fast wehmütig.

Nigellus stellte sich vor, Jahrtausende lang die vertraute, trostlose Schönheit der Hölle nicht sehen zu können.

„Wie ist es dort?", fragte er. „Im Himmel, meine ich."

Sie schien einige Augenblicke lang über diese Frage nachzudenken.

„Idyllisch. Unkompliziert." Sie zögerte. „Gelegentlich langweilig."

„Zumindest ist das auf der Erde normalerweise kein Problem", erwiderte er.

„Nein." Auf die Antwort folgte ein tiefer Seufzer. „Nun … ja und nein. Ich nehme an, es kommt darauf an, wie tief man involviert ist."

Er persönlich hätte in den letzten Jahren ein wenig mehr Langeweile vertragen können. Zwischen dem Drama um Ransley und Zorah und der zunehmenden politischen Instabilität im Reich der Fae hatte er in letzter Zeit genug Aufregung gehabt – sogar bevor er Baalazars unwillkommene Nachricht über die entflohene Gefangene erhielt.

In Stockton hielten sie noch einmal an, damit Neveah eine Tasche packen konnte, und danach fuhren sie weiter nach Vallecito, da es näher am Zentrum des Geschehens lag. Edward begrüßte sie, als sie am Weingut ankamen.

„Ah, gut. Sie sind zurück", sagte er. „Ich muss mit dem Auto zum Columbia College fahren und hoffe, mit einigen von Alice' Professoren sprechen zu können." Er warf Neveah einen anerkennenden Blick zu. „Du siehst viel besser aus."

Neveah schenkte Edward ein strahlendes Lächeln – ein Lächeln, hinter dem mehr Engelskraft steckte, als sie wahrscheinlich beabsichtigt hatte, denn der Diener blinzelte und hielt sich sichtlich davon ab, erschrocken einen Schritt zurückzumachen.

„Ja, sehr", stimmte sie zu. „Es war *schön*."

Sie klang immer noch etwas betrunken und Edward warf Nigellus einen besorgten Blick zu, der deutlich sagte: *Können Sie sie im Zaum halten?*

„Du kannst fahren, Edward", sagte Nigellus zu ihm. „Ich muss den Rat über die jüngsten Entwicklungen informieren."

„Sehr wohl, Sir", sagte sein Diener und machte sich auf den Weg, um die Spuren im College zu verfolgen.

Nigellus musterte seinen Gast, deren Gesichtsausdruck immer noch den Anflug eines seligen Lächelns aufwies. „Fühl dich bitte wie zu Hause, während ich den Rat informiere – und das sage ich nur, weil du in diesem Haus nichts Interessantes finden würdest, solltest du dich dazu entschließen, hier herumzuschnüffeln."

Sie tat vollkommen unschuldig, als hätte er ihre zarten Gefühle verletzt, und presste eine Hand auf ihr geheiltes Herz, die Augen weit aufgerissen, der Blick arglos, als könnte sie kein Wässerchen trüben. „Würde ich so was jemals tun?", fragte sie.

„Ich habe gestern gesehen, wie du einen Safe in weniger als zwei Minuten geknackt hast", erinnerte er sie. „Hinter dem Haus gibt es einen Swimmingpool und unten einen gut ausgestatteten Unterhaltungsraum. Ich werde nicht lange brauchen."

Ihr neckischer Gesichtsausdruck wurde nüchterner. „Wirst du dem Rat von mir erzählen?"

Er öffnete den Mund, um zu antworten, doch zögerte. „Ich … habe noch nicht wirklich darüber nachgedacht. Wäre es dir lieber, wenn ich es nicht täte?"

Sie zog eine Augenbraue hoch. „Ganz im Gegenteil. Von allen Lebewesen im Multiversum sind die Dämonen wohl am ehesten in der Lage, nützliche Einblicke in meine unglückliche Situation in Bezug auf den Himmel zu geben. Deshalb habe ich ja auch versucht, *dich* aufzuspüren."

Beunruhigung durchzuckte ihn. „Ich bin mir nicht ganz sicher, ob man den Dämonen insgesamt edle Motive zuschreiben sollte." Während der Rat das Beste für die politische Stabilität zwischen den Spezies tun wollen würde, gab es dennoch in der Hölle eine Reihe von Individuen, die ihre Anwesenheit auf der Erde zu ihrem eigenen Vorteil ausnutzen würden.

Sie nickte gespielt unbekümmert. „Nun, dann überlasse ich es deinem Urteil. Wir können darüber reden, wenn sich mein Kopf nicht mehr so anfühlt, als wäre er mit Zuckerwatte gefüllt und ich würde durch die Wolken schweben."

„Wahrscheinlich ist es das Beste", stimmte er zu und verschwand ohne weitere Diskussion, nur um in der Dunkelheit vor dem Tor zur Hölle wieder aufzutauchen.

Er betrat den vertrauten Durchgang zwischen den Welten und nickte den auf der anderen Seite stationierten Wachen zu. „Hat Baalazar irgendwelche Nachrichten für mich hinterlassen?", fragte er.

„Er sagt, du sollst sofort kommen, wenn du etwas zu berichten hast", sagte Melek, ein stämmiger Schicksalsdämon des dritten Rangs.

„Danke", sagte Nigellus.

Er konnte nicht sagen, ob Baalazar in seinen eigenen Gemächern war oder mitten in einer wichtigen Ratssitzung. Nigellus zog seine Hemdmanschetten gerade und horchte nach innen, um der unsichtbaren Spur des Blutes zu folgen, das er Baalazar zuvor gegeben hatte.

Der Kobold war tatsächlich allein in seinem Quartier – einem Teil des riesigen Netzwerks von Wohn- und Gemeinschaftsräumen, die in das Gestein der massiven Sandsteinfelsen der Hölle gehauen waren.

„Hast du Neuigkeiten?", fragte er ohne Umschweife, und Nigellus gab ihm seine Zusammenfassung der aktuellen Situation. Die Anwesenheit von Neveah überging er mit der Begründung, dass die derzeitige Lage nicht noch komplizierter werden müsse.

Baalazar schien erleichtert zu sein, als er hörte, dass die Leiche der Gefangenen verbrannt worden war, aber er war skeptisch, ob es notwendig war, die Ermittlungen gegen Alice Ramirez fortzusetzen … bis Nigellus zu dem Teil mit der salzgefüllten Kugel kam. Daraufhin wurde das Gesicht des Kobolds so steinern wie einer der Gargoyles aus Granit, denen er oberflächlich betrachtet ähnelte.

„Könnte diese junge Frau eine Fae-Agentin sein?", fragte er. „Wie sonst sollte sie wissen, wie man einem Dämon eine Falle stellt?"

Nigellus breitete seine Hände aus. „Das ist sicherlich eine Möglichkeit. Und wenn das der Fall ist, wäre es klug, sie zu finden, bevor sie in der Lage ist, ihren Fae-Meistern über die tote Seelie-Kriegerin zu berichten."

Baalazar runzelte die Stirn. „Ja … das könnte katastrophal enden, je nachdem, wie viel sie weiß."

„Edward hat sich auf den Weg gemacht, um die Professoren der Universität zu befragen, an der sie eingeschrieben war", versicherte ihm Nigellus. „Mit etwas Glück wird dort jemand wissen, wohin sie geflohen sein könnte."

„Mit etwas *Glück* ist sie von einer Klippe gestürzt und dann ist diese ganze Katastrophe vorbei", murmelte Baalazar. Er seufzte. „Aber so funktioniert das Glück normalerweise nicht, wie du sicher weißt."

„In der Tat", stimmte Nigellus zu. „Ich sollte jetzt zurückkehren. Aber vorher muss ich noch wissen, ob sich Leyak genug erholt hat, um sich zu erklären?"

Baalazar schüttelte sichtlich verärgert den Kopf. „Noch nicht, der Narr. Ich halte dich auf dem Laufenden, wenn sich in dieser Hinsicht etwas tut."

„Danke, alter Freund", sagte Nigellus und verabschiedete sich.

Obwohl es nicht die effizienteste Art war, seine Zeit zu nutzen, lief er zurück zum Tor, anstatt sich direkt dorthin zu teleportieren. Das Gerede des Engels über die Sehnsucht nach dem Himmel hatte etwas in ihm geweckt, und er nahm sich einige Augenblicke Zeit, um die karge, trostlose Schönheit seiner Heimat zu genießen.

Die Sonne schien unbarmherzig vom orange-roten Himmel herab und beleuchtete die verschlungenen Felsformationen mit ihren vielfarbigen Schichten. Im Tal darunter lag die Siedlung, in der eine Gruppe von Menschen – die von den Fae als Zehnten in die Hölle geschickt worden waren – gemeinsam mit vielleicht tausend Individuen lebten.

Das war eines der wenigen Zugeständnisse ihrer Fae-Feinde am Ende des Krieges gewesen – zusammen mit dem Überleben von Ransley Thorpe, dem letzten Vampir, der nicht durch die Fae-Waffe vernichtet worden war. Die Fae brachten ihre eigenen Leute als Wechselbälger unter die Menschen, indem sie heimlich menschliche Babys durch Fae-Babys ersetzten. Nach dem Krieg verlangten die Dämonen als Bedingung für eine schnelle und friedliche Lösung ein Zehntel der Kinder in Dhuinne.

Die Fae gingen davon aus, dass die Forderung dazu diente, das Bevölkerungswachstum Dhuinnes zu kontrollieren und die Zahl der Erzfeinde der Hölle zu begrenzen. Zweifelsohne dachten sie, sie seien clever, als sie die Menschenkinder, die sie von der Erde gestohlen hatten, schickten anstatt ihrer eigenen Kinder. Die Fae waren jedoch von Natur aus eine wahrheitsliebende Spezies, was sie im Umgang mit den Dämonen benachteiligte.

Die kleine Menschensiedlung in der Hölle hatte einen bestimmten Zweck im andauernden politischen Gerangel zwischen den beiden Völkern. Nigellus blickte auf die bescheidenen Hütten mit ihren Strohdächern hinunter, aus deren Schornsteinen der Rauch der Kochstellen aufstieg, und hoffte, dass sie nicht bald an einen Punkt gelangten, an dem diese zerbrechlichen Menschenleben gebraucht würden.

Er schüttelte den Gedanken ab und teleportierte sich den Rest des Weges zum Tor. Mit einem kurzen Wort des Abschieds an die Wachen schlüpfte er hindurch auf die Erde ... in die Dunkelheit und das ferne, unheimliche Heulen der *Moaning Caverns*. Von dort aus reiste er direkt zum Haus auf dem Weingut, während seine Gedanken bereits wieder bei der rätselhaften Frau waren, die ihn erwartete.

Das Haus fühlte sich leer an, also ging er durch die Terrassentür nach draußen, um nach dem Engel zu suchen. Er blieb wie angewurzelt stehen, als er sie sah – auf einem weißen Handtuch neben dem Swimmingpool liegend. Sie sonnte sich, völlig nackt – die Strahlen der Sonne beleuchteten ihre blasse, strahlende Haut, die nicht mehr den Hauch von Durchsichtigkeit besaß. Als hätte sie seinen Blick auf sich gespürt, sah sie ihn mit Augen an, die die gleiche Farbe wie das aquamarinfarbene Wasser hatten.

Und lächelte.

KAPITEL ZEHN

NIGELLUS WAR ZURÜCKGEKEHRT und Neve-
ah hatte immer noch das Gefühl, auf einer Wolke
zu schweben, obwohl sie eigentlich auf dem Boden
neben dem Swimmingpool lag.

Sie hatte während seiner Abwesenheit über
etwas Sündhaftes nachgedacht, vor allem, weil sie
sich ziemlich sicher war, dass der Dämon es dringend nötig hatte, eine Weile abzuschalten, fast so
sehr, wie sie es brauchte, *wieder* einen klaren Kopf
zu bekommen. Wenn Edward nicht mit ein paar
wertvollen Informationen aus dem College zurückkam, saßen sie beide hier fest, und zwar so
lange, bis einer von ihnen einen *Heureka*-Moment
hatte, was auch immer mit Alice und ihrer Salzbe-
sessenheit los war.

„Hallo", sagte sie. „Irgendwelche Durchbrü-
che?"

„Leider nicht", antwortete er.

Er schien ihr ziemlich angespannt, während er
sie beobachtete. Sie gähnte und streckte sich, genoss es, wie die Sonnenstrahlen ihre Haut
wärmten. Sein bernsteinfarbener Blick ließ sie nicht
aus den Augen, als sie aufstand und auf ihn zu-
ging, wobei ihr helles Haar über ihre Brüste fiel.

„Schade", sagte sie. „Sag mal, was hältst du
davon, da weiterzumachen, wo wir gestern aufge-

hört haben, als Edward uns so unhöflich unterbrochen hat? Während wir auf einen Geistesblitz warten, meine ich."

Er hob scharfe eine Augenbraue. „Mit oder ohne Manipulation?"

Sie zuckte mit den Schultern. „Deine Entscheidung. Aber ich denke, du brauchst eine Ablenkung, und ich *weiß*, dass ich das brauche. Menschen sind zu kompliziert für so etwas ... und auch ein bisschen zerbrechlich. Ich bin sicher, du stimmst mir zu, wenn man bedenkt, wie schockiert Edward war, als er hereinkam."

„Du verfolgst also immer noch die sieben Todsünden?" Sein Ton hätte Glas schneiden können.

„Noch mehr religiöse Anspielungen, was?" Sie trat an ihn heran und atmete seinen Duft tief ein. „Hmm ... und kaum ein Hauch von Schwefel. Bist du *sicher*, dass du in der Hölle warst? Du bist nicht einmal angesengt."

Er stieß die Luft durch die Nase aus. „Ich verstehe dich, aber mein Standpunkt bleibt bestehen. Du solltest vorsichtig sein, was du verlangst, Engel."

„*Stolz*", verkündete sie aus heiterem Himmel. „Warum? Ich bin stolz auf diesen Körper, den ich vor so langer Zeit erschaffen habe. Auch das ist eine der Sünden, nicht wahr?"

„Ich glaube, damit sind wir bei vier", stimmte er bereitwillig zu.

„Und du hast mir gestern geholfen, ihn zu reparieren, als er so geschwächt war", sagte sie. „Ich mag dich, Dämon. Du könntest den unantastbaren

Unsterblichen spielen, der über all dem hier steht –
"

„Unter all dem, meinst du sicherlich", warf er ein. „Unterwelt und so."

Sie verdrehte die Augen.

„– aber ich glaube nicht, dass du so unbeeinflusst von den Menschen um dich herum bist, wie du gerne vorgibst."

Es war ein Wagnis, aber sie drückte ihren Körper gegen seinen und hob den Kopf, um sein Gesicht beobachten zu können, während sie ihre Finger in seinen aufgeknöpften Kragen steckte und daran zog. Wenn sie ihn falsch eingeschätzt hatte, würde er entweder einen Schritt zurücktreten, sie wegschieben oder sich einfach wegteleportieren. Wenn sie jedoch richtiglag ...

Er legte seine Hand auf ihre linke Pobacke und zog ihren Unterkörper rasch gegen seinen. Das sonnige Pooldeck verschwand, als er sie beide teleportierte, und sie tauchten einen Augenblick später in dem Gästezimmer wieder auf, in dem sie sich am Nachmittag zuvor erholt hatte. Er warf sie nach hinten, und sie landete auf der weichen Matratze des großzügigen Queensize-Bettes. Sie blickte zu ihm auf, und er starrte auf sie herab, als würde er versuchen, eine komplizierte Rechenaufgabe zu lösen.

Das Schweigen dauerte einen langen Moment an, bevor er schließlich etwas sagte. „Was du gestern mit meinem Verstand gemacht hast ... Mach es noch mal."

Sie runzelte die Stirn, weil sie sicher war, ihn falsch verstanden zu haben. „Wie bitte?"

„Du hast mich gehört, Engel." Sehr bedächtig löste er einen Manschettenknopf, dann den anderen und warf sie auf den Nachttisch. „Manipuliere noch einmal meine Gedanken. Mal sehen, was es dir bringt."

Ein Flattern in ihrem Magen ließ ihre Schmetterlinge tanzen. „Bist du sicher?", fragte sie.

„Normalerweise spreche ich nur, wenn ich mir sicher bin", erwiderte er und begann die Knöpfe seines Hemdes zu öffnen.

Sie blinzelte, ordnete ihre Gedanken und zuckte leicht mit den Schultern. Was Kinks anging, so war das nicht das Seltsamste, was ihr je passiert war … vorausgesetzt, das war es, was hier tatsächlich geschah.

„Nun, wenn das so ist …" Ein kleines Lächeln umspielte ihren Mundwinkel. „Schau mir in die Augen, oh mächtiger Dämon."

Liebe mich, dachte sie. *Verehre mich. Bete mich an, denn ich bin ein Engel.*

Wie zuvor war das Licht hinter seinen Augen … keine Anbetung. Es war *alles andere* als Anbetung. Bei der Erinnerung an seine gebieterische Hand um ihre Kehle und seinen harten, muskulösen Schenkel zwischen ihren Beinen zog sich etwas in Neveahs Bauch zusammen.

Diesmal war er von ihrer Kraft nicht überrascht und geriet nicht außer Kontrolle. Eine orangefarbene Flamme glühte hinter dem Schwarz seiner Pupillen auf, aber er fuhr einfach nur fort, sich mit Bedacht zu entkleiden, bis er genauso nackt war wie sie selbst. Mit großen Augen betrachtete sie die Tätowierungen, die seine rechte Schulter und seinen Arm bedeckten.

Sie hatte bereits die drei Kreuze gesehen, die unter seinem aufgeknöpften Kragen hervorlugten, aber das war nur Teil eines Kunstwerks, das sich über die rechte Seite seines Körpers erstreckte. Unterhalb der Kreuze verwandelte sich eine irdische Landschaft in aufsteigenden Rauch und unter dem Rauch erstreckte sich die biblische Hölle mit geflügelten Dämonen, die sich in den Kampf stürzten und sich um seinen Bizeps schlängelten.

Die menschliche Gestalt, die er angenommen hatte, war ebenso ein Kunstwerk der Gestaltwandlerkunst wie ihr eigener Körper. Er war groß ... muskulös, ohne aufgeblasen zu wirken, und er hatte die Haltung und die Selbstsicherheit eines geborenen Kämpfers. In diesem Moment hatte sie das wahnsinnige Verlangen, ihn sein gestohlenes Engelsschwert im Kampf schwingen zu sehen ... und ein noch verrückteres Verlangen, seine Gegnerin in ihrer wahren Engelsgestalt zu sein – nur um zu sehen, ob sie es sich von ihm zurückholen konnte.

Ihre Zeit als Kriegerin war jedoch längst vergangen. In einem Kampf von Geist gegen Geist war sie ihm immer noch überlegen – zumindest wenn sie das Überraschungsmoment innehatte. Doch er konnte ihre schwache menschliche Gestalt körperlich dominieren, ohne auch nur ins Schwitzen zu kommen. Das zeigte sich ganz deutlich, als er auf allen vieren auf das Bett kroch und sie mit seinem Körper umschlang.

Er streckte ihre Arme nacheinander über ihren Kopf aus und hielt beide Handgelenke fest im Griff.

„Ist es das, was du willst, Engel?" Seine Stimme glich einem leisen Grollen. „Ist es das, wie du fallen willst?"

Sie konnte nicht verhindern, dass sie am ganzen Körper bei dieser Frage erschauderte.

„Dafür ist es zu spät", flüsterte sie. „Ich bin schon gefallen."

Der unangenehme Moment war in dem Moment vergessen, als seine Hüften gegen ihre stießen. Ein Keuchen entwich ihr, als das gleiche bebende, kribbelnde Gefühl, an das sie sich von zuvor erinnerte, entlang ihrer Wirbelsäule aufflammte. Sie krümmte sich und jagte dem Gefühl nach, während er ihre Beine mit seinen auseinanderdrückte, sodass sie sich unter seinem Körper ausbreitete wie ein Schmetterling, der an einem Brett gefesselt war.

Seine harte Länge strich über ihre seidenen Falten und sie bäumte sich auf, bereits überwältigt von der schieren Macht dessen, was zwischen ihnen geschah.

„Sing für mich, Engel", sagte Nigellus und drang mit einem einzigen, unbarmherzigen Stoß in sie ein.

Der hohe, ungleichmäßige Schrei, der sich ihrer Kontrolle entzog, war nicht gerade musikalisch. Sie schlang ihre Beine um seine Hüften, um *mehr* zu bekommen, und wurde mit einem langsamen Stoß belohnt, den sie von ihrer Kopfhaut bis zu ihren Zehen spürte.

„*J-ja*", brachte sie mit zitternder Stimme hervor und bäumte ihr Becken auf, um ihn aus seinem wahnsinnig langsamen Rhythmus zu reißen. Neveah starrte in Augen, die wie Höllenfeuer brannten, doch konnte den Blick nicht abwenden.

„Sieh, was du mit mir machst", grollte der Dämon. Seine Stimme wurde tiefer, klangvoller. Seine pechschwarzen Widderhörner kamen zum Vorschein und sprossen aus dem silbergrauen Haar, das seine Schläfen umspielte. Der Körper, der sich an Neveah drückte, nahm an Gewicht und Masse zu, die Länge in ihr schwoll an und es bildeten sich Grate, die bei jedem unerbittlichen Stoß ihr Innerstes stimulierten. Seine Krallen streiften die zarte Haut ihrer Handgelenke, wo er sie gefesselt hielt. „Ist es das, was du wolltest, kleiner Engel?", grollte er erneut.

„Ja", hauchte sie und spürte, wie sich die Lust, die er ihr aufzwang, an der Basis ihrer Wirbelsäule sammelte. „*Ja*, ich will alles, was du hast. Gib es mir!"

Schwarze ledrige Flügel entfalteten sich über ihr und verdrängten das Licht. Der Arm, der ihre Handgelenke gefesselt gehalten hatte, verschwand und glitt unter ihren Rücken. Er drehte sich auf dem Bett zur Seite und zog sie mit sich, als wäre sie federleicht, und seine massiven Flügel schlugen mit einem einzigen harten Schlag und zogen ihn auf die Knie. Sie landete rittlings auf seinen Oberschenkeln, während er auf dem Bett kniete und ihren Oberkörper gegen seine harten Muskeln seiner Brust drückte und die Schwerkraft sie auf den Dämonenschwanz zog, der sie ausfüllte.

Ihr Mund öffnete sich zu einem stummen Schrei, aber es kam kein Ton heraus, als er seine Hüften nach oben stieß und sie wieder und wieder ausfüllte. Seine großen, krallenartigen Hände strichen über ihre Schulterblätter. Seine Finger glitten durch mehr als drei Dimensionen und griffen nach etwas, von dem sie seit Jahren abgeschnitten gewesen war.

Neveahs Flügel brachen mit einem scharfen Schnappen der weißen Federn, die durch die Luft schnitten, aus ihren Schulterblättern hervor. Sie wimmerte und kam hart um ihn herum, ihr Innerstes pulsierte und melkte seine Länge, während ihre Flügel flatterten.

Seine Bewegungen in ihr wurden langsamer, als sie sich von dem erschütternden Höhepunkt erholte. Neveah rollte die Schultern und faltete erst den einen und dann den anderen Flügel ein, sodass sie sich an ihren Rücken schmiegten. Seine größeren ledrigen Flügel legten sich um sie und hüllten sie in einen dunklen Kokon ein. Sie lag erschöpft auf ihm, Hitze und zitterndes Vergnügen strahlten von ihnen nach außen, während er sich weiter langsam in ihr bewegte. „Was hast du getan?", murmelte sie benommen und spürte, wie ihre Federn die warme Weite der fledermausartigen Flügel um sie herum streiften.

Seine einzige Antwort war ein leises Knurren. Nigellus' Bauchmuskeln zuckten und er vergrub seine scharfen Zähne in ihrer Schulter und erstarrte, als er sich in ihr ergoss. Ein weiteres Nachbeben erschütterte ihren Körper und sie blieb erschöpft in seine Arme geschmiegt liegen.

Als sie beide etwas zur Ruhe gekommen waren, hob sie Nigellus von seinem Schwanz und ließ sie vorsichtig rückwärts auf die Matratze sinken, wobei er darauf achtete, ihre gefalteten Flügel nicht einzuengen. Er beugte sich über sie, stützte seinen Kopf auf einem Arm ab und schaute sie mit Höllenfeuer in den Augen an. Seine körperliche Masse verschmolz wieder zu der Gestalt eines großen, muskulösen, horn- und flügellosen Mannes.

Er hatte wieder diesen Ausdruck – den eines Mathematikers, der mit einer kniffligen Gleichung konfrontiert war, die keinen Sinn ergab –, als ob *sie* die Komplizierte in dieser Gleichung wäre … Sie musste dem Drang widerstehen, ihn verärgert anzuschnauben, während sie sich in ihrem Nachglühen sonnte.

Seine Augen wurden wieder bernsteinfarben, wie bei einem erstklassigen Bourbon.

„Jucken deine Flügel noch?", fragte er, als hätte er nicht gerade seine Zähne in ihrer Schulter und seinen Schwanz in ihrer Mitte vergraben.

Sie rollte versuchsweise die Schultern.

„Ja, das tun sie", entschied sie. „Ich muss einen Anblick bieten … ich habe meine Federn seit Jahrzehnten nicht mehr geputzt." Unbeholfenen rollte sie sich auf die Seite und streckte beide Flügel hinter sich aus, sodass sie von der Bettkante herunterhingen und er Platz hatte, sich ihr gegenüber langzumachen. Er ließ sie nicht aus den Augen und eine Konzentrationsfalte zeichnete sich auf seiner Stirn ab.

„Verrat mir etwas", bat sie, um die Stille zu füllen. „Warum wolltest du, dass ich wieder deine Gedanken beeinflusse?"

Er sah zu ihr hinunter, während er seine Worte mit offensichtlicher Sorgfalt wählte.

„Lust", sagte er schließlich. „Das ist die Domäne der Inkubi und Sukkubi, nicht von Schicksalsdämonen. Für die meisten Dämonen ist Sex ein Geschäft. Lust ist etwas Neues für mich … und in einem so langen Leben wie dem unseren sind Neuheiten selten."

„Das ist schmerzlich wahr", stimmte sie zu und dachte an die endlosen Jahre der Langeweile und des Überdrusses in einem Leben, das Äonen umspannte. Sie griff hinter sich und fuhr mit den Fingerspitzen durch die verfilzten Federn.

„Ich bin dran", sagte er. „Warum lässt du dich von einem Dämon verderben?"

Er sah aufrichtig neugierig aus.

Ihr Lächeln war wehmütig, fast bitter. „Du hast mich etwas fühlen lassen, nicht nur beim Sex, sondern auch letzte Nacht bei dem Rave. Das habe ich schon seit Jahrhunderten nicht mehr gefühlt. Ich wollte sichergehen, dass ich es noch kann."

Der verständnisvolle Blick, den er ihr schenkte, war schrecklich und wunderbar zugleich.

KAPITEL ELF

„TJA, ICH NEHME AN, DAS WAR UNVERMEIDLICH." Edward stand in der offenen Tür des Gästeschlafzimmers, mit der Ausstrahlung eines Mannes, der ein wenig mehr Vorwarnung zu schätzen gewusst hätte, bevor er zwei übernatürliche Kreaturen im Bett in postkoitaler Erschöpfung erwischte.

Neveah lächelte ihn strahlend an. „Hallo! Meine Flügel sind wieder da, sieh mal!"

Der Blick des älteren Dieners wanderte zu ihren Flügeln, während sie sie versuchsweise flattern ließ. „In der Tat, Miss. Ähm … Glückwunsch?"

Nigellus seufzte. „Konntest du im College etwas Nützliches herausfinden, Edward?" Er schwang seine Beine über die Seite des Bettes und griff nach seiner Hose.

Edward wandte den Blick ab, um ihm etwas Privatsphäre zu gewähren. „Ich nehme an, das hängt von Ihrer Definition von nützlich ab, Sir. Jeder, mit dem ich sprechen konnte, schien derselben Meinung zu sein, was für eine wunderbare junge Frau Alice ist und dass sie nie auch nur den Hauch eines Problems gezeigt hatte. Sie ist eine durchschnittliche Studentin, die sowohl bei ihren Kommilitonen als auch bei den Professoren beliebt ist, und zu Hause gibt es keine Probleme, und so weiter."

„Hmm." Neveah drehte sich um und rollte sich auf den Rücken, um ein Kissen zu umarmen. „Um fair zu sein, ich nehme an, wenn sie tatsächlich eine Fae-Agentin ist, würde man nichts Offensichtliches in ihrem täglichen Leben erwarten."

„Das stimmt, Miss", stimmte Edward zu, obwohl er immer noch besorgt aussah.

„Und nichts davon erklärt ihre Verbindung zu der toten Fae-Gefangenen", ergänzte Nigellus.

Er knöpfte sein Hemd zu und Neveah bedauerte es einen Moment lang, dass sie wichtigere Dinge zu tun hatten, als den ganzen Tag im Bett zu verbringen.

„Und was jetzt?", fragte sie. „Ich habe das Gefühl, dass wir hier in einer Art Sackgasse herumtappen."

Nigellus schwieg, während er seine Manschettenknöpfe richtete. „Ich muss mit der Wache reden – Leyak. Mir ist gerade etwas eingefallen, das mit seiner langsamen Genesung zu tun haben könnte. Außerdem muss ich einer Kontaktperson, die oft schwer zu erreichen ist, eine Nachricht zukommen lassen."

Neveah runzelte die Stirn und ging in Gedanken durch, was sie über den zerstückelten Dämonenwächter wusste. „Das fehlende Salz", stellte sie fest. „Du denkst, dass ein Teil seines Körpers in Salz eingeschlossen ist und er deshalb nicht in der Lage ist, sich zu erinnern, und nicht schnell genug heilen kann, um zu sprechen?"

„Das könnte einiges erklären, ja", stimmte Nigellus zu.

„Und es wirft neue Fragen bezüglich Alice' Beteiligung an all dem auf", fügte Edward hinzu.

„Ist das so?", überlegte Neveah und tippte nachdenklich auf ihre Unterlippe. „Darüber muss ich noch ein bisschen nachdenken. Irgendetwas schwirrt mir im Hinterkopf herum, aber ich kann nicht ganz ..." Sie verstummte und schüttelte den Kopf. „Während ich darüber nachdenke, möchte ich diese alten Dinger ein wenig aufhübschen, bevor ich sie wieder verstaue." Sie ließ ihre Flügel erneut versuchsweise flattern.

„Die Flügel sehen etwas mitgenommen aus, Miss", sagte Edward sanft. „Nicht böse gemeint."

„Schon gut", sagte sie. „Ich bin mir nicht ganz sicher, ob ich sie wieder zum Vorschein bringen kann, wenn ich sie wegpacke. Wenn das der Fall sein sollte, möchte ich wenigstens, dass sie vorher sauber und ordentlich gepflegt sind."

Edward nickte. „Das ist verständlich. Am Pool gibt es eine Außendusche. Ich werde ein Handtuch rauslegen und in der Küche sollte etwas Daunenwaschmittel stehen. Warte kurz, es dauert nur einen Moment und dann bin ich zurück."

◆

Nigellus entschuldigte sich, um den verletzten Dämonenwächter zu besuchen, ohne viel Sentimentalität zu zeigen ... nicht, dass Neveah das von ihm erwartet hätte. Sie hatten eine Verbindung geknüpft, auf die Art zweier einsamer Unsterblicher, die die Herausforderungen eines extrem langen Lebens verstanden … aber Unsterbliche verstanden auch besser als die meisten Wesen, dass es für alles den richtigen Zeitpunkt gab.

Alles hatte seine Zeit, und so weiter und so fort. Und jetzt war es an der Zeit, herauszufinden, was um Himmels willen mit Alice Ramirez passiert war.

Neveah hoffte, dass ihr Verstand dies im Hintergrund erledigen konnte, während sie ihre armen Flügel wieder in einen halbwegs annehmbaren Zustand brachte. Sie hatte schon immer am besten nachgedacht, wenn sie durch Alltägliches abgelenkt war. Es war das engelsgleiche Äquivalent zur menschlichen Offenbarung um drei Uhr morgens unter der Dusche, würde sie meinen.

Edward war ein angenehmer und interessanter Begleiter, vor allem für einen Menschen.

Die Freiluftdusche war für das Abspülen vor und nach der Benutzung des Pools gedacht, aber sie war auch für jeden mit einer Spannweite von vier Meter fünfzig nützlich.

„Stört dich meine Nacktheit?", fragte Neveah.

„Ich habe jahrhundertelang einem Dämon gedient, Miss", antwortete Edward mit einem Augenzwinkern. „Von den jüngsten Ereignissen abgesehen, bin ich wohl kaum noch zu schockieren. Und ganz ehrlich, Busen und Kurven haben mich noch nie sonderlich gereizt, nicht einmal als junger Mann."

„Oh, gut", sagte sie erleichtert und ließ ihr Handtuch fallen. „Denn das ist ein Job für zwei Personen."

Im Himmel war die Flügelpflege ein wichtiges Ritual zur sozialen Bindung. Es war eines der vielen Dinge, die sie mit einem schrecklichen, tief sitzenden Schmerz der Nostalgie vermisste. Sie schaltete die Dusche ein und stellte die Temperatur ein, bis sie angenehm warm, aber nicht heiß war. Währenddessen zog Edward seine schlichte schwarze Anzugjacke aus und krempelte die Ärmel seines Hemdes hoch.

Gemeinsam seiften sie die Federn erst des einen und dann des anderen Flügels ein und spülten sie gründlich ab. Das Gewicht der großen, nassen Flügel erschreckte sie nach so langer Zeit. Der Gedanke, dass ihre Muskulatur für das Fliegen im Laufe der Jahrzehnte verkümmert war, war beunruhigend. Sie schob den unangenehmen Gedanken beiseite.

„Tritt zurück", warnte sie, bevor sie sie kräftig schüttelte, um so viel Wasser wie möglich herauszuschütteln. Das Wasser flog in einer feinen Gischt, wie bei einem zottligen Hund, der sich nach einem Bad schüttelte.

Edward half ihr, das Wasser mit Handtüchern herauszutupfen, wobei er darauf achtete, die Federfahnen nicht gegen die Wuchsrichtung zu biegen. Als das erledigt war, wickelte sie sich ein frisches Handtuch um den Oberkörper, um den Anstand zu wahren, und ließ sich auf einem der Liegestühle nieder, die auf dem Pooldeck verteilt standen.

„Jetzt geht es nur noch darum, die Federn beim Trocknen in die richtige Position zu bringen", sagte sie, streckte ihren linken Flügel nach vorne und untersuchte die Federn.

Edward beobachtete ihre Bewegungen, als sie mit den Fingern durch die Deckfedern fuhr, die kleinen Federn ausrichtete und die Widerhaken glatt strich. Nach ein paar Minuten begann er vorsichtig, die kleinen Federn des rechten Flügels präzise auszurichten und glatt zu streichen.

Sie brummte zufrieden vor sich hin und fühlte sich trotz der sich im Hintergrund auftürmenden Krisen seltsam friedlich. Das Gefühl von fremden Händen, die durch Federn und Daunen glitten, verursachte ein angenehmes Kribbeln auf ihren Schultern. Sie fühlte sich … *wie ein Engel.*

„Warum erzählst du mir nicht ein wenig von dir?", schlug sie vor, nachdem sie einige Zeit schweigend an den Federn gearbeitet hatten. „Ich wollte mit dir über die Schutzzauber hier reden. Sie sind ziemlich beeindruckend, vor allem für einen menschlichen Magier. Wo hast du die Schutzmagie gelernt?"

„Von Dämonen natürlich", antwortete Edward und klang dabei leicht amüsiert. Seine knorrigen Finger wurden in ihren geschickten Bewegungen nicht langsamer. „Darüber hinaus ist es vor allem eine Frage der Zeit, die man zum Üben und Perfektionieren der Kunst braucht. Ich bin sicher, dass gerade du das zu schätzen weißt."

„Stimmt", gab sie zu. „Also, deine dämonische Bindung an Nigellus ist älter als der Vertrag mit den Fae, nehme ich an?"

Sie war sich darin ziemlich sicher, da die Aneignung der Seele eines Menschen auf der Erde ein eklatantes Beispiel für dämonische Einmischung war. Es mag immer noch gelegentlich vorkommen, aber kein Dämon würde damit protzen und den Gebundenen buchstäblich zum Diener machen, vor allem, wenn er mehr oder weniger offen auf der Erde lebt.

„Oh, ja", antwortete Edward. „Sie liegt einige Jahrhunderte vor dem Ende des Krieges zurück. Ich habe meine Seele im Jahre des Herrn dreizehnhundertsechsundvierzig an den metaphorischen Teufel verschachert."

Neveah warf ihm einen überraschten Blick zu. Sie schätzte ihn auf vielleicht dreihundert Jahre – nicht doppelt so alt. „Du meine Güte. Gratulation. Ich glaube, du hast die Ehre, der älteste Mensch zu sein, den ich je getroffen habe."

Er gluckste. „Danke, ich fühle mich geehrt, Miss."

Hier gab es eine Geschichte. Wäre Neveah in ihrem Investigative-Reporterin-Modus gewesen, hätte ihre Nase gezuckt, aber so war sie nur neugierig.

„Darf ich fragen, wofür du deine Seele eingetauscht hast? Das heißt, wenn es nicht zu persönlich ist. Außerdem, woher kommst du? Du hast dir eindeutig deinen ursprünglichen Akzent abgewöhnt."

Edward schnaufte ein wenig. „Ich stamme ursprünglich aus Perthshire in Schottland, aber ich habe meinen Akzent mehrmals verloren. Das musste ich auch, denn nicht einmal der nuschelndste moderne Glasgower würde mit einem schottischen Akzent aus dem vierzehnten Jahrhundert etwas anfangen können. Und was ich eingetauscht habe? Nun ... Adelstitel waren damals viel wichtiger als heute. Ich habe versucht, einen zu ergattern, der mir nicht zustand. Am Ende habe ich die Hälfte meiner Lebenszeit mit dieser törichten Suche verschwendet."

Sie hob eine Augenbraue. „Und als er deine Seelenschuld einforderte, machte dich Nigellus zu seinem Diener? Interessant."

Doch vielleicht nicht so interessant wie die Tatsache, dass Nigellus Edward die nächsten sechs Jahrhunderte in seiner Nähe behielt, anstatt ihn während der dunkelsten Zeit des Krieges für mehr Macht zu ernten.

Edward zuckte ein wenig mit den Schultern. „Ich glaube, es hat ihn amüsiert, und heutzutage weiß sogar ich die Ironie zu schätzen. Ich fürchte, ich bin für dieses Leben besser geeignet, als ich es jemals für mein eigenes war."

Neveah dachte einen Moment lang darüber nach.

„Bist du glücklich?", fragte sie. „Weil manche sagen, dass der Mensch nicht für ein Leben von Hunderten von Jahren geschaffen ist."

Edward brauchte seinerseits etwas Zeit, um sich seine Antwort zu überlegen. „Ich bin manchmal glücklich, ja. Manchmal bin ich auch traurig, manchmal gelangweilt und manchmal verängstigt. In seltenen Fällen bin ich sogar wütend. Kurz gesagt, ich mag ein außergewöhnlich *alter* Mensch sein, aber ich bin immer noch … *ein Mensch*."

Sie verdaute seine Worte.

„Darum beneide ich dich."

Edwards Finger strichen langsamer durch die Federn. „Ich nehme an, das ist verständlich. Ich habe die Erfahrung der Unsterblichkeit sozusagen aus der Nähe miterlebt. Wenn sich Jahrtausende zu Äonen ausdehnen, scheint der Lauf der Zeit an der Seele zu zehren. Ich hoffe, dass ich diesen Punkt der Abgestumpftheit nie erreichen werde. Aber wenn ich es doch tue …" Er brach ab und seine Hände hielten inne.

„Ja?", fragte sie neugierig.

Er schüttelte zügig den Kopf. „Ach, es ist nicht so wichtig, außerdem ist es eine dumme Sache, sich darüber Sorgen zu machen."

Neveah runzelte die Stirn. „Ist es das?"

„Das ist es", sagte Edward entschlossen. „Meine Seele gehört mir nicht mehr, aber Nigellus hat mir versprochen, dass ich zu einem Zeitpunkt und auf eine Weise sterben werde, die ich selbst bestimme. Nicht viele Menschen können das von sich behaupten."

Das war ein äußerst interessanter Leckerbissen. Neveah würde zu einem späteren Zeitpunkt mehr darüber nachdenken. Ein Seelenvertrag mit einem Dämon war eine knifflige Angelegenheit für den beteiligten Sterblichen und die Art und Weise, wie der Dämon davon profitierte, war ziemlich einfach. Er konnte die Seele des Vertragspartners jederzeit und über jede Entfernung hinweg für seine Macht ernten.

Die Art und Weise, wie die andere Person davon profitierte, war etwas komplizierter. Ein Mensch, der seine Seele verkaufte, tat dies in der Regel für irgendeinen konkreten Vorteil, wie im Fall von Edward und seinem begehrten Adelstitel.

Und solange ein Dämon wünschte, dass sein Vertragspartner am Leben blieb, tat er es auch.

Ganz gleich, was kommen mochte.

So wie Dämonen die in der Seele eines Menschen enthaltene Energie herausziehen und ihn dadurch töten konnten, konnten sie ihm auch Energie zuführen, um Verletzungen zu heilen, den Alterungsprozess aufzuhalten und Krankheiten auszumerzen. Dämonen waren unsterblich und ungeheuer mächtig. Solange Nigellus entschlossen war, Edward am Leben zu lassen, würde er auch am Leben bleiben. *Unauslöschlich.* Und wenn er Edward den Tod seiner Wahl versprochen hatte, sagte das etwas sehr Wichtiges darüber aus, wie außerordentlich der dämonische Spionagemeister seinen menschlichen Diener schätzte.

„Das ist sehr nett von ihm", sagte sie.

„Ich nehme an, das war es", stimmte Edward zu. Er legte die letzten Federn an ihrem rechten Flügel in Position und glättete sie. „So, das wars. Wie fühlt es sich an?"

Die kalifornische Sonne hatte ihre Federn getrocknet, während sie gearbeitet hatten. Sie flatterte mit ihren Flügeln und brachte alles an seinen Platz.

„*So* viel besser", schwärmte sie erleichtert. „Danke, dass du mir geholfen hast. Ich kann gar nicht beschreiben, was das für eine Erleichterung ist."

Er lächelte und vertiefte damit die Krähenfüße in seinen Augenwinkeln. „Es war mir ein besonderes Vergnügen, meine Liebe. Ich würde eine solche Erfahrung nie ablehnen, und es war sehr großzügig von dir, es mir anzubieten."

Sie schlug versuchsweise ein paar Mal mit ihren Flügeln und spürte, wie die Muskeln nach einer so langen Zeit der Nichtbenutzung zogen und sich anspannten. Dann seufzte sie. „Ich will sie gar nicht wegstecken, weil ich fürchte, dass ich dann nicht mehr die Energie haben werde, sie wieder zu manifestieren."

Edward lächelte mitfühlend. „Ich fürchte, die Welt der Menschen ist nicht auf eine Flügelspannweite von vier Meter fünfzig vorbereitet, aber vielleicht könntest du die Aktivitäten, die es dir ermöglicht haben, wieder Zugang zu ihnen zu bekommen, in regelmäßigen Abständen wiederholen?"

Sie dachte über den Vorschlag nach. „Meinst du den Rave? Oder den Sex?" Wie auch immer, die Idee hatte etwas für sich.

Edwards Wangen röteten sich. „Ich meinte den Rave und nehme an, es war die frei in der Luft schwebende Liebe, die dir neue Kraft gegeben hat. Solche Veranstaltungen sind in diesem Teil der Welt gar nicht so schwer zu finden."

„Oh. Ja, da hast du wahrscheinlich recht", stimmte sie zu. „Und ich entschuldige mich dafür, dass ich dich vorhin in Verlegenheit gebracht habe. Ich nehme an, dein Meister frönt normalerweise nicht den fleischlichen Künsten?"

Edward hob leicht tadelnd eine seiner buschigen Augenbrauen. „Diese Frage musst du ihm stellen. Nicht mir."

„Ja, natürlich. Verzeih mir. Aber ich nahm an, dass er sich auf der Erde nichts gönnt", sagte sie, als es ihr dämmerte. Edward hatte sie für einen

Menschen gehalten, als sie das erste Mal zu ihnen kam. Nigellus paarte sich vielleicht von Zeit zu Zeit mit anderen Dämonen – ein Geschäft, wie er es beschrieben hatte, aber er würde sich nicht offen über das Abkommen hinwegsetzen, indem er Sex mit einem Menschen hatte. „Nun, ich entschuldige mich nochmals. Das erste Mal war eine kleine Fehleinschätzung meinerseits." Und der Ehrlichkeit halber fügte sie hinzu: „Das zweite Mal war aber ganz nett."

Edwards Blick glitt über ihre Flügel, die inzwischen in ihrer hellen Pracht erstrahlten. „Es scheint eine inspirierende Erfahrung gewesen zu sein", sagte er leise.

Mit einem kleinen Lachen zuckte sie mit den Schultern und verbannte die Anhängsel in die Dimension, wo sie sonst ausharrten, wenn sie nicht gebraucht wurden. Die Versuchung, sie sofort zurückzurufen, war groß, aber wenn sie es nicht versuchte, konnte sie auch nicht scheitern. Für den Moment konnte sie nur so tun, als stünden sie ihr frei zur Verfügung.

Neveah zog das Handtuch ein wenig fester um ihren Körper und schaute nach oben, um den Stand der Sonne zu prüfen. Enttäuschend war nur, dass ihr nichts Wesentliches zu dem Fall eingefallen war, während sie sich entspannt hatte.

„Richtig. Zurück an die Arbeit, nehme ich an", sagte sie. „Ich hoffe, dass Nigellus einige nützliche Informationen von Leyak bekommt. Dieser Aspekt der Situation ist wirklich etwas verwirrend."

„Das ist es in der Tat." Edward sah nachdenklich und gleichzeitig ein wenig besorgt aus.

„Einerseits würde es ihren plötzlichen Tod und das Fehlen von sichtbaren Verletzungen erklären, wenn Leyak die Seelie nach ihrer Flucht sofort geerntet hätte, aber er war zu diesem Zeitpunkt dazu nicht mehr in der Lage. Da sein Schädel in mehrere Teile zersplittert war, dürfte er nicht mehr bei Bewusstsein gewesen sein."

„Und wenn er es doch irgendwie geschafft hat, hätte dieser Energieschub seine körperliche Regeneration in Gang setzen müssen", fügte Neveah hinzu. „Die ganze Sache ist verrückt und widersprüchlich."

„Und nichts davon erklärt Alice", sagte Edward. „Dieser Teil stört mich am meisten, um ehrlich zu sein. Ich habe im Laufe der Jahre bei zahlreichen Gelegenheiten mit der jungen Frau gesprochen, denn ich habe oft Grund gehabt, das Tor zur Hölle zu besuchen. Ich hätte blind geschworen, dass sie genau das ist, was sie zu sein scheint – eine sehr süße und unkomplizierte College-Studentin, die einen Sommerjob macht, um Erfahrung zu sammeln und sich etwas Geld dazuzuverdienen."

Neveah dachte an die Leiche der Vermieterin zurück, deren Blut aus der aufgeschnittenen Kehle Alice' Badezimmer wie groteske moderne Kunst schmückte.

„Wir brauchen einen frischen Blickwinkel", beschloss sie. „Während Nigellus der Sache mit Leyak nachgeht, denke ich, dass es an der Zeit ist, einen alten Bekannten aufzusuchen und herauszufinden, ob dieser vielleicht nützliche Erkenntnisse hat."

KAPITEL ZWÖLF

NEVEAH HATTE den starken Verdacht, dass Nigellus nicht damit einverstanden wäre, dass sie sich in dieser Angelegenheit mit *diesem* speziellen Kontakt traf. Vielleicht hatte er damit sogar recht. Es gab jedoch nur eine begrenzte Anzahl von Personen, die in der Lage waren, neue Einblicke in diesen Schlamassel zu geben, und weder sie noch Nigellus schienen vor nützlichen Ideen zu strotzen.

Aus diesem Grund verließ sie das Haus des Dämons, bevor er von seinem Treffen in der Hölle zurückkehrte. Ihr Auto stand in der Garage, wie er gesagt hatte, und nachdem sie sich noch einmal ausgiebig bei Edward für seine Hilfe mit ihren Flügeln bedankt und versprochen hatte, sich zu melden, wenn sie etwas Neues erfahren hatte, machte sie sich auf den Weg, um eine Nachricht zu schicken.

Die Katzensidhe zu erreichen, war in der Regel eine komplizierte Angelegenheit, bei der man einen Vermittler brauchte und ziemlich lange warten musste. Nachdem sie die Nachricht gesendet hatte, schlug Neveah die Zeit tot, indem sie alle verfügbaren Nachrichten über den Tod der Seelie, das Verschwinden von Alice und den Mord an der Vermieterin durchging.

Von Ersterem gab es nicht viel, da Nigellus seinen Einfluss bei der Vertuschung in die Waagschale geschmissen hatte. Von Letzterem gab es eine ganze Menge. Alice war immer noch nirgendwo aufgetaucht und wurde vorerst als Person von Interesse und nicht als Verdächtige bezeichnet.

In einigen Artikeln wurde darüber spekuliert, dass sie vielleicht eher Opfer eines Verbrechens als Täterin war. Neveah hatte einen Schuss mit einer salzgefüllten Patrone mitten in ihr Herz abbekommen, was ziemlich stark gegen diese Interpretation sprach. Natürlich hatte das Mädchen auch einen sechshundert Jahre alten, von Dämonen besessenen Butler, der bereit zu sein schien, als Leumundszeuge für sie einzutreten ... und Edward schien Neveah ein kompetenter Menschenkenner zu sein.

Als sie schließlich eine Antwort von der Sidhe erhielt, war sie erleichtert. Neveah kam an ihrem üblichen Treffpunkt an – einer Felsformation im *Mount Diablo State Park*, die die Menschen ironischerweise *Teufelskanzel* nannten. Der Ort war eine relativ kurze Autofahrt von Stockton entfernt und über eine Feuerschneise zu erreichen, die nur einen minimalen Fußmarsch erforderte.

Er lag außerdem auf einer Kraftlinie, was bedeutete, dass eine Fae auf magische Weise dorthin reisen konnte, ohne die Energie aufwenden zu müssen, die erforderlich wäre, um ein Portal vom anderen Ende der Welt aus zu öffnen.

Eine schwarze Katze saß am Fuße des markanten, zehn Meter hohen metamorphen Felsvorsprungs und leckte sich müßig die Pfote. Die Gegend war heute glücklicherweise frei von

Touristen, sodass es außer Neveah keine weiteren Zeugen gab, die sehen konnten, wie sich der Körper des Tieres in eine kleine humanoide Gestalt mit pechschwarzem Haar und großen, grünen Augen verwandelte.

Die Sidhe waren eine Spezies von geschlechtslosen, gestaltwandelnden Proto-Fae, die schon vor den Seelie und Unseelie auf Dhuinne lebten. Sie waren heute erschreckend selten und lebten weitgehend zurückgezogen, wurden aber in der Fae-Kultur immer noch für ihre Weisheit und magischen Fähigkeiten verehrt.

Die Katzensidhe – eine androgyne Gestalt, die Hirschleder und in Grün- und Brauntönen gefärbtes Leinen trug – hatte eine kindliche Stimme und Erscheinung ... bis auf ihre Augen. Diese großen grünen Augen hatten schon viel gesehen, und der Verstand dahinter war schnell und weise.

Fae waren nicht unsterblich in dem Sinne, wie es Engel und Dämonen waren. Sie hatten Nachkommen und sie alterten. Sie konnten sterben ... zumindest irgendwann. Diese Dinge geschahen nur besonders langsam und die Sidhe lebten länger als die meisten anderen.

Neveah wusste nicht genau, wie alt die Katzensidhe war, und sie hatte auch nicht vor, danach zu fragen. Sie hatten sich nach dem Krieg kennengelernt, als alles im Umbruch war und es schien, als hätten sich die Regeln des Spiels erneut geändert. Lange Zeit war die Sidhe das einzige Wesen in den drei Reichen gewesen, das wusste, dass Neveah ein Engel war.

Sie hatten ein gewisses Verständnis füreinander gefunden – ein Engel, der aus dem Himmel ausgeschlossen war, und eine Fae, die mit vielen Entscheidungen des Courts nicht einverstanden war, sowohl was den Krieg als auch den unruhigen Frieden danach betraf. Neveah hatte absolutes Vertrauen darauf, dass die Sidhe immer im Interesse des Friedens zwischen den Reichen handeln würde und nicht für die egozentrischen politischen Interessen der Seelie und Unseelie einstand.

„Hey", grüßte sie. „Ich fürchte, wir haben ein ernstes Problem."

„Hallo", erwiderte die Katzensidhe und schnupperte feinsinnig in der Luft, als Neveah vor ihr zum Stehen kam. „Hat dieses Problem zufällig etwas mit Dämonen zu tun?"

Neveah widerstand dem irrationalen Drang, an ihren Achselhöhlen zu schnüffeln. „Du meine Güte. Du kannst ihn an mir *riechen*? *Ernsthaft*? Ich habe seither zweimal geduscht!"

Die Sidhe zuckte mit den Schultern. „Ich kann ihn wahrnehmen, ja. Oh, war es der Spionagemeister? Er war es, nicht wahr? *Hmpf*. Ich nehme an, es war unvermeidlich."

Neveah starrte die kleine Fae fassungslos an. „Warum sagen das alle zu mir?"

„Nun, du jagst ihm schon seit Jahren nach", erklärte die Katzensidhe unbeeindruckt. „Und wie es scheint, hast du ihn endlich eingefangen. Hast du irgendwelche nützlichen Antworten auf deine Fragen über das Himmelstor bekommen?"

Sie seufzte. „Nein, ich habe keine Antworten bekommen. Stattdessen habe ich eine tote Seelie-

Kriegerin in der Nähe des Hölleneingangs, ein vermisstes Menschenmädchen, das Dämonen Salzfallen stellt, und das Potenzial für einen großen diplomatischen Zwischenfall zwischen den Welten bekommen, wenn wir nicht herausfinden können, wie diese Dinge zusammenhängen. Würdest du mir also helfen, das zu verhindern?"

Die elfenhaften Brauen der Sidhe zogen sich scharf zusammen. „Ich denke, du solltest vielleicht ganz von vorne anfangen und mir alles in Ruhe erzählen."

„Ja." Diese staubtrockene Stimme erklang hinter Neveah. Ihre Sinne kribbelten, und sie drehte sich gerade noch rechtzeitig um, um zu sehen, wie Nigellus an der Seite der Felsformation vorbeischlenderte, makellos in einen dunklen zweiteiligen Anzug gekleidet. „Das würde ich auch gerne hören."

„Hallo, Nigellus", sagte die Katzensidhe. „Schön, dich hier zu sehen."

Neveah sah zwischen den beiden hin und her. „Moment mal. Ihr zwei *kennt* euch?" Sie warf der Sidhe einen anklagenden Blick zu. „Das hast du nie gesagt."

Die Fae warf ihr einen fragenden Blick zu. „Stimmt, aber ich habe auch nie gesagt, dass ich ihn nicht kenne. Außerdem hast du nie danach gefragt."

Nigellus warf der Sidhe einen strengen Blick zu. „Ich bin ebenso überrascht, dass ihr beide euch kennt, obwohl ich das vielleicht nicht sein sollte." Er schien seine momentane Überraschung abzuschütteln. „Ich nehme an, es ist von Vorteil, auch wenn ich bisher gezögert habe, jemanden aus Dhuinne einzubeziehen, egal wie diskret."

Die Katzensidhe seufzte. „Nun, das klingt alles unangenehm und bedrohlich. Kann mir bitte jemand die Geschichte erzählen, damit ich weiß, über welche Art von Schadensbegrenzung wir hier reden."

Mit einem wachsamen Blick auf den Dämon informierte Neveah die Sidhe über die entflohene Fae-Gefangene, die zerstückelte Wache, Alice' verdächtiges Verschwinden, Nigellus' mutwilliges Flambieren der Leiche in der Leichenschauhalle und schließlich die Sprengfalle in Alice' verlassener Wohnung. Als sie fertig war, warf die Katzensidhe Nigellus einen bösen Blick zu.

„Ich nehme an, du musstest die Leiche vernichten", sagte sie. „Und du hast immer noch keine Ahnung, wer die Seelie ist?"

„Nein", sagte Nigellus gleichmütig. „Ich hatte gehofft, dass du etwas über diese Angelegenheit weißt."

„Leider nicht." Mit verschränkten Armen schritt die Sidhe unruhig hin und her. „Ihr ahnt sicherlich schon, wie der Court auf diese Geschichte reagieren würde. Eine Fae-Gefangene in der Hölle, die *nach Inkrafttreten* des Vertrages gefangen genommen wurde?"

„Sie wurde nicht gefangen genommen", erwiderte Nigellus monoton. „Und du weißt auch, wie der Court darauf reagiert hätte, wenn eine Seelie zu ihnen zurückgebracht worden wäre, nachdem sie an einen Dämon gebunden war. Sie hätten es als die ultimative Beleidigung angesehen und die Feindseligkeiten sofort wieder aufgenommen."

Die Sidhe schnaubte. „Ja, ja. Es war eine unhaltbare Situation, so viel gebe ich zu. Und es wäre wahrscheinlich auch in Ordnung gewesen, wenn du die Zellentür einfach verschlossen gelassen hättest ... da sie offensichtlich noch nicht vermisst wurde. *Verdammt*. Was hat sich dieser Idiot von Wache nur dabei *gedacht*?"

Nigellus schüttelte den Kopf. „Es wird schwierig sein, die Antwort auf diese Frage zu erfahren, bevor er in der Lage ist, zu sprechen."

„Genau", stimmte Neveah zu. „Apropos, gibt es etwas Neues an dieser Front?"

„In gewisser Weise", antwortete Nigellus. „Es ist sein Herz, anscheinend. Es hat noch nicht einmal begonnen, sich zu regenerieren."

Ein schreckliches, mulmiges Gefühl machte sich in Neveahs Magen breit, als sich die Puzzleteile nach und nach zusammensetzten. „Der Sack Salz in Alice' Wohnung", sagte sie.

Die Sidhe sah zwischen den beiden hin und her. „Die Seelie hat ihm das Herz herausgeschnitten und es mitgenommen?"

Neveah kniff sich in den Nasenrücken. „Ja, aber es ist noch schlimmer als das."

„Dir ist etwas eingefallen", sagte Nigellus. „Sag mir, was es ist."

„Es wird dir nicht gefallen." Sie rieb sich die Augen und ließ die Hand sinken. „Okay. Gebt mir einen Moment, denn in Wahrheit wird es *keinem* von euch gefallen. Diese Seelie war an Leyak gebunden, als sie geflohen ist und ihn außerhalb des

Tores überwältigt hat, nicht wahr? Das lässt sich nicht bestreiten."

„Nein, so viel steht fest", stimmte Nigellus zu. „Sonst hätte sie die Hölle nicht verlassen können."

„Richtig", sagte Neveah. „Also, rekonstruieren wir das Geschehene. Zuerst erlaubt die Seelie Leyak, ihre Seele zu binden, und dann benutzt sie ihn, um zu entkommen. Als sie das Tor passiert hat, überwältigt sie ihn irgendwie, hackt ihn in Stücke, um ihn für ein paar Stunden außer Gefecht zu setzen, und nimmt sein Herz mit. Dann verlässt sie die *Moaning Caverns*, konfrontiert Alice im Geschenkeladen und zwingt sie in die Privatsphäre der Damentoilette."

Der Dämon holte scharf Luft. „Danach wird die Leiche der Gefangenen gefunden, aber sie ist nicht mehr im Besitz von Leyaks Herz, und Ms. Ramirez ist verschwunden."

Der Blick der Katzensidhe hüpfte wieder zwischen ihnen hin und her, während sie sprachen.

Neveah nahm den Faden wieder auf. „Und dann geht Alice, eine ganz normale menschliche Studentin, nach Hause, stellt eine Falle für Dämonen auf, packt das Herz in Salz und ermordet brutal ihre ältere Vermieterin, bevor sie die Stadt verlässt."

„Du glaubst, dass die Seelie-Gefangene Alice Ramirez vor ihrem Tod mental beeinflusst hat, damit sie ihren Willen erfüllt", sagte Nigellus.

Das flaue Gefühl in Neveahs Magen wurde schlimmer. „Nein. Ich glaube, die Seelie-Gefangene hat Alice in Besitz genommen und ihre Seelen zu einem Wesen verschmolzen, um dem Seelenband zu entkommen, das sie mit Leyak geschlossen hatte. Ich glaube, eure Gefangene hat einen Menschen entführt und trägt ihren Körper wie einen Anzug von der Stange." Sie begegnete dem grünen Blick der Sidhe. „Ist das möglich?"

Die Sidhe sah sehr besorgt aus. „Es ist denkbar. Der menschliche Geist ist schwach und anfällig für den Einfluss der Fae. Wer stark genug ist, könnte eine vollständige Übertragung bewirken, wenn er bereit wäre, dafür eine Art Selbstmordkommando zu unternehmen."

Neveah richtete ihre Aufmerksamkeit auf Nigellus. „Und das Seelenband?"

Der Mund des Dämons hatte sich zu grimmigen Linien verzogen. „Mir ist nicht bekannt, dass so etwas jemals getestet worden wäre, aber wenn die Seele der Seelie jetzt mit der einer anderen verschmolzen ist ..."

„Dann ist es nicht mehr die Seele, mit der Leyak das Seelenband eingegangen ist", endete Neveah. „Der Körper der Seelie ist tot und zu Asche verbrannt. Doch die Seele ist ein Hybrid, wird von der Fae kontrolliert."

Die Sidhe begann wieder auf und ab zu gehen. „Das ist schlecht. Das ist *sehr schlecht*. Wenn du recht hast und es dieser Mensch schafft, andere Fae zu erreichen und sie von der Wahrheit zu überzeugen ..."

„Das wird genau den diplomatischen Zwischenfall auslösen, den der Dämonenrat zu vermeiden hofft", schloss Nigellus.

Die Sidhe drehte sich zu Nigellus um. „Du musst diesen Menschen finden und sie in der Hölle einsperren, bevor sie die Fae kontaktiert. Das ist der einzige Weg, eine politische Krise zwischen der Hölle und Dhuinne zu vermeiden."

„Warte, *was*?", sagte Neveah. „Wartet mal kurz. Alice ist hier ein unschuldiges Opfer."

Nigellus sah sie streng an. „Ein unschuldiges Opfer, das von einer kaltblütigen Mörderin kontrolliert wird. Einer, die gefährlich genug ist, um nicht nur einen Menschen, sondern auch einen Dämon mental zu überwältigen."

„Aber trotzdem ein Opfer!", erwiderte Neveah entsetzt.

Der Dämon wich nicht zurück. „Wäre es dir lieber, wenn sie sofort getötet würde? Denn ich garantiere, dass der Rat entweder die eine oder die andere Lösung für das Problem fordern wird."

Neveah wirbelte zur Sidhe herum. „Du *kannst* das *nicht* gutheißen."

Die Katzensidhe wirkte zutiefst beunruhigt. „Dhuinne ist so politisch instabil, wie wir es seit Generationen nicht mehr erlebt haben. Die *Wilde Jagd* entglitt letztes Jahr der Kontrolle des Courts und löschte bei ihrem Streifzug durch die Reiche eine beträchtliche Anzahl von Mitgliedern der Unseelie aus. Die Magie des Reiches der Fae ist unausgewogen und obwohl man sich bemüht, dies zu korrigieren, befinden wir uns gerade in einem heiklen Stadium. Das Leben eines einzigen Menschen …"

„Sie hat nur dieses *eine* Leben!", sagte Neveah.

„Du hast nicht gesehen, welche Verwüstungen die *Jagd* angerichtet hat", sagte Nigellus leise. „Nicht nur in Dhuinne, sondern auch auf der Erde.

Sie zerriss den Schleier und verschlang alles Lebendige, das sich ihr in den Weg stellte. Ich glaube, du warst diejenige, die den Wunsch geäußert hat, das Menschenreich nicht in *eine riesige vulkanische Scheibe* verwandelt zu sehen, wie du es ausgedrückt hast."

Neveah öffnete ihren Mund, nur um ihn einen Moment später wieder zu schließen.

„Ich fürchte, was mit dem Gleichgewicht zwischen den Reichen geschehen könnte, wenn Dhuinne sein derzeitiges inneres Chaos absichtlich nach außen lenkt", sagte die Sidhe leise. „Es war schon schlimm genug, als der Schaden nur kollateral war."

„Ihr spielt mit Menschenleben", sagte Neveah entsetzt.

Nigellus hob eine Augenbraue und Neveah wurde klar, wie das für einen Dämon geklungen haben musste. Sein Volk hatte schon so lange mit Menschenleben gehandelt, wie die menschliche Spezies existierte. Was die Fae anging, so betrachteten die meisten von ihnen die Erdenbürger als kaum mehr als ein Stück Vieh.

Allerdings hatte sie von der Katzensidhe mehr erwartet.

„Es gibt einen Aspekt, der mich immer noch beunruhigt", gestand die Sidhe schließlich.

„Nur einen?", schoss Neveah zurück.

Die Sidhe antwortete nicht sofort. „Das Herz des Dämons. Warum sollte man etwas so zutiefst Belastendes mit sich herumtragen? Was ist der Grund?"

„Vielleicht hat sie es mitgenommen, um Leyak am Erwachen zu hindern?", schlug Nigellus vor. „Wenn die Theorie des Engels richtig ist, ist das Seelenband nicht länger von Belang, aber vielleicht hat der Kobold noch wichtige Informationen zu übermitteln."

Neveah starrte ihn mit leerem Blick an. Sie war also wieder nur „der Engel".

„Diese Fae saß lange Zeit in der Hölle fest", sagte sie. „Vielleicht wollte sie nur eine Trophäe."

Die Katzensidhe schwieg.

„Oder", fuhr Neveah fort, „vielleicht ist sie verrückt geworden, nachdem sie fast zweihundert Jahre lang mit Amnesie gefangen gehalten wurde, und wir sollten uns darauf konzentrieren, einen Exorzismus durchzuführen, anstatt über die Ermordung oder Einkerkerung des Opfers zu reden!"

„Vergebt mir. Ich muss jetzt nach Dhuinne zurückkehren", sagte die Katzensidhe abrupt. „Bitte versucht, diesen Menschen zu finden und mit ihr fertig zu werden, bevor der Rest der Fae von ihr erfährt."

Damit öffnete die Sidhe ein flammendes Portal und schritt hindurch. Das brennende Oval schloss sich in dem Moment, als sie darin verschwand.

KAPITEL DREIZEHN

DER ENGEL warf frustriert die Hände in die Luft. „Toll. *Das* war ja eine große Hilfe."

Nigellus beäugte sie misstrauisch und versuchte abzuschätzen, inwieweit sie ein Hindernis darstellen könnte, wenn sie sich wirklich gegen die Notwendigkeit wehrte, diesen kompromittierten Menschen zu beseitigen.

„Deine Hypothese über den Seelentransfer ist sicherlich ein Durchbruch, vorausgesetzt, sie ist wahr", sagte er.

Sie wandte sich ruckartig zu ihm um, voller gerechtem Zorn, und selbst jetzt spürte er, wie er auf unerwartete Weise auf sie reagierte. Das war immer noch neu. Unter den gegenwärtigen Umständen war es jedoch nicht sehr nützlich.

Ihre blauen Augen funkelten ihn an. „Wie kann es ethisch vertretbar sein, einen völlig unschuldigen Menschen in die Hölle zu schicken, wo es doch die Schuld der Dämonen war, dass sie sich überhaupt in Gefahr befindet?"

Nigellus verschwendete keinen Gedanken an die Hunderte menschlichen Zehnten, die in der Hölle lebten, nachdem sie von den Fae dorthin geschickt wurden. „Und wie kann es ethisch vertretbar sein, einen Krieg zwischen den Welten zu riskieren, wenn die sofortige Beseitigung einer einzigen Person ihn verhindern und damit unzählige Leben retten könnte?", erwiderte er.

Neveah starrte ihn an, als wäre sie von seiner Antwort irgendwie überrascht ... als ob sie ihn überhaupt nicht kennen würde. Er verdrängte den Schmerz, der bei diesem Gedanken in ihm aufstieg. Es war lächerlich. Natürlich kannte sie ihn nicht, so wie er sie nicht wirklich kannte. Es war töricht, etwas anderes zu glauben.

„Ein empfindungsfähiges Lebewesen ist nicht entbehrlich", sagte sie. „Ein menschliches Wesen ist kein Mittel zum Zweck, egal wie wertvoll oder wichtig man sich einredet, dass dieser Zweck sein könnte."

Er starrte sie an und fragte sich, wie ein Unsterblicher während der gesamten Menschheitsgeschichte existieren und immer noch so etwas glauben konnte.

„Jeder Mensch ist letztlich ein Mittel zum Zweck", sagte er langsam. „Egal, wie sehr wir uns wünschen, dass es anders wäre."

Ihr Kopf bewegte sich in unbewusster Verneinung seiner Worte hin und her. „Glaubst du das wirklich? Denn, es tut mir leid, Nigellus, aber was für ein trauriges und schreckliches Universum wäre das?"

Er betrachtete ihre zarten Gesichtszüge, ihr blasses, weiß-goldenes Haar war wie gesponnene Seide. „Du hast nicht im Fae-Krieg gekämpft."

Sie runzelte die Stirn. „Nein, das habe ich nicht. Was hätte das für einen Sinn gehabt? Ich habe mehr als die Nase voll vom Krieg."

Er sprach nicht aus, was ihm auf der Zunge lag – dass vielleicht ein Engel an der Seite der Dämonenarmee das Gleichgewicht zu ihren Gunsten hätte verschieben können oder dass vielleicht ihre Anwesenheit, als ihre Kräfte noch nicht so erschöpft waren, das Abschlachten der Vampire hätte verhindern können oder die Menschen davor bewahrt hätte, unter die Kontrolle der Fae zu fallen.

Stattdessen wiederholte er: „Du hast nicht im Krieg gekämpft. Du hast nicht aus erster Hand erfahren, was die Fae bereit sind zu tun, um zu schützen, was sie als ihre besten Interessen betrachten. Das Leben von Alice Ramirez hat in ihren Augen nicht mehr Wert als das Leben eines Schweins oder einer Kuh in den Augen der Menschen. Wenn ich sie einfangen kann, wird sie in der Hölle human behandelt werden. Wenn sie erst einmal gesichert ist, lässt sich vielleicht eine Methode finden, die Seele der Seelie-Gefangenen aus der ihren zu extrahieren.“

Der brennende Blick des Engels wich nicht von ihm ab. „Ich habe vielleicht nicht in *diesem* Krieg gekämpft, aber das heißt nicht, dass ich nicht in anderen Kriegen gekämpft habe. Was glaubst du, warum ich mich lieber davon fernhalte? Tatsache ist, dass du einen unschuldigen Menschen bestrafen willst, der zur falschen Zeit am falschen Ort war. Und nicht nur *einen* Menschen. Was glaubst du, wie ihre Eltern reagieren werden, wenn sie spurlos verschwindet, ohne Leiche und ohne Erklärung? Ich glaube nicht, dass es ein großer Trost sein wird, ihnen zu sagen: *Oh, ihr geht es gut, sie ist nur*

von Dämonen gefangen und in die Hölle gebracht wor-
den."

„Es hilft uns nicht, darüber zu streiten", erwiderte Nigellus, denn offen gesagt, war dieser Streit
das *Gegenteil* von hilfreich. Die Zeit war von ent-
scheidender Bedeutung, wenn sie eine Katastrophe
abwenden wollten.

Neveahs geschwungene Lippen pressten fest
aufeinander. „Gut. Dann erkläre mir *stattdessen*
Folgendes! Mein Treffen mit der Katzensidhe sollte
privat sein. Du hast es gestört. Warum? Und was
vielleicht noch wichtiger ist, wie hast du mich gefunden?"

Der Engel brauchte nicht zu wissen, dass Nigellus früh am Tag auch eine Nachricht an die
Katzensidhe geschickt hatte, in der er um ein Treffen bat, um genau diese Situation zu besprechen.
Die kleine Fae war eine langjährige Verbündete,
um sensible Verhandlungen mit den Fae durch die
Hintertür zu führen. Die Notwendigkeit einer dis-
kreten Kommunikation über die Grenzen der
Reiche hinweg bedeutete jedoch, dass es eine Weile
dauern konnte, solche Treffen zu arrangieren. Zumindest bedeutete diese kleine Komödie der
Irrungen, dass er ein wenig Zeit gespart hatte.

„Warum ich gekommen bin?", antwortete er.
„Weil ich dir die Ergebnisse über Leyaks fehlendes
Herz mitteilen und sehen wollte, ob du in meiner
Abwesenheit etwas Nützliches herausgefunden
hast." Seine Augen glitten an ihrem Körper hinunter, ohne dass er es bewusst wollte, und dann ließ
er seinen Blick wieder nach oben wandern. „Was
das *Wie* angeht … nun, ich musste feststellen, dass

ich eine kleine Menge meiner Essenz in dir zurückgelassen habe, als wir uns vereint haben. Es war leicht, dieser Spur zu folgen, obwohl ich jetzt weiß, dass es anmaßend war, das zu tun."

Ihr Blick flog hinunter zu ihrem Bauch und sie starrte ihren Körper mit einem Blick an, der fast fasziniert wirkte. Als sie jedoch wieder aufblickte, war in ihrem Gesichtsausdruck nichts Amüsantes mehr zu erkennen. „Nun, du kannst deine ‚Essenz' *auf der Stelle* zurückhaben", schnauzte sie.

Er streckte die Hand aus und nahm das meiste von dem zurück, was er in ihr Innerstes ergossen hatte, aber nicht alles – wohl wissend, dass diese List für ihn zu einem unbestimmten Zeitpunkt in der Zukunft nützlich sein könnte. Wenn sie wirklich die Absicht hatte, sich gegen ihn zu stellen, wäre es von Vorteil, eine Möglichkeit zu haben, sie aufzuspüren.

„Ich habe es zurückgenommen", sagte er monoton. „Doch ich fürchte, ich muss dich bitten, diese Angelegenheit nicht weiterzuverfolgen."

Ihre schönen Gesichtszüge verhärteten sich zu Marmor und ein Hauch der furchterregenden Engelsschar von einst schimmerte durch. „Nigellus, du sollst wissen, dass ich es im philosophischen und metaphorischen Sinne meine, wenn ich sage, *fahr zur Hölle.*"

Damit drehte sie ihm den Rücken zu und ging in Richtung der Straße davon, die auf der nächsten Anhöhe zu sehen war, wo zweifellos ihr lächerliches Auto geparkt war. Nigellus schäumte vor Frust über fast jeden einzelnen Aspekt der gegenwärtigen Situation und teleportierte sich verärgert zum Weingut zurück.

Edward sah auf, erschrocken über sein plötzliches Auftauchen. „Sir? Hatten Sie Erfolg?"

Nigellus winkte ihn irritiert weg. „Es gab einen Durchbruch. Die Suche nach Alice Ramirez ist jetzt dringend notwendig geworden."

Edwards buschige Brauen zogen sich zusammen. „Sie meinen, es war vorher nicht so dringlich?"

Ungeduldig klärte Nigellus seinen Diener über die Theorie des Engels über den Tod der Seelie-Gefangenen und der anschließenden Inbesitznahme der Menschenfrau auf.

Edward schloss kurz die Augen. „Oh, *verflucht noch mal*."

„Was?", fragte Nigellus und fragte sich, ob er in seiner momentanen Verärgerung eine weitere Andeutung übersehen hatte.

„Nun, es ist *Alice*, nicht wahr?", antwortete Edward etwas kryptisch. „Das arme Kind. Ich wusste schon, dass mit der Situation etwas nicht stimmt, mit dem Tod der Vermieterin und der Sprengfalle, aber das? Das ist *schrecklich*."

„Sentimentalität, Edward? Wirklich?", fragte Nigellus und überlegte, ob der Einfluss des Engels irgendwie ansteckend war. Wie eine menschliche Grippe.

Der Blick, den Edward ihm zuwarf, war leicht tadelnd. „Haben Sie nie mit dem Mädchen gesprochen, als Sie auf der Durchreise waren? Sie arbeitet schon seit einiger Zeit im Geschenkeladen, wie Sie wissen."

„Du weißt, dass ich das nie getan habe", sagte Nigellus ungeduldig. „Wenn ich das Tor benutzen muss, reise ich direkt dorthin."

„Dann haben Sie die Bekanntschaft einer sehr süßen jungen Frau mit einem schnellen Verstand und einer guten Seele verpasst", sagte Edward, und der Vorwurf in seinem Ton trug nicht dazu bei, Nigellus' Stimmung zu heben.

Als er nicht antwortete, seufzte Edward. „Richtig. Vergessen Sie, was ich gesagt habe. Also, wie holen wir diese Fae aus ihr heraus, wenn wir sie gefunden haben?"

„Ich habe absolut keine Ahnung", gestand Nigellus. „Im Moment geht es mir nur darum, sie zu fangen und sicher in die Hölle zu bringen. Vorzugsweise, bevor sie eine Spur von Leichen hinterlässt, die offensichtlich genug ist, um die Aufmerksamkeit der anderen Fae auf der Erde zu erregen."

„Nun, haben Sie mit Ms. Lane darüber gesprochen?", fragte Edward. „Sie scheint eine kompetente Ermittlerin zu sein, was sie zu einer guten Quelle macht, wenn es darum geht, jemanden zu finden, der nicht gefunden werden will. Ist sie nicht gestern losgezogen, um genau das zu tun?"

Nigellus' Verärgerung wuchs noch weiter an. „Ich habe mit ihr gesprochen. Wir haben uns unterhalten."

Edward blinzelte ihn an. „Unterhalten ... über was?"

„Das Schicksal eines einzelnen Menschen, dessen Gefangennahme über das Schicksal ganzer

Reiche entscheiden könnte", sagte Nigellus. „Ich habe sie gebeten, die Angelegenheit nicht weiterzuverfolgen."

Es entstand eine lange Pause.

„Ich verstehe", antwortete Edward mit der Art von Fadheit, die bedeutete, dass er eine Meinung hatte, von der er wusste, dass sie Nigellus nicht gefallen würde. Offenbar war der Kampf, sie für sich zu behalten, jedoch zu überwältigend. „Verzeihen Sie mir, aber ist es wirklich eine gute Idee, einen Engel zu verärgern, der Ihren Geist überwältigen kann, ohne in Schweiß auszubrechen, Sir?"

Nigellus rollte genervt mit den Augen. „Im Moment scheint es eine *ausgezeichnete* Idee zu sein. Genug über diesen Engel. Welche Möglichkeiten haben wir, wenn es darum geht, einen von Fae besessenen Menschen auf der Flucht zu verfolgen? Es ist vielleicht an der Zeit, ein paar Schulden einzufordern, wenn nötig."

Edward stieß einen Atemzug aus. „Äh … lassen Sie mich kurz nachdenken. Wir könnten versuchen, Kreditkartentransaktionen zu verfolgen, oder besser gesagt, ich könnte das versuchen, während Sie mit Alice' Eltern sprechen und versuchen, alles zu erfahren, was ihren Freunden einfällt, auch über die Orte, zu denen sie eine Verbindung haben könnte."

„Sehr gut", sagte Nigellus. „Wir fangen sofort an. Wir haben vielleicht nicht mehr viel Zeit."

KAPITEL VIERZEHN

NEVEAHS ZORN hielt während der gesamten Fahrt zurück nach Stockton an. Er richtete sich nicht nur gegen den Dämon, obwohl er sich keine Pluspunkte damit verdient hatte, dass er sie wie ein umherstreifendes Haustier mit einem GPS-Tracker am Halsband markiert hatte. Nein, sie fühlte sich auch der Katzensidhe nicht gerade engelsgleich zugeneigt. Das Treffen war überhaupt nicht so verlaufen, wie sie gehofft hatte.

Einige Leute wären vielleicht erstaunt gewesen, dass sie denselben Menschen verteidigte, der sie mit einer Kugel einer großkalibrigen Waffe ins Herz aus der Welt zu schaffen versucht hatte. Aber genau darum ging es ja. Neveah war sich jetzt ziemlich sicher, dass Alice unschuldig war, was all die schrecklichen Dinge betraf, die in den letzten Tagen um sie herum passiert waren.

Sie erinnerte sich an Edwards Schock, als er erfuhr, dass Alice irgendwie in den Mord der Seelie-Gefangenen verwickelt war, und an sein Beharren darauf, dass sie nichts anderes sei als eine gutmütige Studentin, die sich mit einem Sommerjob etwas dazuverdiene. Der Gedanke, dass Alice immer noch in ihrem Geist gefangen sein könnte und wusste, was vor sich ging, weckte Neveahs Beschützerinstinkte. Und logischerweise *musste* der

Mensch noch in ihrem Körper sein, zumindest bis zu einem gewissen Grad. Andernfalls wäre die Seelie nicht in der Lage gewesen, sich aus ihrer Seelenverbindung mit Leyak zu lösen.

Dieser Trick ergab nur Sinn, wenn die beiden Seelen wirklich verschmolzen waren.

Wenn ihre Theorie stimmte – und Neveah war davon überzeugt, dass es keine andere Erklärung dafür gab –, dann bedeutete dies, dass ein junger, unschuldiger Mensch gezwungen worden war, in der ersten Reihe zu sitzen, während Mord und Chaos um sie herum losbrach, und dazu verdammt war, hilflos zuzusehen, wie ihr Körper grausame Gewalttaten beging. Alice hatte ihre Vermieterin persönlich gekannt und vielleicht waren sie befreundet gewesen, vielleicht aber auch nicht. Aber so oder so war die Grausamkeit dieses Mordes für jemanden, der nicht an Gewalt gewöhnt war, ein Albtraum in sich selbst.

Die Fae, die Alice' Körper kontrollierte, war unbestreitbar gefährlich, aber Neveah wäre verdammt, wenn sie zulassen würde, dass diese Tatsache zu einer lebenslangen Bestrafung für das unschuldige menschliche Opfer der Seelie führen würde.

Zurück in ihrer bescheidenen Wohnung blätterte Neveah durch ihre Kontakte und wählte eine Nummer. Der Empfänger nahm nach dem vierten Klingeln ab.

„Hallo?"

„Hallo, Paul. Ich bins, Nev", sagte sie. „Du musst mir einen Gefallen tun. Erinnerst du dich an den Artikel, den du letzten Herbst über den Skandal der Handyüberwachung geschrieben hast?"

„*Ja?*", sagte die Stimme am anderen Ende der Leitung.

„Ich brauche die Kontaktdaten der Kopfgeldjägerin, die du dafür bezahlt hast, um das Handy zu orten."

Paul Sparrow war ein Reporterkollege von *The Morning Watch*, der im vergangenen Jahr eine Reihe von Artikeln geschrieben hatte, die mehrere nationale Nachrichtenagenturen auf ihn aufmerksam gemacht hatten. Zurzeit konzentrierte er sich vor allem darauf, seine Karriere voranzutreiben, aber genau genommen waren sie immer noch Kollegen. Sie mochte ihn, und er war auf schmerzhafte Weise in sie verknallt, obwohl sie sich nach Kräften bemühte, die Sache mit dem *übernatürlichen Einfluss* einzudämmen.

„*Ähm … okay?*", antwortete er. „*Möchte ich wissen warum? Weil ich denke, ich sollte dich warnen, denn diese Tussi war supergruselig.*"

„Ich plane keine Pyjamaparty mit ihr", versicherte Neveah ihm. „Ich muss nur eine vermisste Person finden. Und nach deinem Artikel zu urteilen, ist sie in solchen Dingen ziemlich effizient."

Im Rahmen seines Exposés über die Datensicherheit in der Mobilfunkbranche hatte Paul der fraglichen Kopfgeldjägerin dreihundert Dollar gezahlt, um die Standortdaten seines Handys zu beschaffen – nur um zu zeigen, dass dies auch außerhalb der Strafverfolgung und ohne Durchsuchungsbefehl möglich war. Die Kopfgeldjägerin hatte weniger als eine Stunde gebraucht, um eine Karte mit dem Standort ein paar Hundert Meter von Pauls Haus entfernt zu übermitteln.

Neveah hatte es damals beeindruckend gefunden. Jetzt hoffte sie, dass sie auch in ihrem Fall nützlich sein könnte.

„Okay, wenn du dir sicher bist", sagte Paul. *„Ich kann dir ihre Nummer in ein paar Minuten schicken – ich muss sie aus der Akte heraussuchen. Sei einfach vorsichtig, okay?"*

Neveah sagte ihm nicht, dass die Kopfgeldjägerin nicht diejenige war, um die sie sich Sorgen machen musste. Es war die Person, die sie mithilfe der Kopfgeldjägerin zu finden versuchte. Stattdessen sagte sie nur: „Du bist mein Held, Paul. Danke, ich bin dir was schuldig."

Sie legten auf, nachdem sie sich kurz darüber ausgetauscht hatten, dass *sie auf jeden Fall mal zusammen essen gehen sollten, vielleicht wenn diese Geschichte abgeschlossen war.* Er hielt sein Wort, denn fünf Minuten später kam eine Nachricht mit einem Vornamen, einer Handynummer und einer E-Mail-Adresse an.

Neveah schickte sofort eine Nachricht an die Nummer.

Neveah: *Ein Freund von mir sagte, dass du Handys zurückverfolgen kannst. Ich habe einen dringlichen Job bezüglich einer vermissten Person. Privat. Bargeld im Voraus, keine Strafverfolgung.*

Zwei Minuten später vibrierte ihr Handy mit einer Antwort.

Unbekannt: *Wer ist dieser Freund?*

Neveah: *Paul Sparrow,* tippte sie.

Unbekannt: *Der Reporter-Typ?*, kam sofort als Antwort. *Ist das für eine weitere Schlagzeile?*

Neveah: *Nein*, simste Neveah zurück. *Wie ich schon sagte, es ist privat. Es gibt Grund zu der Annahme, dass ein vermisstes Mädchen in Gefahr ist. Ihre Eltern sind mit ihrer Weisheit am Ende.*

Die Pause war dieses Mal viel länger.

Unbekannt: *Okay, aber mein Preis ist gestiegen. 1500 $, nur Bargeld.*

Neveah war nicht überrascht.

Neveah: *Deal. Ich bin in Stockton. Wann und wo können wir uns treffen?*

Wieder dauerte es etwas, bis sie eine Antwort bekam.

Unbekannt: *Es gibt ein Tattoo-Studio auf der Aurora, in der Nähe der Market St. Komm morgen Mittag vorbei und nenne dem Besitzer meinen Namen.*

Neveah: *Ich werde da sein*, schrieb Neveah zurück. Sie hoffte nur, dass es bis dahin nicht für Menschen, die sich Alice in den Weg stellten, tödlich enden würde.

———◆———

Neveah verbrachte die Nacht damit, wie besessen Nachrichtenartikel und Verhaftungsberichte aus *Calaveras County* zu lesen, während sie sich gleichzeitig über das Verhalten eines bestimmten Dämons ärgerte. Er war so *stur*, mit seinem undurchdringlichen emotionalen Panzer und seinem blutrünstigen Glauben an seine eigene moralische Unfehlbarkeit.

Jeder ist letztendlich ein Mittel zum Zweck – von wegen, dachte sie missmutig. Und das von jemandem, der einen schottischen Adligen aus dem vierzehnten Jahrhundert als Diener an sich gebunden hatte, weil er es lustig fand, und der den Mann dann die nächsten sechshundert Jahre lang als Begleiter bei sich behalten hatte. Welchen Zweck verfolgte Nigellus damit?

„Wahrscheinlich tat er es, um sicherzustellen, dass er immer jemanden zum Reden hat und sich nicht wie ein Verrückter mit sich selbst unterhält", murmelte sie, nur um einen Moment später die Ironie zu erkennen. Das machte sie noch wütender.

Nachdem sie im Laufe der Nacht nichts Nützliches gefunden hatte, duschte sie und zog sich gleich um. Um sich die Zeit bis zum Treffen zu vertreiben, besuchte sie über den Hintereingang ihr japanisches Lieblingsrestaurant. Der Besitzer hatte vorsorglich ein paar 20-Liter-Kanister mit gebrauchtem Erdnussöl für ihr Auto hinterlassen. Nachdem sie sich vergewissert hatte, dass die Deckel dicht waren, stellte sie diese in den Kofferraum, wo der nachgerüstete beheizte Filtertank einen beträchtlichen Teil des Platzes einnahm. So hatte sie wenigstens genug Treibstoff, um allen Spuren in der Umgebung nachzugehen, ohne die Erdölindustrie unterstützen zu müssen.

Einst hätte sie zu ihrem Ziel fliegen können – ihre Flügel hätten mehrere Dimensionen durchbrochen und sie in wenigen Augenblicken an jeden Ort gebracht. Die Erinnerung an das, was sie verloren hatte, schmerzte, und sie musste sich selbst davon abhalten, in der schattigen, leeren Gasse zu versuchen, ihre Flügel zu entfalten, nur um zu sehen, ob sie es wieder schaffen würde.

Es ist besser, wenn du es nicht weißt, sagte sie sich entschlossen und konzentrierte sich wieder auf den aktuellen Fall.

Der Rest des Vormittags zog sich entsetzlich in die Länge. Als es endlich Mittag wurde, ging sie zu *KT's Ink Emporium*, einem kleinen Laden in einem Backsteinhaus mit vergitterten Fenstern, welches aus der Mitte des Jahrhunderts stammte.

Als sie eintrat, klingelte die Glocke über der Tür und ein gelangweilt dreinsehender Mann in seinen Zwanzigern, der gerade in einer Zeitschrift gelesen hatte, blickte auf.

„Kann ich Ihnen helfen?", fragte er.

„Ich muss bitte mit dem Eigentümer sprechen", sagte sie.

Der Typ drehte sich um und rief: „Hey, Katie! Hier vorne will dich jemand sprechen!"

Eine Frau mittleren Alters mit markantem Kiefer und einem aggressiv gegelten, eisengrauen Irokesen steckte ihren Kopf durch die Tür, die nach hinten führte. „Ja?"

„Hallo", begrüßte Neveah sie. „Ich bin hier, um Celine zu treffen. Wir haben eine Verabredung."

Katie machte eine Bewegung mit dem Kinn. „Sie erwartet dich. Komm nach hinten."

Neveah folgte ihr, bewunderte die Drachentätowierungen, die sich an ihren Armen hinunter schlängelten, und versuchte, nicht an die Tattoos zu denken, die sie mit ihren Augen und Fingerspitzen noch vor zwei Tagen nachgezeichnet hatte. Die

Frau führte sie durch das Atelier, in dem sie vermutlich ihre Arbeit verrichtete, und von dort aus zu einer zweiten Tür, die in einen kleinen, unübersichtlichen Büroraum führte.

Drinnen erwartete sie eine andere Frau, die neben einem Aktenschrank an der Wand lehnte. Celine war ebenfalls mittleren Alters, vielleicht in ihren Fünfzigern – schlank, muskulös, leicht tätowiert und hatte eine offensichtliche Vorliebe für Leder und Ketten. Ihr schulterlanges kastanienbraunes Haar war höchstwahrscheinlich gefärbt und nicht Natur, aber ihre braunen Augen waren scharfsinnig und durchdringend.

„Celine? Ich bin Neveah. Danke, dass du dir Zeit für mich nimmst." Neveah streckte eine Hand aus und schüttelte die der Kopfgeldjägerin mit festem Griff.

„Hey, fünfzehnhundert Mäuse sind fünfzehnhundert Mäuse, richtig?", erwiderte Celine. „Wenn du das Geld und die Handynummer hast, die du zurückverfolgen willst, dann lass uns zur Sache kommen."

Katie warf ihnen beiden einen wissenden Blick zu. „Ich überlasse dich deiner Kundin, Babe. Du weißt, wie es läuft, wenn du etwas Illegales tust, musst du woanders hingehen."

Celine schmunzelte. „Das ist nichts Illegales. Nur ethisch fragwürdig, Kleines."

Katie winkte nachlässig mit einer Hand und schloss die Tür hinter sich.

Neveah holte ihr Handy und ein Bündel Bargeld heraus, übergab das Geld und wartete, während Celine die Scheine abzählte.

Als die Frau nickte, schickte ihr Neveah die Handynummer von Alice. Celines Handy vibrierte und sie holte es aus ihrer Tasche, um die Nachricht abzurufen.

„Verstanden. Das wird ein bisschen länger dauern als noch vor einem Jahr. Dafür kannst du dich bei deinem Reporterfreund bedanken. Heutzutage müssen die großen Telekommunikationsunternehmen zumindest so tun, als würden sie Kundendaten nicht an jeden verkaufen, der danach fragt. Früher gab es eine riesige Datenbank, aber heute gibt es nur noch kleinere Datenbanken im Dark Web, und es gibt einige Querschläger."

Sie tippte schnell etwas in ihr Handy ein und schickte es ab.

„Ich habe es an meinen Kontaktmann weitergeleitet, der sich für mich um diese Art von Dingen kümmert. Er wird sich bei mir melden, sobald er etwas hat, und ich werde es an dich weiterleiten."

Neveah nickte. „Danke. Ich werde auf deine Nachricht warten. Du hast sicher einiges zu tun."

Celine hob eine Augenbraue, welche gepierct war. „Du bist sehr vertrauensselig, nicht wahr?"

Mit einem Achselzucken antwortete Neveah: „Nein. Ich bezweifle aber, dass es schneller geht, wenn ich hier deine Zeit verschwende. Und wie du schon sagtest, fünfzehnhundert Dollar sind fünfzehnhundert Dollar."

Celine brach in einen kleinen Lachanfall aus. „So ist es, Süße. Ich melde mich bei dir, wenn ich etwas habe. Ich hoffe, du findest dein vermisstes Mädchen."

„Das hoffe ich auch", antwortete Neveah aufrichtig. „Sie hat eine harte Zeit hinter sich und es wird wahrscheinlich nur noch schlimmer werden."

Sie ergriff Celines Hand für einen kurzen Händedruck und machte sich auf den Weg nach draußen, wobei sie Katie auf dem Weg dankte. Draußen angekommen, hielt sie inne und überlegte, wie sie am besten vorgehen sollte, während sie wartete. Sosehr es sie auch schmerzte, begann sie darüber nachzudenken, wie sie nach dem Streit mit Nigellus losgestürmt war. Sie hatte immer noch recht und er hatte immer noch unrecht ... aber indem sie diese Brücke abgebrochen hatte, hatte sie dafür gesorgt, dass es viel schwieriger sein würde, ihn im Auge zu behalten.

Neveah ging zurück zu ihrem Auto und ließ sich auf dem plüschigen roten Velourssitz nieder. Sie tippte einige Augenblicke lang nachdenklich auf dem Lenkrad herum, bevor sie beschloss, dass es Sinn ergab, nach Vallecito zurückzukehren, während sie darauf wartete, dass sich Celine mit den Standortinformationen bei ihr meldete. Egal, in welche Richtung Alice gegangen war, als sie weggelaufen war, von dort aus war sie gestartet. Das bedeutete, dass dies auch der effizienteste Ausgangspunkt für Neveah war, um sie zu verfolgen.

Und wenn sie sowieso nach Vallecito fuhr, konnte es nicht schaden, nach ihrem wütenden Dämon zu sehen. Vielleicht konnte sie ihn noch umstimmen. Und wenn nicht, könnte sie zumindest ein Gefühl dafür bekommen, welche Fortschritte er machte, wenn überhaupt. Sie drehte den Schlüssel im Zündschloss. Der Motor sprang an und sie fuhr auf die Autobahn.

Anderthalb Stunden später hatte sie immer noch keine Antwort von Celine erhalten. Sie bog in die kurvenreiche Einfahrt des Weinguts ein. Das Anwesen konnte sie immer noch mit bloßem Auge erkennen und das beruhigte sie, dass Nigellus ihr den Zugang nicht verwehrt hatte. Sie parkte vor dem Haus aus Glas und Stahl und ging auf die Haustür zu. Sie drückte auf die Klingel und wartete darauf, dass Edward erschien und sie entweder hereinließ oder ihr sagte, dass sie nicht mehr willkommen sei.

Doch niemand antwortete, und sosehr sie sich auch bemühte, sie konnte keine Geräusche aus dem Inneren hören.

KAPITEL FÜNFZEHN

EDWARD TIPPTE mit den Fingern auf der polierten Oberfläche des Schreibtisches herum, seine Stirn war nachdenklich gerunzelt. „Alice' Eltern waren also keine Hilfe?", fragte er.

Nigellus schüttelte den Kopf. Er hatte den halben Vormittag damit verbracht, das Ehepaar nach etwas Brauchbarem zu befragen, doch sie hatten nicht geliefert. „Nein. Sie wissen so gut wie nichts über das Leben ihrer Tochter, seit sie aufs College gegangen ist. Die Polizei hat alle Familien und Freunde aus ihrer Kindheit kontaktiert, und keiner hat behauptet, sie gesehen oder von ihr gehört zu haben. Was ist mit den Kreditkartenabrechnungen?"

„Es gab zwei Bargeldabhebungen, seit die Leiche von der Seelie gefunden wurde", sagte Edward. „Die erste erfolgte am selben Tag, die zweite war am Tag darauf. Beide wurden am Geldautomaten in der Nähe von Alice' Wohnung in Vallecito getätigt, und beide Male war es der maximal zulässige Betrag. Seitdem gab es keine weiteren Aktivitäten mit der Kreditkarte."

Alice Ramirez hatte also Bargeld und sie hatte darauf geachtet, keine Spuren zu hinterlassen, wohin sie ging. Nigellus verwarf diesen Ansatz als nutzlos und überlegte weiter. Die Möglichkeiten schrumpften schnell auf eine, die auf persönlicher Ebene sehr unangenehm sein würde.

Edward seufzte. „Ich könnte versuchen herauszufinden, welcher Beamte für die Beschaffung von Handydaten zuständig ist. Und Sie könnten ihnen die Informationen entlocken und herausfinden, ob sie irgendwelche Anrufe gemacht oder Nachrichten gesendet hat. Das könnte uns helfen, sie zu finden."

„Wenn sie das getan hätte, wäre die Polizei den Spuren bereits nachgegangen", sagte Nigellus. Er knurrte frustriert. „Diese Ergebnisse sind inakzeptabel. Ich muss mit diesem verfluchten Kobold sprechen."

Sein menschlicher Diener lehnte einen Ellbogen auf den Schreibtisch. „Sie meinen Leyak? Das wird ziemlich schwierig sein ohne sein Herz, nicht wahr, Sir?"

„Schwierig, ja", antwortete Nigellus. „Aber nicht unmöglich."

Der Blick, den Edward ihm zuwarf, war nicht amüsiert. „Sie sind dabei, etwas Unüberlegtes zu tun. Möchte ich die Details überhaupt kennen?"

Nigellus winkte ab. „Leyak braucht ein Herz. Ich habe zufällig eines. Unter diesen Umständen werde ich über ein Darlehen nachdenken."

Edwards Miene verfinsterte sich vor Abscheu. „Nur äußerst kurzfristig, hoffe ich."

„*Ganz recht*", sagte Nigellus knochentrocken.

Der finstere Blick auf Edwards Gesicht ließ nicht nach. „Ich halte nicht viel von diesem Plan, aber ich nehme an, Sie haben mich nicht nach meiner Meinung gefragt."

„Nicht wirklich, nein."

„Nun, Sie werden meine Meinung dazu schon kennen", erwiderte Edward. „Wäre es nicht sinnvoller, Neveah ausfindig zu machen und zu sehen, ob sie Glück hatte, bevor man sich auf etwas so Radikales einlässt?"

Irgendetwas in Nigellus sträubte sich gegen die Idee, in weniger als einem Tag zu dem Engel zurückzukriechen, nachdem sie wütend weggestürmt war. Seine persönlichen Gefühle in dieser Angelegenheit waren in einer so ernsten Situation von geringer Bedeutung, aber es gab auch noch andere Beweggründe.

„Es ist eine Frage des Timings", sagte er. „Der Engel wird Alice Ramirez genauso wenig in so kurzer Zeit gefunden haben wie wir. Sollte es ihr dennoch gelingen, wird sie den Menschen verstecken, um ihn zu schützen."

„Das würde sie zumindest vor dem Einfluss der Fae bewahren", sagte Edward langsam. „Ich verstehe."

Nigellus nickte nur kurz und deutlich. „Ich habe eine Methode, sie aufzuspüren. Allerdings wird sie wahrscheinlich nur noch einmal funktionieren. Ich würde es vorziehen, sie anzuwenden, *nachdem* ich die Antworten, die ich brauche, von Leyak erhalten habe."

„Und nachdem Neveah mehr Zeit hat, Alice möglicherweise zu finden und zu sichern." Edward hielt inne. „Zwei Dinge. Erstens hoffe ich, dass Sie sich nicht auf weitere romantische Zwischenspiele mit Ihrem Engel gefreut haben, denn wenn sie herausfindet, wie Sie sie aufgespürt haben, wird sie

Ihnen wahrscheinlich Ihre Männlichkeit abhacken und sie in Salz einpacken."

„Und zweitens?", fragte Nigellus in einem Tonfall, der deutlich machte, dass der erste Punkt nicht zur Diskussion stand.

„Die Fae, die Alice' Körper kontrolliert, hat bereits eine Kugel durch Neveahs Herz gejagt." Edwards Ton war spitz. „Ja, sie ist unsterblich, aber sie ist auch stark geschwächt."

„Die Kugel war nicht für sie bestimmt", sagte Nigellus und weigerte sich, Edwards Worte einen Keim des Zweifels in sich säen zu lassen. „Sie ist sich auch der Gefahr bewusst, die von der Fae ausgeht. Ob geschwächt oder nicht, sie gehört zur Schar der Engel, während die Seelie im Körper eines Menschen gefangen ist."

Edwards Mund verzog sich. „Mir gefällt das alles nicht, aber wann hat Sie das jemals abgehalten?"

„Selten", antwortete Nigellus.

Der Mensch erhob sich auf knackenden Knien und schritt durch den Raum. „Sie werden furchtbar verletzlich sein, solange Leyak Ihr Herz hat. Ich komme mit Ihnen in die Hölle."

„Jemand sollte hierbleiben, um die Ereignisse zu überwachen", sagte Nigellus.

„Dann schicken Sie einen der niederen Dämonen hinauf, um es zu tun", schoss Edward zurück. „Melek, oder jemand anderen, der Erfahrung auf der Erde hat. Etwas anderes steht nicht zur Debatte, Sir."

Es war ungewöhnlich, dass Edward in einer wichtigen Angelegenheit ein Machtwort sprach, selbst wenn sie unter vier Augen waren. Nigellus überlegte, ob es logistisch sinnvoll wäre, jemanden auf die Erde zu holen, der die Polizeiberichte und Nachrichtenartikel überwachte, und traf dann eine Entscheidung.

„Wenn du darauf bestehst", sagte er und schaute auf die Uhr. „Es ist fast Mittag. Wir sollten jetzt aufbrechen. Es hat keinen Sinn, es aufzuschieben."

„Sehr wohl, Sir", antwortete Edward, wieder der pflichtbewusste Diener. „Wenn das so ist, gehe ich und packe unsere Taschen."

❖

Melek hielt Wache am Tor, als sie eintrafen. „So schnell zurück, Nigellus? Gibt es etwas Neues? Oh, hallo, Edward."

„Hallo, Melek", antwortete Edward.

Anstatt Meleks Frage zu beantworten, sagte Nigellus: „Ich muss noch einmal mit Baalazar sprechen. Weißt du, wo ich ihn heute finden kann?"

Melek richtete sich auf und sein Ton wurde förmlicher. „Ich glaube, er wird in etwa zwanzig Minuten an einer Sitzung des Rates teilnehmen, Sir."

Nigellus nickte. „Das ist ein glücklicher Umstand. Bitte sorge dafür, dass dich jemand bei der Wache ablöst, und komm so bald wie möglich zu uns in die Ratskammer."

Die Wache blinzelte überrascht. „Ich? Äh ... ja, Sir. Ich bin gleich da."

Edward und Nigellus verließen das Höhlensystem, das die Höllenseite des Tores beherbergte, und traten in die trockene Mittagshitze. Edward beschattete seine Augen mit einer Hand und blickte auf das wunderschöne Tal hinunter.

„Da wir ein paar Minuten Zeit haben, könnten wir dem Dorf der Zehnten einen kurzen Besuch abstatten, Sir?", fragte Edward. „Ich habe ein Päckchen für einen der Bewohner dort. Es wird nur einen Moment dauern, es zu überbringen."

Da es keinen Sinn hatte, Baalazar frühzeitig ausfindig zu machen, wenn er kurz darauf vor dem Rest des Rates alles wiederholen musste, nickte Nigellus zustimmend.

„Dann komm", sagte er, ergriff Edwards Arm und teleportierte sie zu dem staubigen Platz vor dem Gebäude, das den Menschen als Versammlungs- und Regierungshalle diente.

Die großen Flügeltüren standen offen und im Inneren herrschte offenbar reger Betrieb. Das Summen einer fröhlichen Diskussion drang aus dem schummrigen Innenraum. Plötzlich spürte Nigellus ein subtiles Ziehen in seinem Inneren. Die fraglichen Verbindungen waren immer da, so wie auch seine Verbindung zu Edward immer vorhanden war. Allerdings war es keine Verbindung, die er ständig kontrollierte. In diesen Tagen wäre jeder Versuch, dies zu tun, gelinde gesagt, unerwünscht gewesen.

Fatima, eine der Dorfältesten, kam aus dem Sitzungssaal. Als sie ihn dort mit Edward stehen sah, hielt sie inne.

„Nigellus", sagte sie. „Und Edward. Hallo. Seid ihr gekommen, um mit den Vampiren zu sprechen?"

Edward wurde sofort hellhörig. „Ransley und Miss Bright sind hier? Wirklich?"

„Für die geplanten Blutspenden, ja", sagte Fatima. Sie war ein matronenhafter Mensch mittleren Alters und ihre olivfarbene Haut und die stark ausgeprägten Augenbrauen verrieten ihre südostasiatische Herkunft.

Das war eine Komplikation, obwohl Nigellus nicht leugnen konnte, dass es verlockend war, die beiden zu sehen, wenn auch nur kurz. Leider war es unwahrscheinlich, dass die beiden das genauso sehen würden. Am Ende des Krieges, im späten achtzehnten Jahrhundert auf der Erde, hatte Nigellus Ransley gerade noch rechtzeitig in die Hölle in Sicherheit gebracht, als die Fae ihre Vampirvernichtungswaffe einsetzen. Im Eifer des Gefechts hatte Ransley zugestimmt, seine Seele an Nigellus zu verkaufen, um das Überleben seiner Spezies zu sichern, nicht ahnend, dass unter diesen Umständen sein Überleben *auch das* Überleben einer anderen Spezies bedeutete.

Als er erfuhr, dass alle seine Gefährten getötet worden waren, hatte Ransley Nigellus angefleht, seine Erinnerung an den Krieg und an das Seelenband, dem er zugestimmt hatte, zu löschen. Nigellus hatte genug Mitleid mit ihm, um dies zu tun, und mehr als zweihundert Jahre lang hatte er die Täuschung aufrechterhalten, während er den letzten Vampir immer wieder im Stillen vor Schaden bewahrte.

Erst vor Kurzem war alles ans Licht gekommen und Ransley hatte es nicht gut aufgenommen, um es gelinde auszudrücken. Um die Sache noch komplizierter zu machen, war Nigellus nun auch an Ransleys halb dämonische Gefährtin Zorah Bright gebunden. Er hatte dieses Seelenband genutzt, um beiden das Leben zu retten, als es nötig war, und er würde dies immer wieder tun. Im Gegenzug erklärten sie sich bereit, die Hölle mit dem Vampirblut zu versorgen, das die Dämonen als Absicherung gegen künftige Konflikte mit den Fae benötigten.

Als halber Sukkubus konnte Zorah in die Hölle hinein- und wieder hinausgehen, wie es ihr gefiel, und ihre Verbindung mit Ransley bedeutete, dass keiner von ihnen Nigellus' Hilfe benötigte, um durch das Tor zu gelangen. Heutzutage hatte Nigellus nur noch Kontakt mit ihnen, wenn es eine Krise gab. Soweit er wusste, hatte auch Edward nicht oft mit ihnen zu tun. Sein älterer Diener war bereits mit offensichtlicher Begeisterung dabei, ins Haus zu eilen.

Nigellus folgte ihm, hielt sich aber zurück und blieb im Schatten der Tür stehen.

„Ransley! Zorah! Was für eine wunderbare Überraschung!", rief Edward und durchquerte die große Halle.

Beide Vampire sahen scharf auf. Zorah ließ das Handgelenk einer jungen Frau los, von der sie getrunken hatte, vermutlich um sich zu stärken, nachdem ihr Blut für die Kassen der Hölle abgezapft worden war. „Edward?" Sie erhob sich abrupt von ihrem Stuhl und schwankte ein wenig, bevor sie sich fangen konnte.

Ransley erhob sich ebenfalls. Er war dunkelhaarig und blauäugig, seine blasse Haut verriet sowohl seine englische Herkunft als auch seine vampirische Natur. Im Gegensatz dazu hatte Zorah einen dunklen Teint und ihr schulterlanges Haar war in kleine Spiralen gelockt. Sie eilte vorwärts, kam Edward auf halbem Weg entgegen und warf ihre Arme um seine zerbrechlichen Schultern.

„Hallo, meine Liebe", antwortete Edward und klopfte ihr sanft auf den Rücken. „Ihr seht beide gut aus."

„Du auch! Ist Nigellus bei dir?", fragte Zorah.

Ransley schlenderte lässig auf sie zu, aber sein gletscherblauer Blick war bereits auf Nigellus gerichtet. „Oh, das ist er in der Tat. Hallo, Edward."

„Es ist schön, dich zu sehen, Ransley", sagte Edward und löste sich aus Zorahs Umarmung. „Wenn auch etwas überraschend. Wir sind nur hier für ein …" Er kam ein wenig ins Stolpern, sein Blick glitt zu Nigellus und dann wieder weg. „Für ein … Treffen. Ich wollte nur der jungen Sharalynn auf dem Weg zur Ratskammer ein Paket mit Kaffeebohnen vorbeibringen."

Fatima, die das Gespräch mit Nigellus mit angehört hatte, trat vor. „Kaffee, sagst du? Gib ihn her, du alter Halunke, und ich sorge dafür, dass sie ihn bekommt."

Edward schenkte ihr ein wissendes Lächeln. „Oder zumindest das meiste davon, was?" Trotzdem kramte er in der Tasche, die er bei sich trug, und reichte ihr ein in Papier eingewickeltes Päckchen. „Danke, Fatima."

Da ihm das Lauern in der Tür langsam lächerlich vorkam, gesellte sich Nigellus zu den anderen, obwohl er sich nicht sicher war, ob er willkommen sein würde.

„Ransley. Zorah", grüßte er. „Es ist schön, euch beide zu sehen. Ich fürchte jedoch, wir müssen uns verabschieden, um an einer Sitzung des Rates teilzunehmen, die gerade beginnt."

Ransley verringerte den verbleibenden Abstand zwischen ihnen und musterte Nigellus von oben bis unten. „Interessant", sagte er, sein britischer Akzent war voll und präzise. „Denn ich weiß genau, dass du Ratssitzungen fast ebenso sehr verachtest, wie in die Enge getrieben zu werden."

Nigellus betrachtete seinen einstigen Schützling, ohne mit der Wimper zu zucken.

Zorah gesellte sich zu ihnen und lehnte sich an Ransleys Seite, einen Unterarm lässig auf seine Schulter gelegt. „Da fragt man sich doch, ob dieses Treffen etwas mit der mysteriösen entflohenen Gefangenen zu tun hat, über die die Dorfbewohner gesprochen haben."

Nigellus warf Fatima einen scharfen Blick zu, die mit den Schultern zuckte.

„Wenn du verhindern willst, dass sich die Neuigkeiten in der Hölle verbreiten, musst du die Sache noch diskreter behandeln als bisher", sagte sie ohne jegliche Anzeichen von Reue.

„Klatsch und Tratsch verbreiten sich in einer kleinen Gemeinschaft rasend schnell", stimmte Zorah zu.

„Das ist wahr", meinte Ransley. „Allerdings ist der Gedanke, aus der Hölle zu *entkommen*, ziemlich interessant, findest du nicht auch? Sie impliziert, dass ein Dämon beteiligt war."

„Das würde auch bedeuten, dass die Hölle Gefangene hält", fügte Zorah hinzu. „Damit hast du nicht gerade Werbung für euch gemacht, oder?"

Nigellus bewertete diese neue Situation und kalkulierte die Risiken und möglichen Folgen.

Edward warf ihm einen Blick zu, der deutlich verriet … *an diesem Punkt kannst du es ihnen genauso gut auch sagen.*

„Kommt mit uns", sagte er und wies auf die großen Türen.

Ransley musterte ihn einen Moment lang mit kühlem Blick, bevor er nachgab. „Nun gut."

Zorah richtete sich auf und stieß sich von seiner Schulter ab. „Wir werden später noch mal vorbeischauen, bevor wir gehen", sagte sie zu Fatima. „Sag Sharalynn, dass ich sie und Finn gerne sehen würde, während wir hier sind, okay?"

„Das werde ich", versprach Fatima und schenkte ihnen ein freundliches Lächeln, bevor sie sich mit Edwards Päckchen kolumbianischer dunkler Röstung, das sie wie einen Schatz in den Armen hielt, verabschiedete.

Nigellus gestikulierte erneut in Richtung Tür. Die vier gingen nach draußen und steuerten auf das kleine Wohndorf der Zehnten zu. Die Straße dahinter führte zu den hoch aufragenden Felsen, auf denen sich die Ratskammern und die Residenzen der Dämonen befanden.

„Gut, fang an zu reden", sagte Ransley ohne Umschweife. „Wer ist diese Gefangene und warum kann sich der Dämon, an den sie gebunden war, nicht direkt zu ihr teleportieren und sie zurückholen?"

Nigellus holte tief Luft und erzählte in knapper Form von den Ereignissen der letzten paar Tage. Er ließ die Beteiligung des Engels und seinen aktuellen Plan Leyak betreffend völlig außen vor, aber offenbar nicht genug.

„Warte mal", sagte Zorah. „Wenn Leyaks Herz mit Salz gefüllt ist und er zu schwach zum Reden ist, wie willst du dann Antworten aus ihm herausbekommen?"

Edward, der auf dem Spaziergang ungewohnt schweigsam gewesen war, ergriff schließlich das Wort. „Er beabsichtigt, den fehlenden Vergaser gegen ein Nachrüstmodell auszutauschen." Er klang nicht erfreut.

„Du willst sein … austauschen", wiederholte Ransley. Der Vampir hielt abrupt inne. „Du willst einem anderen Dämon das Herz herausreißen, damit es Leyak benutzen kann?"

Auch Zorah blieb stehen. „Warte, *was*? Ist das überhaupt möglich?"

„Nein", sagte Nigellus mit so viel Geduld, wie er aufbringen konnte. „Ich werde nicht das Herz eines anderen Dämons herausreißen, damit Leyak es benutzen kann."

„Nein, er wird sein eigenes herausschneiden lassen", sagte Edward.

Zorah und Ransley starrten ihn an. Nigellus drehte sich um und lief weiter, wohl wissend, dass ihnen die Zeit davonlief. Nach einem Moment beeilten sich die Vampire, ihn einzuholen.

„Du machst dir wirklich Sorgen, dass der Krieg wieder aufflammen könnte", sagte Ransleys leise und angestrengt.

„Ja, es ist ein Risiko", antwortete Nigellus, denn es hatte keinen Zweck, zu lügen.

„Ach du Scheiße", hauchte Zorah.

Edward, der wegen des Tempos ein wenig schnaufte, sah zu den beiden hinüber. „Ich habe eine Bitte an euch beide, wenn ihr nichts Dringendes auf der Erde zu erledigen habt."

„Was gibts, Edward?", fragte Zorah leise.

„Ich möchte, dass ihr bei dieser Prozedur *anwesend* seid, wenn man es so nennen kann", sagte er. „Ich will nicht zu sehr ins Detail gehen, aber ich befürchte, dass andere Dämonen versuchen könnten, seinen Moment extremer Verletzlichkeit auszunutzen, wenn ihr versteht, worauf ich hinauswill."

Ransley Thorpe hatte schon immer einen ziemlich beunruhigten Blick aufgesetzt, selbst wenn er nicht von innen heraus durch vampirische Kräfte erleuchtet war. Jetzt richtete er seine eisblauen Augen auf Nigellus.

„*Dämon* und *Verletzlichkeit* sind Worte, die man nicht oft in einem Satz hört", bemerkte er, ohne den Blickkontakt zu unterbrechen.

„Trotzdem", erwiderte Edward beharrlich.

Nigellus fragte sich unwillkürlich, ob Ransley das auf irgendeine Art und Weise genoss. Aber offensichtlich war das nicht die Richtung, in die seine Gedanken gingen.

„Praktisch, wenn man die drei Leute, deren Seelen man ernten kann, für Notfälle in der Nähe hat", sagte er lässig. „Das ist so, als hätte man ein Notstromaggregat dabei, nehme ich an."

Diesmal war es Nigellus, der stehen blieb und seinen ehemaligen Schützling ansah. „Oh, *bitte*. Ich bin mir der Tiefe deines Grolls und deiner Verbitterung wohl bewusst, Ransley, aber diese Anschuldigung ist unter deiner Würde."

Rational gesehen wusste Nigellus, dass Wut weder eine nützliche noch eine angemessene Reaktion auf die verbale Ohrfeige war. Die Zeit drängte und ob die beiden Vampire nun beschlossen, Edwards Bitte nachzugeben oder nicht, er musste zum Rat gehen und seinen Fall darlegen.

Zorah schlang ihren Arm durch Ransleys und sah zu ihm auf. „Sei fair, Liebster. Ich denke, wenn er jemals vorgehabt hätte, uns als Aggregate zu benutzen, wüssten wir das bereits." Sie begegnete Nigellus' Blick und hielt ihn gefangen, ein Hauch von kupferfarbenem Feuer loderte hinter dem Braun ihrer Augen auf. „In Ordnung. Wir sind dabei. Obwohl – mal ganz ehrlich – ich weiß nicht genau, was wir gegen einen Raum voller Dämonen ausrichten sollten, wenn was schiefgeht."

Edward lächelte, obwohl es seine Augen nicht erreichte. „Keine Sorge, meine Liebe. Ich glaube, ihr zwei habt mehr Einfluss im Rat, als ihr wirklich versteht."

Über ihnen ragten die behauenen Sandsteinfelsen im Nachmittagslicht auf.

KAPITEL SECHZEHN

DER RATSKELLER des Höllenrates war im Laufe der Jahrtausende von Hand aus dem Felsen gehauen worden. Es war nun eine massive, hallende Kammer, deren gewölbte Decke sich dreißig Meter oder mehr aus dem Steinboden erhob. Die Wände waren mit kunstvollen Schnitzereien verziert – Schlangen und geflügelte Figuren, große verschlungene Äste und geometrische Muster teilten sich den Raum.

Die sterblichen Spezies aus den anderen Welten hatten den Lauf der Zeit nie wirklich zu schätzen gewusst. Es gab nur sechshundertsechsundsechzig Dämonen, und abgesehen von einer Handvoll seltener menschlicher Hybriden wie Zorah, war das alles, was es jemals geben würde. Und doch hatten die Dämonen diese Kammer und Hunderte von anderen wie diese in mühevoller Kleinarbeit geschaffen.

Nigellus selbst hatte zu den Skulpturen an der Westwand beigetragen, und zwar vor so langer Zeit, dass die Erinnerungen daran schon etwas verschwommen waren. Heutzutage war er nominell einer der Herrscher der Hölle – der niedrigste Dämon im ersten Rang.

Es gefiel seinem Volk, sich in Sechser-Gruppen von oben nach unten zu organisieren – irgendwann hatten sie sich mal dazu entschieden. Die Rangordnung war nicht in Stein gemeißelt, aber auch nicht anfällig für ständige Umbesetzungen. Nigellus, in seiner prekären Position am unteren Rand des herrschenden Rates, zog mehr Aufmerksamkeit von ehrgeizigen Aufsteigern auf sich als die meisten anderen und doch hatte er in den letzten tausend Jahren nur ein halbes Dutzend Herausforderungen abgewehrt.

Der jüngste Herausforderer schmachtete in Dutzenden zerstückelten Teilen vor sich hin, verstreut in unterschiedlichen verlassenen Salzminen, die über das ganze Menschenreich verteilt waren. Er war nicht tot – als Dämon war er unsterblich –, aber er war derzeit kein Problem für Nigellus oder diejenigen, die er als unter seinem Schutz stehend betrachtete.

Edward schien davon überzeugt zu sein, dass eine weitere Herausforderung unmittelbar bevorstand, wenn die Gelegenheit dazu gegeben wäre. Nigellus war da anderer Meinung. Diese Angelegenheit betraf allein den Rat – oder besser gesagt, den Rat und Leyak. Und obwohl nicht alle seine Ratskollegen Verbündete waren, hatten diejenigen, die es nicht waren, nichts davon, Nigellus' Sturz zu planen.

Kurz gesagt, er war für sie nützlich, und deshalb war es nicht zu ihrem Vorteil, wenn er von seinem Rang fiel.

Die anderen Ratsmitglieder waren bereits in der Kammer eingetroffen, während Nigellus und seine Gruppe im Dorf der menschlichen Zehnten aufgehalten worden waren. Typhon und Mammon, seine Schicksalsgenossen ... Sabazius und Astaroth, beide Inkubi ... und natürlich Baalazar, der einzige Kobold, der im ersten Rang residierte.

Sie saßen bereits an der langen Tafel, die den Raum dominierte, und Typhon thronte an der Spitze. Nigellus stürmte mit seinem bunten Gefolge herein. Er war der einzige Dämon in menschlicher Gestalt, wie es in der Hölle zu erwarten war. Er hätte selbstverständlich seine natürliche Gestalt annehmen können, aber das hätte nichts mit dem zu tun, weswegen er gekommen war, und würde die Vampire wahrscheinlich verunsichern.

Nigellus verdrängte rücksichtslos die unerwünschte Erinnerung an das letzte Mal, als er seine wahre Gestalt getragen hatte. Was auch immer der Engel mit seinem Verstand gemacht hatte, um seine Lust herauszulocken, es schien in ihm ärgerlich hartnäckig zu verweilen. Außerdem war es in der gegenwärtigen Situation völlig unangebracht, daran zu denken.

„Seid gegrüßt, Ratsmitglieder", sagte er und seine Worte hallten in der Kammer wider. „Ich möchte euch sofortige Maßnahmen bezüglich des Kobolds Leyak vorschlagen."

„Nigellus." Typhons Stimme war tief und dröhnend. „Du hast weitere Neuigkeiten ... nehme ich an?"

„Ja", antwortete Nigellus.

„Und warum bringst du Erdenwandler mit, um solch heikle Informationen zu teilen?", verlangte Typhon.

„*Ey*", rief Zorah und hob eine Hand. „Ich bin eine Hybrid-Sukkubus, vielen Dank."

„Ganz zu schweigen von der Quelle, die eure Vampirblutbank füllt", fügte Ransley hinzu. „Ich denke, wir haben beide ein Interesse daran, dass sich die Dämonen und die Fae nicht wieder gegenseitig mit magischen Bomben bewerfen."

„Edward hat um die Anwesenheit der Vampire gebeten", sagte Nigellus. „Er hat ... Bedenken bezüglich meines Plans, sagen wir mal so."

Baalazar runzelte die Stirn. „Was ist das für ein Plan?"

„Erlaube mir, zuerst die Neuigkeiten zu teilen", sagte Nigellus. „Es ist nur eine Theorie zu diesem Zeitpunkt, aber die Einzige, die zu allen Fakten passt. Als sie aus dem Höllentor entkam, hat die Fae-Gefangene möglicherweise ihre Seele in den Körper eines Menschen übertragen und ihre spirituellen Essenzen verschmolzen, um ihrer Seelenverbindung mit Leyak zu entkommen. Ihre physische Form ist mit Sicherheit tot, aber es scheint, dass ihr Geist in einem menschlichen Wirt weiterlebt."

Sabazius beugte sich vor. „Nach dieser Theorie war es also die Gefangene, die dem Dämon in der Wohnung des Menschen eine Falle gestellt hat?"

„In der Tat", antwortete Nigellus. „Und wenn der Mensch eine Fae erreicht und diese davon überzeugt, dass –"

Er ließ den Satz in der Luft hängen und beobachtete, wie sich die Implikationen verfestigten.

Mammon verlagerte seinen massigen Körper und stützte seine Ellbogen auf die Ratstafel. „Du hast einen Plan erwähnt."

Nigellus schob seine persönliche Abneigung gegen das, was er vorschlagen wollte, beiseite. „Leyak kann keine Fragen beantworten, wenn er kein Herz hat. Wir haben Grund zu der Annahme, dass die Gefangene das gestohlene Organ in Salz eingeschlossen hat, damit er sich nicht regenerieren kann. Ich schlage vor, ihm mein Herz so lange zu geben, bis wir die nötigen Antworten von ihm erhalten haben."

Typhon neigte den Kopf zur Seite und betrachtete ihn mit Interesse. Nigellus hatte ihn überrascht, wie es schien.

„Du würdest ihm dein Herz *schenken*?", fragte Baalazar, als wolle er etwas klarstellen.

„Vielleicht ist *leihen* ein besseres Wort." Nigellus ignorierte, dass Ransleys Blick ein Loch in seinen Nacken bohrte. „Ich glaube, wir sollten sofort handeln, denn die Zeit ist in dieser Angelegenheit nicht auf unserer Seite."

Der Kobold schüttelte langsam den Kopf hin und her. „Ich wusste, dass du dir Sorgen machst, alter Freund. Aber *das* ..."

Astaroth, der kühle Stratege, hob eine Hand, um ihn zum Schweigen zu bringen. „Nein, das ergibt Sinn. Und es spart Zeit, die wir bräuchten, um jemanden zu finden, der sich freiwillig für etwas so ... meldet."

„Völlig Verrücktes?", murmelte Baalazar.

„Ich wollte sagen, Unangenehmes", antwortete Astaroth.

Schritte hallten vor der Kammer wider und Melek erschien in der Tür.

„Ratsmitglieder", grüßte er.

Nigellus ergriff das Wort, bevor einer der anderen die Anwesenheit des Wächters infrage stellen konnte. „Ich habe Melek hierhergebeten in der Hoffnung, dass er zur Erde reisen könnte und die Situation überwacht, während ich unpässlich bin. Edward, würdest du ihn über alles informieren, was er wissen muss, und dafür sorgen, dass er Zugang zum Haus hat?"

„Natürlich, Sir", antwortete Edward und nahm Melek zur Seite.

Typhon warf ihm einen spekulativen Blick zu. „Nun, Nigellus. Wenn du wirklich diesen Plan durchziehen willst, sollten wir uns wohl in Leyaks Quartier begeben." Seine glühend roten Augen schweiften zu Ransley und Zorah. „Zusammen mit deinen Vampir-Leibwächtern, versteht sich."

Es war eine beiläufige Stichelei und Nigellus ignorierte sie. Typhon war im Herzen ein Krieger. Das war er schon immer gewesen. Er führte den Rat an, weil kein anderer Dämon stark genug war, um ihn zu überwältigen, aber die Niederlage der Hölle und der unruhige Frieden, der in den Jahrhunderten seit dem Krieg geherrscht hatte, ärgerten ihn.

Typhon war in erster Linie ein Beschützer. Er würde die Hölle nicht in einen neuen Krieg stürzen, wenn es nicht unvermeidlich wäre. Wenn jedoch die Fae den ersten Schritt machten, würde Typhon die Dämonen in die Schlacht führen, um alte Rechnungen zu begleichen. Nigellus war entschlossen, dafür zu sorgen, dass es nicht so weit kam, nur weil ein einziger Koboldwächter kein Urteilsvermögen bei einer Fae-Gefangenen an den Tag gelegt hatte.

Nigellus neigte anerkennend den Kopf. „Nach dir. Wir können die Details auf dem Weg besprechen."

<hr>

Melek wurde umgehend in das Reich der Menschen geschickt, mit dem Befehl, sofort Bericht zu erstatten, sollte der Name Alice Ramirez im menschlichen Rechtssystem auftauchen. Nigellus hätte es vorgezogen, wenn Edward diese Aufgabe übernommen hätte, aber der Dämonenwächter war kompetent genug im Umgang mit irdischer Technologie und verstand es, Befehle zu befolgen.

Leyaks Wohnquartier in den Sandsteinklippen war geräumig und gut gepflegt, wie es für eine Dämonenbehausung üblich war. Die Hölle war nicht gerade reich an natürlichen Ressourcen, aber bis die Zehnten vor ein paar Jahrhunderten hierher strömten, hatte sie nur sechshundertsechsundsechzig Einwohner zu versorgen. Mit den reichhaltigen Ressourcen der Erde gleich nebenan fehlte es keinem Dämon an Komfort und Befriedigung ihrer Grundbedürfnisse.

Trotzdem füllte die Anwesenheit der sechs Ratsmitglieder – zusammen mit einem Menschen und zwei Vampiren – den Raum bis zum Anschlag. Typhon ordnete an, eine zweite Liege hereinzubringen, und entließ den Inkubus, der Leyaks Hülle bewacht hatte.

Ransley näherte sich der reglosen Gestalt auf dem Bett und blickte auf ihn herab. Der Schädel des Kobolds war immer noch grotesk entstellt und nur halb zusammengewachsen. Dies im Zusammenspiel mit der klaffenden Wunde in seiner Brust – die Quelle ihrer derzeitigen Probleme – war durchaus beunruhigend.

„Igitt", brachte Ransley als Ausdruck seines Unmuts heraus. „Armer Kerl."

Nigellus untersuchte die Brustwunde. Unwillkürlich flackerte vor seinem geistigen Auge das Bild des Engels auf, die ihre Brust umklammerte, während sie auf seinem Marmorboden bebte. Er fragte sich, wo sie jetzt war und ob sie in seiner Abwesenheit irgendwelche nützlichen Hinweise gefunden hatte.

„Dieser *arme Kerl* könnte am Ende noch einen neuen Krieg zwischen den Reichen ausgelöst haben", schnauzte Baalazar.

Zorah spottete. „Nach meiner Erfahrung der letzten Jahre suchen die Fae nach *jedem* Vorwand, um den Krieg zwischen den Reichen neu zu entfachen. Wenn es nicht das wäre, wäre es etwas anderes."

Astaroth, der ein Stück der Mauer für sich beansprucht hatte, um dagegen zu lehnen, und sich ansonsten raushielt, zuckte mit den Schultern. „Sie sind relativ ruhig, seit die *Wilde Jagd* abtrünnig geworden ist. Eine Zeit lang habe ich mich schon gefragt, ob sie die Lust am Säbelrasseln ganz verloren haben."

„Es braucht nur ein paar schlechte Äpfel, um Probleme zu verursachen", sagte Ransley. „Vor allem, wenn sie eine Machtposition innehaben."

Zwei niedere Dämonen trugen ein einfaches Feldbett herein. Die anderen drängten sich an den Rand des Raumes, sodass die beiden Platz hatten, es neben Leyaks Bett abzustellen.

Zorah beäugte das Feldbett mit Argwohn. „Kann man wirklich einfach das Herz eines Dämons herausreißen und in die Brust eines anderen Dämons stecken und erwarten, dass es funktioniert? Denn, nichts für ungut, aber das ist ziemlich gruselig."

„Ich fürchte, es ist nicht *ganz* so einfach", sagte Nigellus. „Aber was das Endergebnis angeht, so ist das der allgemeine Plan, ja."

Sabazius trat vor, um den Schädel des Kobolds genauer zu untersuchen. „Es wird einige Zeit dauern, bis er die Kraft deines Herzens nutzen und sein Gehirn so weit heilen kann, dass er zusammenhängend sprechen wird. Das wird nicht sofort geschehen."

Nigellus nickte. „Ich bin ganz deiner Meinung."

Es gab einen Grund, warum diese Art von Verfahren unter Dämonen nicht üblich war. In der Hölle drehte sich alles um Macht. Es ging darum, sie zu erlangen. Sie zu halten. Sie zu nutzen. Es widersprach der dämonischen Psychologie, Macht leichtfertig zu verschenken, vor allem, wenn dies einen anderen Dämon stärkte. Nigellus würde sich nicht nur für die Dauer des Transfers im Wesentlichen selbst hilflos machen, er müsste auch dem

Instinkt widerstehen, entweder sein Herz aus Leyaks Körper herauszureißen, bevor die Aufgabe, mit ihm zu sprechen, erfüllt war ... oder die Macht aus anderen verfügbaren Quellen zu beziehen.

Heutzutage war es ungewöhnlich, dass ein Dämon ein aktives Seelenband mit einem Erdenbewohner unterhielt ... geschweige denn mit dreien von ihnen. Vor dem Vertrag waren Seelenbindungen eine der wichtigsten Möglichkeiten für einen Bewohner der Hölle, Macht und Status über seine Mitdämonen zu erlangen. Und in jenen längst vergangenen Zeiten bestand der einzige Zweck des Sammelns von Seelenbindungen darin, sie zu nutzen.

Dämonen ernteten Seelen. Vielleicht nicht sofort oder wahllos, aber *sie ernteten*, was sie angebaut hatten. Im Gegensatz dazu hielt Nigellus seine Seelenbindungen mit Ransley Thorpe und Zorah Bright lange aufrecht, um sie zu schützen und ihr Leben zu sichern. Auch würde er niemals in Erwägung ziehen, seinen Diener Edward im Austausch für einen vorübergehenden Machtzuwachs aufzugeben.

Wenn Typhon Nigellus das Herz herausschnitt – und er würde sicherlich derjenige sein, der die Klinge ansetzte –, würden seine Instinkte ihn herausfordern, den Seelen, mit denen er verbunden war, Energie zu entziehen. Wie lange der Prozess der Befragung von Leyak auch dauern würde, er würde gezwungen sein, gegen diesen überwältigenden Impuls anzukämpfen.

Zu sagen, dass er sich nicht auf diese Erfahrung freute, wäre eine Untertreibung.

Typhon blickte von seiner imposanten Höhe von über zwei Metern auf Nigellus' unscheinbare menschliche Gestalt herab. „Willst du das immer noch durchziehen, Spionagemeister?"

Nigellus schluckte und begann sein Hemd aufzuknöpfen. „Natürlich will ich das. Wie ich schon sagte, ist die Zeit in dieser Angelegenheit nicht unser Freund."

Edward sah so unglücklich aus, wie Nigellus ihn noch nie gesehen hatte, aber er trat näher und nahm Nigellus' Anzugjacke und Hemd entgegen.

„Wir sind bei Ihnen, Sir", sagte der ältere Mann und trat zurück.

Nigellus antwortete nicht, als er den kurzen Weg zur Liege zurücklegte, sich darauf niederließ und auf den Rücken rollte. Wie er erwartet hatte, war es tatsächlich Typhon, der nach vorne trat und einen Zeremoniendolch aus seinem Gürtel zog.

„Moment mal", sagte Zorah alarmiert. „Du willst das *ohne Narkose* machen? Nigellus, das kann doch nicht dein Ernst sein."

Baalazar antwortete, um ihm die Mühe zu ersparen. „Narkose? Es gibt keine Droge in den drei Welten, die einen Dämon für so etwas bewusstlos machen könnte. Es ist, was es ist."

In seinem peripheren Blickfeld sah Nigellus, wie sich Ransley zu Zorah gesellte, einen Arm um die Schultern seiner vampirischen Gefährtin legte und sie von der Liege wegführte.

Sein blauer Blick traf Nigellus' und blieb haften. „Wie Edward sagte, wir sind bei dir, du schlüpfriger alter Bastard."

Nigellus war überrascht von den tiefen Gefühlen, die er empfand, als er die Solidaritätsbekundung seines Schützlings hörte – so kurz und profan sie auch gewesen sein mag.

„Daran zweifle ich nicht", gelang es ihm zu sagen, bevor er die Augen schloss, als Typhon die Klinge über seiner Brust anhob.

KAPITEL SIEBZEHN

NEVEAH ÜBERLEGTE LANGE – es begann, ihr schon peinlich zu werden –, ob sie versuchen sollte in das Haus einzubrechen, bevor sie es sich schließlich selbst ausredete. Wenn man darüber nachdachte, war es sehr wahrscheinlich, dass Nigellus und Edward einer Spur von Alice nachgingen, und der Dämon war viel zu schlau, um ihr irgendwelche Hinweise zu hinterlassen, die sie finden könnte.

Sie arbeiteten jetzt direkt aneinander vorbei, so sehr diese Erkenntnis sie auch enttäuschte. Neveah musste Alice vor Nigellus finden, wenn sie den Menschen vor einer lebenslangen Haft in der Hölle – oder schlimmer noch, einem Todesurteil – bewahren wollte. In der Zwischenzeit würde Nigellus alles in seiner Macht Stehende tun, den Menschen vor ihr zu finden, um seine Pflicht gegenüber dem Dämonenrat zu erfüllen.

Nachdem sie einen langen Moment auf das Tastenfeld für das Sicherheitssystem an der makellosen weißen Tür gestarrt hatte, drehte sie sich um und ging zurück zu ihrem Auto. Was sie in diesem Fall brauchte, war ein Durchbruch. Sie holte ihr Handy heraus und überprüfte es auf Nachrichten, obwohl sie das Vibrieren gespürt hätte, wenn Celine ihr geschrieben hätte.

Nichts.

Neveah setzte sich wieder hinters Lenkrad und scrollte schnell durch die Nachrichtenseiten, um nach neuen Schlagzeilen über weitere Morde zu suchen. Leider gab es mehrere – denn dies war Kalifornien und so waren die Menschen nun einmal. Ohne einen Querverweis gab es keine Möglichkeit herauszufinden, ob einer der Morde in mehreren weit verstreuten Städten für ihre Suche relevant war.

Ihr Handy vibrierte. Neveah ließ es fast fallen, als sie sich beeilte, die Benachrichtigung aufzurufen.

„Na endlich", brummte sie, als Celines Nummer auftauchte.

Celine: *Sieht so aus, als ob das Handy des Mädchens sich in Sacramento befindet. Hoffentlich hat sie es bei sich. Gutes Gelingen.*

Es folgte ein Link zu einer Karte. Neveah klickte darauf. Die URL öffnete sich und zeigte ein wildes Durcheinander durch rote Standortmarkierungen, die über ein weites Gebiet verstreut waren, aber die größte Gruppe mit den neuesten Zeitstempeln befand sich, wie versprochen, in Sacramento.

Neveah: *Danke*, schrieb sie zurück. *Du bist großartig und so gar nicht unheimlich.*

Es folgte eine Pause und dann vibrierte ihr Handy erneut.

Celine: *Verbreite das nicht weiter, sonst ruinierst du meinen Ruf.*

Neveah antwortete mit einem Emoji mit verschlossenen Lippen und sperrte den Bildschirm ihres Handys. In den letzten Tagen hatte es in Sacramento zwei Morde gegeben. Mit dieser neuen Information in der Hand wurde ihr Verdacht nur noch bestärkt. Sie startete ihren Wagen und fuhr auf den Highway, denn sie wusste, dass sie in etwa neunzig Minuten in Sacramento sein konnte, wenn sie der Rushhour entgehen konnte.

Es war an der Zeit, Alice Ramirez zu finden, bevor die Fae, die sich in ihrem Kopf eingenistet hatte, noch mehr Menschen das Leben kostete.

◆

Nachdem Neveah das richtige Polizeirevier gefunden hatte, ging sie hinein und befragte den leitenden Ermittler der Mordkommission zu den jüngsten Morden. Es dauerte nicht lange, bis sie herausfand, dass beide Morde in der Nähe einer Gruppe von Zeltgemeinschaften geschehen waren. Die Schicht des Mannes neigte sich dem Ende zu und er wollte sie unbedingt abschütteln. Dennoch führte ein gezielter Einsatz ihres Engelszaubers dazu, dass die beiden Morde nicht als vorrangig eingestuft wurden.

„Wenn wir jeden obdachlosen Junkie, der sich zugedröhnt hat und seinen Drogendealer umbringen will, auf frischer Tat ertappen wollen, kommen wir zu nichts anderem mehr", sagte er.

„Unbehaust", korrigierte sie automatisch.

Der Mann runzelte die Stirn. „Hm?"

„Der bevorzugte Begriff für jemanden, der in einem vorübergehenden städtischen Lager lebt, ist *unbehaust* oder *ungeschützt*, nicht obdachlos", erklärte sie ihm. Sie überlegte bereits, wie sie die Situation am besten angehen sollte, da es wahrscheinlich war, dass Alice nicht an einem festen Ort wie einem Hotel oder der Wohnung eines Bekannten wohnte.

„Wie Sie meinen, Lady", sagte der Detective herablassend. „Von welcher Zeitung sind Sie noch mal?"

„Ich bin freiberufliche Reporterin", antwortete sie, um *The Morning Watch* nicht in diesen Schlamassel hineinzuziehen. „Vielen Dank für Ihre Hilfe, Detective."

„Aber sicher." Er hielt inne. „Also … ähm … kann ich Ihre Nummer haben?", platzte der Mann heraus. Sein Gesicht rötete sich, was vielleicht mit dem Ehering an seinem linken Ringfinger zu tun hatte, aber vielleicht auch nicht. „Für den Fall, dass ich Sie … Sie wissen schon, noch einmal kontaktieren muss."

Sie starrte ihn an, bis er eine Grimasse schnitt, denn sie war sich bewusst, dass es nützlich sein könnte, ihn als Kontaktperson zu haben, auch wenn ihr die Vorstellung missfiel.

„Nein", sagte sie schließlich. „Aber Sie können mir Ihre aufschreiben."

Er schnappte sich einen Stift. „Toll! Sie können mich jederzeit anrufen. Und ich meine wirklich *jederzeit*."

Sie nahm den bekritzelten Zettel und ging ohne ein weiteres Wort, wobei sie einen Moment des Mitgefühls für die Ehefrau des Mannes verschwendete.

Ihr nächster Anlaufpunkt war die größte Zeitung der Stadt – ein angesehenes Blatt, das derzeit besser dastand als die meisten Onlinezeitungen. Es war zwar verlockend, sich sofort auf die Suche nach ihrer Zielperson zu machen, aber sie brauchte mehr Informationen, bevor sie loslegen konnte.

„Hallo", begrüßte sie die lächelnde Empfangsdame. „Ich muss mit demjenigen sprechen, der für den Bereich *Immobilien- und Marktsegmente* zuständig ist. Ich habe vielleicht Informationen zu den jüngsten Morden in der Nähe der Zeltlager."

Natürlich hatte sie *eine Menge* Informationen über die jüngsten Morde. Das hieß aber nicht, dass sie vorhatte, etwas davon zu teilen.

Sie hatte Glück, denn das Typische bei einer Morgenzeitung war, dass viele der Reporter noch im Büro waren und ihre Artikel über die Nachrichten des Tages für die Druckvorstufe vorbereiteten. Die Empfangsdame wies ihr den Weg zu einem Schreibtisch in der Nähe des hinteren Teils der Redaktion, wo eine gestresst wirkende Frau mit dunklem Haar, welches sich aus dem Dutt gelöst hatte, aufschaute, als sie näher kam.

„Hallo. Kathy Thornson?", fragte Neveah. „Hättest du einen Moment Zeit, um mit mir über die Zeltlager in der Stadt zu sprechen? Ich gehe zwei Morden nach, die kürzlich in der Gemeinschaft der Unbehausten verübt wurden."

Die Schultern der Reporterin sackten ernüchtert. „Richtig. Eine schmutzige Angelegenheit. Sicher, wir können reden – gib mir nur fünf Minuten, um meinen Artikel zu beenden, okay?" Sie wies auf einen leeren Stuhl in der Nähe.

Neveah setzte sich und wartete geduldig, während die Frau verbissen auf ihrer Tastatur umherhackte.

Einige Minuten später drückte sie die Return-Taste und schaute auf. „Deadline-Krise abgewandt", sagte sie mit einem kleinen Lächeln. Ihr Blick blieb an Neveah hängen, die sie zum ersten Mal richtig wahrnahm, und Neveah versprühte etwas von ihrem Zauber.

„Ich habe gehört, dass du für den Bereich Immobilien- und Marktsegmente zuständig bist, und ich brauche einen kurzen Überblick über die Gegend, in der diese Morde stattgefunden haben", begann sie. „Kannst du mir etwas über die Leute sagen, die dort wohnen?"

Kathy war noch ganz benommen, als sie Neveahs Einfluss traf. Sie öffnete den Mund und zögerte, als hätte sie Schwierigkeiten, ihre Gedanken zu ordnen. „Ähm ... nun ... es ist im Grunde eine Strecke entlang des El Dorado Freeway, Highway 50. Oder darunter, sollte ich wohl eher sagen. Es gibt Zufahrtsstraßen auf beiden Seiten des Freeways, mit Unterführungen in jedem Block. Unbehauste Menschen schlagen ihre Zelte und Wohnmobile auf den Gehwegen unter dem Highway auf oder parken ihre Autos dort, wenn sie in ihrem Fahrzeug leben können."

„Ich verstehe", sagte Neveah zu ihr. „Und weiter ...?"

Die Reporterin leckte sich die Lippen. „Nun, es ist wie eine gemischte Tüte, was die Leute angeht, die dort wohnen. Einige sind stark drogenabhängig, aber es gibt auch Familien, die einfach nur versuchen, über die Runden zu kommen, und ältere Leute, die aus dem Arbeits- und Wohnungsmarkt verdrängt wurden. Früher hat die Stadt die Leute rausgeschmissen, wenn es Beschwerden von Anwohnern gab, aber nach einem großen Skandal im letzten Jahr wurde ein Moratorium für die Räumung erlassen. Heute werden sie meistens in Ruhe gelassen."

„Die beiden jüngsten Morde lagen mehrere Häuserblocks auseinander, richtig?", fragte Neveah. „Gibt es Hinweise auf einen Zusammenhang zwischen ihnen?"

„Hinweise?", erwiderte Kathy mit fragendem Blick. „Nein. *Hinweise* würde bedeuten, dass die Polizei ermittelt, und ich bin mir ziemlich sicher, dass sie das nicht tut." Sie schüttelte frustriert den Kopf. „Ob es einen Zusammenhang gibt, ist schwer zu sagen. Der erste Todesfall ereignete sich in der Nähe eines recht anständigen Wohnviertels, aber der zweite lag am Rande eines Bandengebiets. Es könnte nur Zufall sein, dass sie kaum mehr als vierundzwanzig Stunden auseinanderliegen."

„Das ist aber ungewöhnlich, oder nicht?", drängte Neveah. „Zwei Morde in zwei Tagen?"

Die Reporterin machte mit einer Hand eine schwankende *So-so*-Geste. „Ja und nein. Schießereien in Sacramento kommen manchmal in Schüben, wenn sie mit Gangs zu tun haben. Jemand verärgert einen anderen und plötzlich ist ein Straßenkrieg angesagt. Aber wie ich schon sagte, war der erste Mord nicht in der Nähe des Bandengebiets."

Neveah nickte. „Ich verstehe. Danke, das ist sehr nützlich."

Sie erhob sich.

Kathy runzelte die Stirn. „Sei vorsichtig, wenn du in der Nähe der 26. Straße Fragen stellst, okay? Irgendjemand muss so etwas untersuchen, wenn die Polizei keine Lust dazu hat ... aber in bestimmten Teilen der Stadt ist es hart. Sie nennen es nicht umsonst South Sac Iraq."

Neveah achtete darauf, nicht zu viel Engelsmacht darin zu verpacken, als sie ihr ein Lächeln schenkte. „Danke für die Warnung, aber du musst dir keine Sorgen um mich machen. Vielleicht komme ich noch einmal auf ein Gespräch vorbei, wenn ich die benötigten Informationen nicht finden kann."

Die Bewunderung, die Kathys schlichte Gesichtszüge erhellte, verblasste nicht. „Okay", sagte sie, etwas atemlos.

Neveah ließ sie zurück und konzentrierte sich wieder auf ihr Handy, als sie das Gebäude verließ und zu ihrem Auto zurückging. Nach dem Gespräch mit dem Detective hatte sie die Orte der Morde bereits in ihrer Navigations-App markiert. Jetzt suchte sie nach einer Karte der Bandenaktivitäten in der Stadt und verglich sie. Wie Kathy gesagt hatte, lag einer in der Nähe des *Blood*-Territoriums, aber technisch gesehen nicht *darin*.

Die Karte mit der Handyortung, die Celine ihr geschickt hatte, war ein wildes Durcheinander von kleinen roten Markierungen, aber als sie hineinzoomte, umfasste das Gebiet, das sie abdeckten, tatsächlich die beiden Tatorte. Sie ging von der

Hypothese aus, dass sich Alice unter der unbehausten Bevölkerung versteckt hielt und dass sie in ihrem Auto und nicht in einem Zelt lebte.

Es war an der Zeit, mit einem Foto von Alice, das sie aus den sozialen Medien gezogen hatte, die Menschen in der Gegend zu befragen. Die Bewohner der Lager hatten es vielleicht nicht eilig, mit der Polizei zu sprechen, aber sie würden mit ihr reden. Das taten schließlich alle, sobald sie ihr wahres Wesen zum Vorschein brachte, um sie zu verführen.

Nach reiflicher Überlegung beschloss Neveah, am Tatort des ersten Mordes zu beginnen und nicht am zweiten. Es war unwahrscheinlich, dass sich Alice noch an einem der beiden Orte aufhielt, und sie hatte die Idee, dass sie einen Einblick in ihre Denkweise bekommen könnte, wenn sie ihren Spuren folgte ... oder besser gesagt, in die Denkweise der Fae.

Leider bestand eine der Komplikationen im Umgang mit möglichen Zeugen, die in behelfsmäßigen Unterkünften lebten, darin, dass sie sich ziemlich schnell von ihrem Platz entfernen konnten. Und wenn der Standort, den sie vom Detective erhalten hatte, korrekt war, sah es in diesem Fall so aus, als hätten sich fast alle verabschiedet. Die Unterführung an der 18th und West Street war bis auf ein einziges, einsames Zelt aus zerfledderten blauen und silbernen Planen menschenleer. Die Dämmerung begann bereits den geschützten Straßenabschnitt unter der Autobahn zu verdunkeln.

Sie stellte ihr Auto ab und näherte sich der einsamen Behausung zu Fuß.

„Entschuldigung", sagte sie zu dem mageren Teenager, der auf einem Klappstuhl vor dem Zelt saß. „Kannst du mir etwas über den Mord sagen, der hier vor zwei Nächten stattgefunden hat?"

Als sie näher kam, sah sie die Glaspfeife in der Hand des Jungen, deren kugeliges Ende braun gefärbt war. Seine Augen waren blutunterlaufen und unscharf.

„Whoa", sagte er nach einer längeren Pause. „Jemand wurde hier umgebracht? Ernsthaft?"

Neveah dankte ihm für seine Zeit und kehrte zu ihrem Auto zurück. In der nächsten Unterführung waren mehr Menschen, darunter eine Familie mit kleinen Kindern. Sie hatten eine richtige Campingausrüstung und kauerten dicht beieinander, als ob sie sich gegen die zunehmende Dunkelheit verbünden wollten.

Nachdem sie die Bewohner davon überzeugt hatte, dass sie nicht von der Polizei war und keine Namen erfragen würde, erfuhr sie, dass ein Mann, der als Unruhestifter bekannt war, versucht hatte, eine Frau zu bestehlen, die keiner von ihnen namentlich kannte – sie war gerade erst in das Lager gekommen und hatte ein schönes Auto und genug Bargeld, um ein verlockendes Ziel zu sein.

„Es war also Selbstverteidigung?", fragte Neveah.

Der alte Mann, mit dem sie sprach, zuckte mit den knochigen Schultern. „Ich meine, sie hätte ihm doch einfach das Messer zeigen können, anstatt ihm in den Bauch zu stechen und ihm dann die

Kehle aufzuschlitzen. Er war nicht bewaffnet. Aber er war hinter ihren Sachen her, also ... vielleicht?"

Es schien, dass die Nachricht von dem zweiten Mord auch dieses Ende des Lagers erreicht hatte. Das Genick des Opfers war gebrochen worden, was nicht gerade üblich für einen normalen Bandenmord war. Neveah war sich nun ziemlich sicher, dass Alice' Fae-Tramperin hinter beiden Morden steckte. Die Frage war, ob sie danach in der Gegend geblieben war. Sacramento zu verlassen, wäre das Naheliegendste gewesen, aber die Ortung des Handys zeigte, dass sie sich heute Vormittag noch in der Gegend aufgehalten hatte.

Als die Seelie das letzte Mal auf der Erde gewesen war, waren die menschlichen Gesetze und die Einstellung zu einem Mord im amerikanischen Westen noch ganz anders gewesen als heute. Alice würde es natürlich besser wissen, aber man konnte nicht sagen, ob sich die Fae das Wissen ihrer Gastgeberin zunutze machte – jedenfalls nicht, was das Autofahren, das Beschaffen von Bargeld und die Verwendung moderner Schusswaffen zum Bau *wirklich lästiger* Sprengfallen anging.

Neveah wollte wirklich zu gerne wissen, was die Seelie am Ende vorhatte. Sie irrte in einer Welt umher, die für sie kaum wiederzuerkennen sein musste. Neveah nahm an, dass sie nach anderen Fae suchen würde, aber Alice würde nicht in der Lage sein, ihr dabei zu helfen. Die Seelie konnte nicht wissen, ob und wo es in den großen Städten Fae-Agenten gab, die hinter den Kulissen die Strippen zogen, um ihre verborgene Kontrolle über die Erde und die Menschheit aufrechtzuerhalten.

Sie fragte sich, ob die Seelie versuchte, nach Seattle zu gelangen, wo die Fae gegen Ende des Krieges eine Präsenz unter den einheimischen Duwamish-Stämmen unterhalten hatten. Wenn ja, könnte das Neveah ein wenig Spielraum geben, um sie aufzuspüren, bevor sie andere ihrer Art erreichen konnte.

Das setzte natürlich voraus, dass die Mordserie nicht die falsche Aufmerksamkeit erregte. Die Präsenz der Fae in Nordkalifornien war in diesen Tagen geringer als an vielen anderen Orten auf der Erde, einfach wegen der Nähe zum Höllentor. Trotzdem gab es einen Kontrollpunkt der Fae in San José und einen weiteren in Los Angeles. Wenn das die geflohene Seelie gewusst hätte, hätte sie schon längst Kontakt zu ihrem Volk aufnehmen können.

Neveah bedankte sich bei dem Mann, mit dem sie gesprochen hatte. Als Nächstes überprüfte sie den Ort des zweiten Mordes in der Nähe der 26. und X-Straße. Die Gegend war völlig frei von Zelten und Campern, aber nicht von Menschen. Junge Männer mit dunkelbraunen Augen, die rote Kleidung trugen und ihre Waffen nicht verbargen, die sie in ihren Hosenbünden trugen, sahen ihr mit steinerner Miene nach.

Bandengebiet.

Genau genommen vielleicht nicht, aber es sah so aus, als ob das, was letzte Nacht passiert war, ausreichte, um sie außerhalb ihres üblichen Reviers patrouillieren zu lassen. Neveah fuhr ein paar Blocks nach Westen, bis sie weitere Zelte fand. Die Bewohner hier waren nervös. Einige von ihnen packten trotz der späten Stunde zusammen und bauten die Zelte im Schein von batteriebetriebenen Lampen ab.

Eine besorgte Frau mittleren Alters warf ihr einen langen Blick zu. „Du solltest von hier verschwinden, Mädchen. Heute Nacht gibt es Ärger."

„Oh? Kannst du mir sagen, was los ist?", fragte Neveah und hielt ihre Körpersprache offen und nicht bedrohlich.

„Die *Oak Park Bloods* sind hier draußen und suchen nach jemandem", sagte die Frau. „Und wer auch immer es ist, ich möchte nicht mit ihm in Verbindung gebracht werden."

„Oh je", sagte Neveah. „Das ist nicht gut." Sie holte Luft, um zu fragen, hinter wem sie her waren, aber sie wurde von einem Blitz unheimlichen Lichts von irgendwo jenseits der Unterführung unterbrochen, gefolgt von einer rollenden Welle der Macht, die Neveahs Nerven wie Champagnerblasen zum Kribbeln brachte.

Die Frau wirbelte herum. „Was zum *Teufel* ...?", begann sie zu fragen, aber Neveah war bereits losgerannt.

Sie trat aus der Unterführung heraus und nahm ihre Umgebung in Augenschein. Der Blitz war aus Richtung einer Baustelle auf der Südseite der Autobahn gekommen, die mit provisorischen Maschendraht-Paneelen an klapprig aussehenden Pfosten abgegrenzt war. Das Gebiet lag versteckt unter einem Konvolut von Auffahrtsrampen und ein paar Hundert Meter weiter verlief im rechten Winkel eine andere Autobahn. Ein leerer Parkplatz auf der anderen Seite der Straße bot den einzigen guten Aussichtspunkt, von dem aus Menschen das Geschehen im Detail hätten sehen können. Er schien verlassen zu sein – sie konnte niemanden in der Nähe sehen oder spüren.

Neveah versuchte langsam, die Restmagie in der Luft aufzuspüren und sie zu ihrer Quelle zu verfolgen. Sie konnte es sich nicht leisten, sich darauf zu konzentrieren, was bedeutete, dass Magie eingesetzt worden war. Nicht bevor sie das Epizentrum der Explosion ausfindig gemacht hatte.

Mit ihren Engelsaugen konnten sie in der Dunkelheit gut sehen, aber die schwachen Straßenlaternen beleuchteten einen großen Teil des umzäunten Geländes zur Genüge. Das Geflecht an einem der Zäune war unten lose, das regelmäßige Rautenmuster der Maschen war zerdrückt und unterbrochen, wo es sich vom Pfosten gelöst hatte und eine Lücke bildete. Neveah zwängte sich durch den Zaun, ohne auch nur innezuhalten, und nahm den Geschmack unmenschlicher Kraft auf ihrer Zunge wahr.

Auf dem Boden, wo der Beton zwischen einem halben Dutzend massiver zylindrischer Autobahnträger aufgerissen worden war, lagen mehrere Gestalten ausgestreckt dar. Fünf junge Männer in roter Kleidung lagen in einem Halbkreis um eine einzelne dunkelhaarige Frau.

Und keiner von ihnen bewegte sich.

KAPITEL ACHTZEHN

NIGELLUS LAG IN UNENDLICHEN QUALEN auf der Liege, bewegte sich nicht und sah nichts. Im Bett neben ihm schlug sein Herz in Leyaks Brust und verlieh dem Kobold die Kraft, den Rest seiner Wunden innerhalb von Stunden statt Wochen zu heilen.

Er konnte jeden rhythmischen Puls des Muskels spüren und seine Instinkte schrien danach, ihn zurück in seinen weit geöffneten Brustkorb zu teleportieren, wo er hingehörte. Das Seelenband, das zu Edward, Ransley und Zorah führte, zitterte vor Spannung – potenzielle Energie, die darauf wartete, von ihm genutzt zu werden. Er unterdrückte die Versuchung und verbannte sie aus seinem Geist, so gut es unter den gegebenen Umständen ging.

Ransley zitierte manchmal gerne die menschliche Bibel und erzählte den Leuten, dass Nigellus eine Legion sei und dass er viele Menschen beinhalte. Das war sowohl die Wahrheit als auch zutiefst irreführend. In gewisser Weise lebten die zahllosen Menschen, deren Seelen er über die Jahrtausende hinweg geerntet hatte, durch das Medium seiner eigenen Unsterblichkeit weiter, aber in anderer, bedeutungsvollerer Hinsicht waren sie nicht mehr da. Ihr Animus – ihre Lebenskraft – war aufgebraucht, um den Zweck zu erfüllen, für den Nigellus sie zu diesem Zeitpunkt brauchte.

Sie flüsterten ihm nicht wie Geister zu und boten ihm Ratschläge aus dem Jenseits an. Er behielt nur seine eigenen Erinnerungen an sie, in dem Maße, in dem sie einen Eindruck hinterlassen hatten, als ihre Seelen in ihn eindrangen, um seine Kraftquelle zu speisen.

Diese Zeiten waren vorbei. Die Seelenverbindungen, die er jetzt hielt, dienten nicht diesem Zweck. Nicht einmal, als man ihm sein blutiges Herz durch seine gebrochenen Rippen herausgerissen und einem anderen eingesetzt hatte.

Es würde nur für kurze Zeit sein. Sein Herz würde an seinen rechtmäßigen Platz zurückgeführt werden, wenn Leyak ihre Fragen beantwortet hatte, und als Dämon des Schicksals hatte Nigellus neben Edward und den Vampiren noch andere Quellen der Macht. Seit Baalazar zum ersten Mal in seinem Haus in Atlantic City aufgetaucht war, um ihm die Nachricht von der Flucht der Seelie-Gefangenen zu überbringen, war ihm die Energie, die dieser Schicksalswendung innewohnte, unter die Haut gegangen.

Ihm fehlte die Kraft, seine Augen zu öffnen. Tatsächlich konnte er sich überhaupt nicht bewegen. Seine Muskeln hatten keine Kraft, aber er konnte immer noch hören, auch wenn ihn die Geräusche wie durch einen langen, gewundenen Tunnel erreichten.

Eine Hand legte sich um eine seiner Hände, die Finger waren ineinander verschlungen. Er konnte den Druck auf seiner Haut spüren, wenn auch nicht die Beschaffenheit. Das war unerwartet gewesen, nur weil der Griff zu stark war, um von Edward zu stammen. Außerdem würde es Edward besser wissen. Nigellus würde ihn für diese Art von Sentimentalität endlos tadeln, besonders vor dem Rat.

Nein … die Hand, die seine hielt, gehörte ausgerechnet zu Zorah Bright. Er hatte keine Ahnung, was sie sich dabei gedacht haben mochte. Unwillkürlich fragte er sich, was Ransley wohl von dieser Geste halten würde.

Plötzlich änderte sich die Atmosphäre im Raum. Ein Stuhl schrammte über den Steinboden. Zorahs Hand drückte mit vampirischer Kraft die seine.

„Er wacht auf." Die Worte waren verzerrt und schwach, als sie seine Ohren erreichten, aber er erkannte Baalazars Stimme.

Nigellus' Herz schlug heftig, als sich Leyak regte – er konnte an seinem wilden Hämmern erkennen, wie der Kobold das Bewusstsein wiedererlangte.

„*Leyak.*" Typhons dröhnende Stimme forderte Aufmerksamkeit.

Leyaks ersticktes Stöhnen war das gleiche Geräusch, das auch aus Nigellus' Kehle gekommen wäre, wenn er Luft holen könnte, um es zu erzeugen.

„Was ist passiert?", röchelte der Kobold.

„Sag du es uns." Das kam von Baalazar. „Du hattest den Auftrag, eine wichtige Gefangene zu bewachen. Erkläre uns genau, was du getan hast."

Ein scharfer, unwillkürlicher Atemzug folgte. „*Oh*. Oh nein ...“

„Sprich, Kobold.“ Typhon, diesmal. „Der Rat verlangt einen vollständigen Bericht, und deine Zeit ist knapp bemessen.“

„Oh, was habe ich getan?“ Leyaks Stimme schwankte. Nigellus wollte ihn am liebsten schütteln und ihm sagen, er solle endlich zur Sache kommen.

„Du bist ein Seelenbündnis mit der namenlosen Seelie eingegangen“, sagte Baalazar ungeduldig. „Sag uns, warum du so etwas getan hast, und dann erzähl uns, was passiert ist.“

„Sie sagte, ein Seelenband würde ihr helfen, ihre Erinnerungen wiederzuerlangen, damit sie sich vor dem Rat erklären kann.“ Der Kobold klang zutiefst unglücklich. „Sie wollte nach Dhuinne zurückkehren. Sie sagte, du würdest vielleicht Nachsicht walten lassen und ihr erlauben, die Hölle zu verlassen, wenn sie in der Lage wäre, zu kooperieren.“

„Und du hast zugestimmt, dies zu tun, ohne jemanden zu konsultieren, *weil* ...?“ Baalazars klang zutiefst empört.

„Sie sagte, es würde auch meinen Status verbessern, wenn ich ihr helfen könnte, dir die gewünschten Informationen zu geben, aber dann berührte sie meine Stirn und plötzlich konnte ich nicht mehr klar denken.“

„Hat sie danach noch etwas gesagt?“, fragte Typhon.

Der Kobold zögerte kurz und antwortete dann: „Sie sagte, sie hätte ihren Namen und ihre Erinnerungen aufgegeben, um heimlich hierherzukommen und die Schwächen der Dämonen zu lernen. Sie sagte, der Court der Fae wäre vielleicht bereit, zu verhandeln und Frieden einkehren zu lassen, nachdem der Krieg vorbei war, aber sie wäre nicht zufrieden, bis sie die Hölle vollständig zerstört hätte."

Darauf herrschte tiefe Stille, die nur durch das leise Surren in Nigellus' Ohren unterbrochen wurde. Zweifel zerrten an ihm, drängten ihn mit neuer Dringlichkeit, Kraft durch seine Seelenverbindungen zu spülen und sich zu heilen.

„Hat sie gesagt, wer sie ist?", fragte Baalazar so leise, dass Nigellus die Worte kaum verstehen konnte. „Leyak, *hat sie einen Namen genannt?*"

Eine weitere deplatzierte Pause, bevor Leyak sagte: „Es tut mir so leid. Es tut mir *so* leid, ich wollte nicht, dass das alles passiert!"

„Beantworte die Frage, Leyak!", brüllte Typhon. „*Wer war diese Seelie?*"

Nigellus' Herz hämmerte und hüpfte unter der Wucht von Leyaks Scham.

„Sie nannte sich Dhuinnes Hebamme", sagte der Kobold niedergeschlagen.

„*Was?*", zischte Ransley in dem Moment, als alle Ratsmitglieder gleichzeitig zu sprechen begannen.

Nigellus' ganzer Körper zuckte, als die völlige Unmöglichkeit dieser Enthüllung mit einer Lawine möglicher Auswirkungen kämpfte. Er riss sein Herz aus Leyaks Brust und teleportierte die einzelnen Bestandteile in sich selbst zurück, noch bevor er seinen Entschluss dazu richtig gefasst hatte. Seine Willenskraft hing an einem seidenen Faden, während er die Seelenbindungen zurückhielt und sie nicht berührte, aus Angst, dass ein einziger Tropfen Energie seine Kontrolle völlig zerstören würde.

Leyak schrie auf und begann zu strampeln, als ihm sein geliehenes Herz entglitt. Nigellus ignorierte ihn und zog das zurück, was ihm und niemandem sonst gehörte.

„Wer zum Teufel ist die Hebamme von Dhuinne?", fragte Zorah und klang verwirrt.

Es war Ransley, der antwortete, da die anderen immer noch durcheinanderredeten; ein hektisches Hintergrundgeplapper. „Die Hebamme von Dhuinne ist ein Beiname, den du erkennen würdest, wenn du Shakespeare gelesen hättest. Es ist ein *nom de guerre* der Fae-Königin Mab."

„Heilige Scheiße, willst du mich *verarschen*?", forderte Zorah zu wissen. „Königin Mab? Dieselbe Bitch, die während des Krieges den Einsatz der Vernichtungsmaschine für Vampire angeordnet hat?"

„Genau die", antwortete Rans in einem streng kontrollierten Ton.

Nigellus' Herz formte sich in seiner Brust neu, aber die Wunde heilte viel zu langsam. Sein gesamtes Bewusstsein konzentrierte sich auf einen einzigen Punkt, als die schrecklichste aller Implikationen eintrat.

Edward lehnte sich über ihn und umklammerte seine Schulter. „Sir. Wir haben Neveah zurückgelassen und sie jagt ihr hinterher. Sie versteht nicht, mit wem sie es zu tun hat."

Nigellus biss die Zähne zusammen und kämpfte darum, sich selbst zu heilen, ohne von den Vampiren oder seinem Diener zu schöpfen, immer noch unfähig zu sprechen. Sein schöner Engel – so geschwächt durch die Zeit und die Trennung von ihrem Heimatreich, dessen Körper fast durch eine einzige salzhaltige Kugel zerstört worden war. Und Nigellus hatte sie auf der Erde zurückgelassen, um hierherzukommen und sich bis zur Unbrauchbarkeit zu schwächen.

Neveah war allein, mit der mächtigsten Fae, die Dhuinne je hervorgebracht hatte, und sie hatte keine Ahnung.

„Neveah?", wiederholte Zorah überrascht. „Etwa Neveah Lane? Die komische Tussi, die ihn vor ein paar Jahren gestalkt hat? Was hat sie mit der Sache zu tun?"

„Lange Geschichte", sagte Edward mit hörbarer Anspannung in der Stimme. „Aber im Moment muss er zurück zur Erde. Und zwar *schnell*."

Nigellus schaffte es, seinen Blick zu schärfen, konnte aber immer noch nicht sprechen oder aufstehen.

„Äh, nichts für ungut", sagte Zorah, „aber er sieht nicht so aus, als würde er im Moment *irgendwohin* gehen, weder schnell noch im Schneckentempo."

„Neveah Lane versucht Alice Ramirez aufzuspüren?", fragte Ransley überrascht.

„Ja", antwortete Edward knapp. „Und die Seelie, die sich in Alice versteckt, hat bereits einen beherzten Versuch unternommen, sie zu töten."

„Warum in aller Welt habt ihr sie dann allein gehen lassen?", verlangte Zorah. „Guter Gott, ich habe die Frau getroffen, und sie sieht aus, als könnte sie eine steife Brise umwehen. Sie wiegt kaum fünfzig Kilo!"

„Wie gesagt, es ist eine lange Geschichte", sagte Edward. „Sir, Sie müssen sich schneller heilen. Wenn Sie Animus von mir abziehen müssen, dann sei es so, und ..."

„Nein." Ransleys Ausruf unterbrach ihn. „Tritt zur Seite, Edward. Ich brauche etwas Platz."

„Was hast du vor?", fragte Zorah.

„Ich werde ihm Vampirblut geben", antwortete Ransley. „Und ja, ich bin mir der Ironie bewusst."

Baalazar trat in Nigellus' begrenztes Sichtfeld. „Du weißt schon, dass ich Leyak noch nicht fertig befragt hatte, als du dein Herz zurückgerissen hast, Nigellus?", brummte er mürrisch.

Ransleys Stimme war grimmig. „Ich bezweifle, dass du irgendetwas anderes aus ihm herausbekommen hättest, was die *Königin Mab*-Offenbarung getoppt hätte."

Der dunkelhaarige Vampir erhob sich über Nigellus' Liege. Seine eisblauen Augen glühten von innen heraus, erleuchtet von vampirischer Kraft. Mit seinen rasiermesserscharfen Reißzähnen riss er sich selbst das Handgelenk auf und kurz darauf tropfte ein Rinnsal von Blut in Nigellus' offene Brusthöhle.

„Hier", sagte Zorah und beugte sich von der anderen Seite über ihn. „Ich bin zu einem Viertel Dämon. Mein Blut wirkt vielleicht besser." Sie wiederholte Ransleys Handlungen, ihre braunen Augen glühten wie geschmolzenes Kupfer, als sie ihre Kraft entfaltete. Jetzt tropfte noch mehr Blut über seine zerschmetterten Rippen und sein freiliegendes Herz.

Vampirblut war eine konzentrierte Quelle der Heilungsmagie und in der Lage, die Wunden der Menschen zu heilen und sogar ihre Lebensspanne zu verlängern. Es gab einen Grund dafür, dass es eine der begehrtesten und seltensten Substanzen überhaupt war.

Nigellus – bereits ein Unsterblicher – konnte es nicht auf die gleiche Weise nutzen wie ein Mensch, aber das Blut enthielt auch rohen Animus, das Medium des Lebens. Indem sie für ihn bluteten, gaben ihm Ransley und Zorah etwas von ihrer Lebenskraft, boten ihm freiwillig an, was er nicht wagte, ohne ihre Zustimmung durch das Seelenband zu nehmen.

Er griff gierig nach dieser Kraft, in der Gewissheit, dass er nicht versehentlich die Kontrolle verlieren und zu viel davon nehmen konnte. Sein Körper saugte den Animus auf und die Energie half ihm, seine Knochen und Sehnen zu verbinden und seine menschliche Gestalt wiederherzustellen.

Es reichte nicht aus, die Wunden perfekt zu heilen, aber für den Moment würde es ausreichen.

Nigellus setzte sich abrupt auf, eine Hand umklammerte die hässliche Narbe auf seiner Brust. Edward drängte sich an Ransley vorbei, um ihn zu stützen.

„Sir …"

Bis auf Baalazar stritten sich die anderen noch über die richtige Reaktion auf Leyaks katastrophale Enthüllung. Wenn das Schicksal es gut mit ihm meinte, würde er es schaffen, den Engel zu erreichen, bevor sie Alice fand. Es war schließlich kaum mehr als ein Tag vergangen.

„Wir gehen", sagte Nigellus. Ohne weitere Vorwarnung teleportierte er sich zum Tor und zog Edward mit sich.

Sein Diener kommentierte den abrupten Aufbruch nicht und folgte ihm ohne Widerrede an den Wachen vorbei durch den Gang, der zur Erde führte. Der Mensch zog eine kleine Taschenlampe heraus, schaltete sie ein und leuchtete durch den vertrauten unterirdischen Gang.

„Teleportieren Sie sich einfach zu ihr, Sir", sagte Edward. „Sie sind noch sehr geschwächt. Ich kann mich selbst auf den Weg zum Weingut machen. Finden Sie sie, bevor sie Alice findet, und ich treffe Sie beide dort."

Nigellus nickte und verschwendete keine Energie mit Reden. Er konzentrierte sich und suchte nach dem winzigen Samen, der ihn noch mit dem kleinen Teil seiner Essenz verband, den er im Engel zurückgelassen hatte.

Eine Notlüge, dachte er grimmig und teleportierte seinen schmerzenden Leib an den Ort, der ihn mit diesem seidenen Faden verband.

KAPITEL NEUNZEHN

NEVEAH STARRTE auf die reglosen Gestalten am Boden und es dauerte einige kostbare Sekunden, als ihr die Tragweite dessen, was sie gerade erlebt hatte, bewusst wurde. Die Seelie hatte Magie benutzt, obwohl sie in einem menschlichen Körper gefangen war.

Wie war das überhaupt möglich?

Alice war zusammengesunkenen und ihr dunkles Haar verdeckte ihr Gesicht. Um sie herum lagen die Körper der fünf Bandenmitglieder, als wären sie nach hinten geschleudert worden. Drei von ihnen hielten ihre Waffen noch locker in den Händen. Das Genick von einem anderen war offensichtlich gebrochen worden.

Neveah ging von einer gefallenen Person zur nächsten und überprüfte ihren Puls. Alle waren tot. Sie konnte keine offensichtlichen Spuren an den Körpern erkennen, aber der Geruch von Magie lag schwer in der Luft. Schließlich hockte sie sich neben Alice, völlig unsicher, was sie erwarten würde. Der Puls des Mädchens schlug stark und gleichmäßig unter Neveahs Fingern. Ihre Augen huschten unruhig unter den geschlossenen Lidern hin und her.

Es gab zwei Möglichkeiten. Entweder hatte die Fae immer noch die Kontrolle über Alice' Körper oder ihr momentaner Zustand bedeutete, dass dies Neveahs Chance war, die Seele des Menschen zu erreichen, nachdem sich die Seelie selbst durch das Wirken solch mächtiger Magie geschwächt hatte.

Es war ein Wagnis, aber eines, das Neveah bereit war, einzugehen. Sie durchsuchte Alice nach Waffen und nahm ihr ein scharfes Steakmesser ab, mit dem sie sehr wahrscheinlich zwei Menschen die Kehle aufgeschlitzt hatte. Als Nächstes fand sie eine geladene halb automatische Pistole, die sie möglicherweise dem Gangmitglied abgenommen hatte, das sie am Abend zuvor getötet hatte.

Nachdem sie beide Griffe abgewischt hatte, um alle belastenden Fingerabdrücke zu entfernen, warf sie sie hinter einen der massiven Betonpfeiler in der Nähe. Nach kurzem Überlegen warf sie auch die Waffen der Bandenmitglieder dorthin. Neveah verließ sich darauf, dass sie, selbst wenn die Seelie noch die Kontrolle hatte, nicht in der Lage sein würde, Magie zu beschwören, die stark genug war, um einem Engel gefährlich zu werden ... nicht so schnell, nachdem sie sich mit dem letzten Angriff selbst außer Gefecht gesetzt hatte.

„Alice", sagte sie und kehrte an die Seite des Menschen zurück. „Wach auf."

Sie rüttelte sanft an der Schulter des Mädchens. Zuerst gab es keine Reaktion, aber dann stöhnte Alice auf. Neveah half ihr, sich auf den Rücken zu rollen und strich ihr das verfilzte Haar aus dem Gesicht. Dreck zierte ihre Wange, auf der sich die Anfänge eines spektakulären Blutergusses von ihrem Sturz abzeichneten.

Alice stöhnte leise, zuckte zusammen und hob eine Hand an ihren Kopf. Die braunen Augen flatterten auf und sie hatte Mühe, sich zu konzentrieren.

„Wo bin ich?", krächzte sie. „Was ist passiert?"

Neveah lehnte sich auf ihre Fersen zurück. „Du bist in Sacramento und was den Rest angeht, ist es wahrscheinlich am besten, wenn du noch nicht fragst. Bist du verletzt? Glaubst du, dass du aufstehen kannst, wenn ich dir helfe?"

„Ich … weiß es nicht." Verunsicherung lag unterschwellig in ihren Worten. „Wer bist du?"

„Nenn mich Nev", sagte Neveah zu ihr. „Ich bin hier, um dir zu helfen. Komm schon, gib mir deine Hand."

Neveah hievte Alice in eine sitzende Position. Von dort aus erhob sie sich und zog den Menschen mit sich hoch. „So ists gut. Gut gemacht."

Alice schwankte, aber nach einem Moment spannte sie ihre Muskeln an und nickte zaghaft. „Okay. Ich glaube, ich kann alleine stehen. Danke."

Neveah hatte sie absichtlich vom Halbkreis der toten Männer, die um sie herum auf dem Boden lagen, weggedreht. Unglücklicherweise hatten die Bandenmitglieder Alice gegen den Zaun gepresst, kurz bevor sie wie eine von Fae betriebene Bombe hochging. Um von hier wegzukommen, mussten sie sich umdrehen und an den Leichen vorbeilaufen.

„Ähm … ich nehme nicht an, dass ich dich dazu bewegen kann, deine Augen für den nächsten Teil zu schließen?", fragte sie.

Alice runzelte die Stirn. „Was? Warum?"

Sie drehte sich um, um nachzusehen, und verlor dabei fast das Gleichgewicht. Neveah hielt sie fest, was auch gut so war, denn im nächsten Moment taumelte sie nach hinten und schlug mit den Schultern gegen den Zaun.

„Oh mein Gott", quiekte Alice. „Oh mein *Gott!"*

Neveah nahm sie an den Armen und stellte sich vor sie, um ihr die Sicht zu versperren. „Alice. Sie haben versucht, dich anzugreifen. Wir können ihnen jetzt nicht helfen, aber wir müssen dich von hier wegbringen, an einen sicheren Ort. Ist dein Auto in der Nähe?"

„M-mein Auto?" Alice schluckte schwer. „Ich kann mich nicht erinnern. Mein Kopf fühlt sich komisch an, als ob ..." Sie unterbrach sich selbst und hob wieder eine Hand an ihre Stirn.

„Du bist von Vallecito nach Sacramento gefahren", sagte Neveah und nutzte Alice' Ablenkung, um ihr einen Arm um die Schultern zu legen und sie durch eine Lücke zwischen zwei der Toten zu führen. „Du hast in einer Zeltstadt übernachtet, die unter der Autobahn aufgeschlagen war."

„Oh", sagte Alice ausdruckslos und stolperte in die Richtung, in die Neveah sie führte. „Mein Auto. Da ist etwas ..." Sie brach für ein paar Sekunden ab, bevor sie scharf einatmete. „Mein *Auto.* Ich wollte gestern Abend wegfahren, aber das Getriebe ist kaputt. Es schaltet nicht mehr, wenn man mehr als fünfundzwanzig Meilen pro Stunde fährt."

Ein weiteres Teil des Puzzles fügte sich an seinen Platz. Alice hatte es auf ihrem Weg – zu dem

Ort, an den die Seelie gehen wollte – bis nach Sacramento geschafft, aber jetzt saß sie fest. Sie konnte ein paar Blocks auf den Nebenstraßen fahren und von einer Unterführung zur nächsten wechseln, aber sie konnte nicht auf den Highway fahren. Sie wusste mit ziemlicher Sicherheit nicht, wie man ein Auto stahl, und obwohl sie vielleicht Bargeld hatte, reichte es wahrscheinlich nicht einmal annähernd für die Reparatur des Getriebes.

„Warst du auf dem Weg nach Norden?", fragte Neveah, die als investigative Reporterin wusste, dass es gefährlich war, Suggestivfragen zu stellen, aber sie wollte unbedingt, dass sich Alice an mehr erinnerte.

„Ich … glaube schon?"

Sie hatten den beschädigten Teil des Zauns erreicht. Neveah ließ Alice einen Moment lang los, während sie an dem Maschendraht riss und die Lücke vergrößerte.

„Okay", sagte sie. „Wir werden Folgendes tun. Mein Auto steht etwas mehr als einen Block von hier entfernt – nicht weit weg. Wir steigen für die Nacht in einem Motel ab. Ich habe Freunde, die dir sicher helfen können." Sie würde die Katzensidhe wieder kontaktieren müssen, wenn sie in Sicherheit waren. Mit etwas Glück konnte sie die kleine Fae dieses Mal an einem anderen Ort treffen, den Nigellus nicht kannte.

Sie zwängte sich durch den neu entstandenen Spalt und Alice folgte ihr.

„Meine Eltern", hauchte Alice verzweifelt.

Neveah zuckte zusammen. Alice' Eltern zu benachrichtigen wäre im Grunde dasselbe, wie die Polizei zu benachrichtigen.

„Mal sehen, ob ich ihnen morgen früh eine Nachricht zukommen lassen kann", sagte sie abwehrend. „Apropos, kann ich mal kurz dein Handy sehen?"

Alice reichte es ihr ... sie sah immer noch benommen aus. Neveah versuchte, das Gerät einzuschalten und stellte fest, dass es völlig tot war. Es war möglich, dass die Batterie leer war, aber wahrscheinlicher war es, dass die Fae-Magie die Schaltkreise zerstört hatte.

„Sieht aus, als wäre es außer Betrieb", sagte sie und reichte es zurück.

Alice sah stirnrunzelnd darauf hinab. „Muss wohl beim Sturz kaputtgegangen sein." Sie schwankte wieder und hielt sich am nächsten Zaunpfahl fest. „Äh ... ich fühle mich wirklich nicht gut ..."

Neveah hatte gerade den Mund geöffnet, um etwas Beruhigendes zu sagen, als sie spürte, wie sich der Luftdruck hinter ihr veränderte. Sie wirbelte herum und entdeckte Nigellus, der nur wenige Meter von ihr entfernt auftauchte. Sie blinzelte überrascht, als sie seinen Anblick wahrnahm. Der Dämon war von der Taille aufwärts nackt und eine frische, gezackte Narbe überzog seine Brust. Seine Haut war blass und fast so durchsichtig wie ihre, nachdem die Kugel der Seelie ihr das Herz durchbohrt hatte.

Alice schrie auf, weil plötzlich ein halb nackter Mann aus dem Nichts aufgetaucht war.

Neveah packte sie am Arm und schob sie einen Schritt zurück. „Es ist alles in Ordnung. Bleib hinter mir."

„Neveah." Nigellus' Stimme war ein heiseres Röcheln. „Geh weg von ihr."

Sie verstärkte ihren Griff und checkte ihre Umgebung auf mögliche Fluchtwege. „Tut mir leid, das wird nicht passieren. Wie hast du mich überhaupt gefunden? Und was in aller *Welt* ist mit dir passiert?"

„Es hat nichts mit der Erde zu tun", sagte Nigellus. „Tritt zur Seite. Die Seelie, die Alice Ramirez besitzt, ist *Mab*, Neveah."

Neveah starrte ihn einen Moment lang mit offenem Mund an. „*Was?*" Ihre Stimme erhob sich zu einem schrillen Schrei, obwohl sie sich bemühte, ihn zu dämpfen. „Ihr habt die verdammte *Königin* der *Fae* in der Hölle gefangen gehalten?"

Alice krümmte sich in Neveahs Griff.

„Wovon redest du?", fragte sie in einem hohen, erschrockenen Tonfall. „Was ist *los*? Wer ist dieser Kerl? Er ist einfach aus dem Nichts aufgetaucht!"

Nigellus würdigte sie keines Blickes. „Sie ist gefährlich und nicht nur für die Menschen. Sie ist für jeden Bewohner der drei Reiche gefährlich und ich muss sie *jetzt* zurück in die Hölle bringen. Also *geh zur Seite.*"

Es war genau das, was Neveah die ganze Zeit zu verhindern versucht hatte. Alice kauerte hinter ihr, verwirrt, verängstigt und ach so sehr menschlich. Die Dämonen würden sie ohne nachzudenken opfern, um ihr Geheimnis zu bewahren ... ein Geheimnis, das weitaus schrecklicher war, als sie alle ahnten. Mab war schon einmal der Hölle entkommen. Nur ein Narr würde glauben, dass der Rat sie am Leben lassen würde, um einen zweiten Versuch zu riskieren.

„Nein", sagte sie zu Nigellus, nicht willens nachzugeben oder Alice loszulassen. „Sieh sie dir an. Sie ist ein Mensch und sie ist unschuldig. Ich werde nicht zulassen, dass du sie für eine politische Vertuschungskampagne opferst!"

„Du wirst mich nicht aufhalten", warnte Nigellus sie. „Geh zur Seite, Neveah … oder ich *werde* nachhelfen."

KAPITEL ZWANZIG

NEVEAH WOG IHRE OPTIONEN ab, sich der Tatsache schmerzlich bewusst, dass keine von ihnen besonders gut war. „Alice", sagte sie ganz bewusst, „ich werde dich beschützen, aber du darfst diesen Mann auf keinen Fall an dich heranlassen. Bleib zurück und lass ihn nicht in deine Reichweite kommen."

Wenn Nigellus sie in die Finger bekam, konnte er Alice wegteleportieren, bevor Neveah ihn aufhalten konnte. Währenddessen erstickte der arme Mensch an ihren verzweifelten Tränen, ihr Arm zitterte heftig in Neveahs Griff.

„Ich verstehe nicht, was hier passiert", hauchte sie. „*Warum kann ich mich nicht erinnern, was mit mir passiert ist?*"

Nigellus' kühler, bernsteinfarbener Blick glitt an Neveah vorbei und landete auf Alice. „Sie leiden an einer ganz bestimmten Geisteskrankheit, Ms. Ramirez. Sie sind nicht schuld daran, aber solange Sie nicht behandelt werden, bringen Sie andere Menschen in Gefahr. Ich kann Ihnen helfen, aber dazu müssen Sie mit mir kommen."

Der Ton des Dämons war vernünftig, aber Neveah erkannte die unwiderstehliche Resonanz dahinter. Alice beugte sich vor und drängte sich unbewusst näher an den Sirenengesang des geistigen Einflusses heran.

„Oh nein, das tust du nicht", knurrte Neveah, wütend darüber, dass Nigellus auch nur in Erwägung zog, Gedankenkontrolle bei einem Mädchen anzuwenden, dessen Gehirn bereits so furchtbar geschändet worden war. Sie grub ihre Finger in den Arm des Menschen. „Alice, bleib sofort stehen!"

Alice schnappte nach Luft und taumelte zurück. Neveah registrierte diese Reaktion mit einem gewissen Unbehagen, denn ein normaler Mensch wäre *nicht* in der Lage gewesen, den Zwang so leicht zu brechen. Die ganze Sache war ein Balanceakt, der noch gefährlicher wurde, weil sie jetzt wusste, welche Fae genau Alice' Geist und Körper in Beschlag genommen hatte. Aber Neveah wäre verdammt, wenn sie zulassen würde, dass Mabs Viktimisierung durch das verzweifelte Bestreben des Dämonenrats, zu vertuschen, was sie getan hatten, noch verschlimmert wurde.

Nigellus' stechende Augen fixierten sie. „Du wirst dein Leben auf Erden verlieren, wenn du auf diesen Kurs beharrst, Engel. Bist du wirklich bereit, alles zu riskieren? Du wirst sie nicht mehr kontrollieren können, wenn Mab wieder ihren Verstand übernimmt."

Er redete zu viel und das weckte Neveahs Instinkte. Warum sollte er mit ihr verhandeln, anstatt sich über die kurze Distanz zwischen ihnen zu teleportieren und Alice zu packen, bevor sie Zeit hatte zu reagieren?

„Du bist geschwächt", stellte sie fest. „Schwer geschwächt. Ich weiß nicht, was du getan hast, aber du hast nicht mehr genug Energie für deine üblichen Dämonentricks. Du hast nicht damit gerechnet, Alice hier bei mir zu finden, oder?"

„Vielleicht nicht", sagte Nigellus. „Aber ihre Anwesenheit ist ein Glücksfall."

Es war noch nicht einmal sechsunddreißig Stunden her, seit Neveah nach dem Treffen mit der Katzensidhe losgestürmt war. Zu der Zeit hatten weder sie noch Nigellus irgendwelche brauchbaren Hinweise auf den Aufenthaltsort von Alice gehabt. Er war unmittelbar nach dem Vorfall, der die schreckliche Narbe auf seiner Brust verursacht hatte, hierhergekommen, wahrscheinlich in der Absicht, sie vor Mab zu warnen und sie davon zu überzeugen, die Jagd aufzugeben.

Neveah kniff die Augen zusammen, als sich ein weiterer Verdacht auftat. „Du bist direkt hierhergekommen, was bedeutet, dass du immer noch an einer körperlichen Verbindung zwischen uns festhältst. Du hast mich *angelogen*, Nigellus."

„Ich habe getan, was nötig war, um meine Pflicht gegenüber dem Rat zu erfüllen", antwortete er steif und ließ sie wissen, dass sie einen Nerv getroffen hatte.

Alice zappelte in Neveahs Griff um ihren Arm. „Bitte lasst mich in Frieden", wimmerte das Mädchen. „Alle beide. Lasst mich gehen ... Ich habe nichts getan!"

Neveah warf einen kurzen Blick auf den Menschen. Tränen liefen ihr über die Wangen.

„Nein!", sagte Nigellus mit Nachdruck. „Sagen Sie mir, Ms. Ramirez, wie geht es Ihrer Vermieterin derzeit?"

Alice blieb wie angewurzelt stehen. Ein leises, kaum hörbares Keuchen zeigte, dass die Frage ins Schwarze getroffen hatte. „Ich … ich weiß nicht …"

Wut durchflutete Neveahs Brust als Reaktion auf die unnötige Grausamkeit. Im selben Moment kam ihr eine verrückte Idee in den Sinn. Unter normalen Umständen wäre es Wahnsinn, dies zu versuchen, aber im Moment sah Nigellus wie ein Geist aus.

Wie schwach war er?

Sie war dabei, es herauszufinden.

„Das wars", schnauzte sie. „Keine Manipulationstaktiken mehr. Du und ich sind hier fertig, Dämon."

Sie ließ Alice los, die sofort versuchte, wegzulaufen und in ihrer Eile über ihre eigenen Füße stolperte. Nigellus spannte sich an, als wolle er trotz seiner Schwäche die Verfolgung aufnehmen – entweder körperlich oder durch Teleportation –, aber Neveah stürzte vor und schlug mit der Handfläche gegen die hässliche, halb verheilte Narbe über seinem Herzen.

Sie rief Fähigkeiten hervor, die sie seit Jahrhunderten nicht mehr benutzt hatte, und griff in das Labyrinth der Taschendimensionen jenseits des Physischen, folgte dem Pfad durch das Bewusstsein des Dämons und suchte nach einem ganz bestimmten Gegenstand.

Einst war das, was sie suchte, ein Teil von ihr gewesen, so wie ihre Flügel. Sie rief diesen verlorenen Teil von sich mit all ihrer schwindenden Engelskraft herbei und verlangte, dass er zu ihr zurückkehrte. Eine Hand immer noch auf Nigellus' Brust gedrückt, streckte sie die Finger der anderen aus, offen und bereit.

Der Schwertgriff materialisierte sich in ihrem Griff, massiv und viel schwerer, als sie ihn in Erinnerung hatte. Sie richtete ihre Schultern zurück und gab Nigellus einen kräftigen Stoß nach hinten, als die einen Meter lange, flammende Klinge in die physische Realität eindrang.

Alice schrie vor Schreck auf und fiel etwa dreißig Meter entfernt zu Boden, wobei sie sich mit den Händen über dem Kopf wie ein Fötus zusammenrollte. Nigellus stolperte einen Schritt zurück und starrte seine Waffe an.

„Das ist unmöglich", hauchte er.

Neveah drehte ihr Handgelenk und schwang die feurige Klinge in einer leichten Achterbewegung – sie versuchte, sich nicht anmerken zu lassen, wie anstrengend es war, das schwere Schwert zu führen, obwohl es ihr früher mühelos gelungen war. Sie bewegte sich bedächtig zwischen Nigellus und dem Menschen, der am Boden kauerte, hin und her.

„Warum sollte das unmöglich sein?", spottete sie. „Es ist immerhin Shemasiels Klinge, oder etwas nicht?"

Nigellus beobachtete sie misstrauisch.

„Nun", fuhr sie fort. „Ich bin Shemasiel ... oder zumindest war ich das in einem anderen Leben. Wie auch immer, danke, dass du mir mein Schwert zurückgegeben hast."

Der Dämon starrte sie noch einen vielsagenden Moment lang an.

„Du überraschst mich, Engel", sagte er schließlich.

Neveah setzte ein falsches Lächeln auf. „Es ist mir immer wieder ein Vergnügen", sagte sie. „Und ich entschuldige mich für das, was jetzt kommt, denn du siehst schon aus, als würde die Sterblichkeit überhandnehmen. Ich brauche aber einen Vorsprung und ich bezweifle, dass du mir einen gewähren wirst, nur weil ich nett frage."

Nigellus regte sich nicht. Sein schwerer Blick hielt den ihren fortwährend fest. „Sie wird dich zerstören, Neveah. Und dann wird sie alles andere zerstören, was dir lieb und teuer ist. Du weißt nicht, mit wem – oder was – du es zu tun hast."

Neveah schüttelte den Kopf. „Nein. Diese Karte kannst du nicht ausspielen, Dämon. Hier geht es nicht um eine verrückte Königin, sondern um einen unschuldigen Menschen. Du hättest mir helfen können, einen Weg zu finden, diese Ungerechtigkeit aus der Welt zu schaffen, aber da du das nicht willst, werde ich es selbst tun."

Mit diesen Worten ließ sie die feurige Klinge fliegen. Nigellus wich aus, wich zurück, teleportierte sich aber nicht von ihr weg – ein Beweis dafür, dass er auf dem Zahnfleisch kroch. Neveah holte aus, kompensierte ihre eigene relative Schwäche und verließ sich auf ihre jahrtausendelange Erfahrung, um die Klinge zu führen. Nigellus sprang wieder nach hinten, aber war zu langsam. Das Schwert zischte durch die Luft und vergrub sich in seinem Fleisch, knapp über seinem linken Knie.

Neveah packte den Griff mit beiden Händen und hob ihn hoch, wobei sie die Knochen spaltete.

Der Dämon schrie auf und stürzte zu Boden, sein Bein war fast durchtrennt.

Keuchend vor Anstrengung verbannte Neveah das Schwert in ein neues dimensionales Versteck, das sich mit etwas Glück außerhalb seiner Reichweite befand. Der Kontakt mit einem vertrauten Artefakt aus ihrem Heimatreich hatte einen Schub ungewohnter Kraft durch ihre Adern fließen lassen, der aber wahrscheinlich nur von kurzer Dauer sein würde. Sie blickte mit gefletschten Zähnen auf ihren besiegten Feind herab. Nigellus blickte wortlos zu ihr auf, sein Kiefer war vor Schmerz fest zusammengepresst.

„Du kannst auch den Rest deiner Essenz zurücknehmen", sagte sie und nutzte den unerwarteten Energieschub, um selbst in ihrem Inneren danach zu suchen und den winzigen Teil seiner Essenz zu isolieren, der sich noch in ihrem Körper befand. „Ich kann nur sagen, dass das wirklich *unglaublich* unhöflich war."

Sie extrahierte die Überreste mit äußerster Vorsicht und die dämonische Materie verbrannte unter ihrer Verärgerung zu nichts.

Er zuckte zusammen.

„Auf Wiedersehen, Nigellus", sagte sie kalt. „Besuch mich doch mal, wenn du jemals aufhörst, empfindungsfähige Wesen wie Schachfiguren zu behandeln, die entbehrlich sind."

Mit diesen Worten drehte sie sich um und joggte auf die zusammengekauerte Gestalt am Boden hinter ihr zu.

„Steh auf", befahl sie, denn sie musste weit weg vom verletzten Dämon sein, ehe er sich wieder aufraffen konnte, um sie zu verfolgen. Alice wimmerte, als Neveah sie auf die Beine zerrte und sich den Arm des Menschen über ihre Schultern warf. „Wir gehen an einen sicheren Ort, und dann werde ich jemanden kontaktieren, der dir helfen kann."

Sie strahlte so viel engelsgleiche Beruhigung aus, wie sie aufbringen konnte, denn sie wusste, dass Alice an diesem Abend bereits eine nicht unerhebliche Dosis dämonischer Gedankenkontrolle abbekommen hatte. Entweder funktionierte es, oder Alice hatte sich geistig komplett abgeschaltet und arbeitete im reinen Überlebensmodus. Wie dem auch sei, sie ließ sich von Neveah die Straße entlang nach Westen führen, in Richtung der Unterführung, wo sie ihr Auto geparkt hatte.

Als sie den älteren Volkswagen ohne unmittelbare Anzeichen einer dämonischen Verfolgung erreichten, unterdrückte Neveah einen erleichterten Seufzer. Sie verfrachtete Alice auf den Beifahrersitz und schnallte sie an, bevor sie zügig hinters Lenkrad sprang. Der Motor stotterte und hustete, bevor er ansprang, aber dann ging das Geräusch in sein vertrautes Grollen über.

„Wo ist dein Auto?", fragte sie, als sie ein paar Straßen weiter von dem außer Gefecht gesetzten Dämon entfernt waren.

„21st Street", flüsterte Alice.

Neveah achtete auf die Straßenschilder und bog an der Unterführung rechts ab, vorbei an ein paar alten Wohnmobilen. „Der da?", fragte sie, als sie sich einer relativ unauffälligen Mittelklasselimousine näherten. Alice nickte stumm.

Sie hielt an, ließ aber den Motor laufen. „Die Schlüssel", forderte sie knapp.

Alice tastete nach dem Schlüsselbund und Neveah stieg aus, ohne die Blicke einer Gruppe von Menschen zu beachten, die sich um einen *Hibachi*-Grill drängten. Sie verfrachtete Alice' Habseligkeiten in den VW und nahm sich ein paar Minuten Zeit, um die Nummernschilder der Limousine mit einem Multitool aus einer ihrer Taschen abzuschrauben.

Nachdem sie die Nummernschilder und die Zulassungspapiere aus dem Handschuhfach zu Alice' restlichen Sachen gelegt hatte, setzte sie sich wieder hinters Steuer, legte den Gang ein und fuhr zur nächsten Ausfahrt auf den Freeway. Der nächste Punkt auf der Tagesordnung war, ein Motel zu finden, in dem niemand auf die Idee kommen würde, nach ihnen zu suchen, und dann eine Strategie zu entwickeln, um Alice zu retten und gleichzeitig eine verrückte Fae-Königin in Schach zu halten, die irgendwie zaubern konnte, obwohl sie in einem menschlichen Körper gefangen war.

Ein Kinderspiel, dachte sie düster. *Was kann schon schiefgehen?*

KAPITEL EINUNDZWANZIG

NIGELLUS LAG AUF DEM BODEN, umklammerte sein teilweise abgetrenntes Bein und dachte darüber nach, dass es schon sehr lange her war, seit ihn jemand aus den drei Reichen wirklich überrascht hatte.

Neveah – ein Pseudonym, das als nicht ganz so subtiler Scherz gewählt wurde. *Heaven* rückwärts buchstabiert in irdenem Englisch. Er hatte mit demselben Engel geschlafen, dessen Schwert er jahrhundertelang als Trophäe getragen hatte. Kein Wunder, dass sie ihn so seltsam angeschaut hatte, als sie ihn das erste Mal damit gesehen hatte.

Ihre engelsgleiche Identität bedeutete nicht, dass sie jetzt weniger in Gefahr war ... obwohl er annahm, dass, wenn sie noch die Kraft hatte, das Schwert zu rufen, dies die Chancen etwas ausgleichen würde. Das änderte jedoch nichts an der Dynamik der zugrunde liegenden Situation. Alice Ramirez konnte nicht auf der Erde bleiben, während sie die verdrehte Seele von Königin Mab in sich trug.

Er biss die Zähne gegen den Schmerz in seiner Brust und in seinem Bein zusammen und kramte in seiner Hosentasche nach dem Handy, das er auf Edwards Geheiß hin immer bei sich trug. Zum

Glück war es während des kurzen Kampfes nicht beschädigt worden – wenn man eine so erbärmliche Niederlage überhaupt so nennen konnte.

Demütigung war eine Erfahrung, mit der er nicht gut vertraut war. Das war eine weitere Neuheit, in die ihn der Engel eingeführt hatte, nahm er an. Irgendwie war es weniger reizvoll als die Lust.

Er schaltete das Handy ein und bemerkte dabei, wie schmerzhaft langsam die Heilung in seinem Bein voranzuschreiten schien. Dieser Schachzug war für ihn ein taktischer Fehlschlag epischen Ausmaßes gewesen. Er tippte auf Edwards Nummer und sein Diener nahm gleich beim ersten Klingeln ab.

„Sir? Haben Sie sie finden können? Wo sind Sie?"

Nigellus fiel es schwer, zu antworten. „Ja, ich konnte sie finden, und ich habe keine Ahnung, wo ich bin. Bitte benutze die Ortungssoftware auf diesem Handy und komm so schnell wie möglich hierher. Der Engel hat Alice. Und sie hat Shemasiels Klinge." Er zwang sich, hinzuzufügen: „Und ich bin im Moment nicht in der Lage, sie zu verfolgen."

Es folgte eine unangenehm lange Pause. Und dann: *„Neveah hat Ihr Schwert? Habe ich das richtig verstanden, Sir?"*

„Das hast du richtig verstanden", sagte Nigellus bissig. „Und ich würde dein schnelles Eintreffen mehr zu schätzen wissen als jeden Kommentar, den du zu diesem Thema abgeben möchtest."

„Okay", antwortete Edward in dem Tonfall eines Menschen, der Fragen hatte, sie aber nicht zu

stellen wagte. „*Bleiben Sie einen Moment dran und ich gebe Ihnen meine Ankunftszeit durch.*"

Nigellus wartete, während Edward die Ortungs-App aufrief und seinen Standort ermittelte.

„*Sacramento. Verflucht. Ich warte immer noch auf ein Uber, um zurück zum Haus zu kommen, und dann wird es mindestens neunzig Minuten dauern, um zu Ihnen zu gelangen.*" Edward zögerte. „*Vielleicht kann ich Ihnen schneller helfen, Sir. Lassen Sie mich sehen, was ich tun kann.*"

Nigellus hatte eine gute Vorstellung davon, was diese andere Hilfe bedeuten könnte. Zum ersten Mal in seiner endlosen Existenz verstand er wirklich den menschlichen Zwang, seinen Schädel gegen eine harte Oberfläche zu schlagen, wenn er frustriert war.

„Was auch immer am schnellsten geht", sagte er und widerstand der Versuchung, da sie irgendwie unter seiner Würde war. „Den Engel und Ms. Ramirez aufzuspüren, ist von höchster Dringlichkeit."

„*Lassen Sie Ihr Handy eingeschaltet*", sagte Edward. „*Ich komme so schnell ich kann.*"

Damit wurde die Verbindung unterbrochen und Nigellus musste über die Abgründe seiner eigenen Idiotie nachdenken. Er richtete sein verletztes Bein und ignorierte den Schmerz, um sicherzustellen, dass die durchtrennte Masse aus Muskeln, Knochen und Bändern so nah wie möglich zusammenlag. Er war ein selbstgefälliger Narr gewesen, als er ohne Verstärkung losgestürmt war, während er so geschwächt war. Wäre Neveah allein gewesen, hätte die Sache vielleicht ganz anders ausgehen können, aber er hatte sie unterschätzt, wie er es schon zuvor einmal getan hatte.

Ein gutes Beispiel für einen investigativen Reporter, in der Tat.

Er fragte sich unwillkürlich, wie sie es geschafft hatte, Ms. Ramirez in so kurzer Zeit aufzuspüren. Mit etwas Glück würde er irgendwann die Gelegenheit haben, sie zu fragen.

Nigellus war mit knappen Reserven hierhergekommen, um sich selbst und eine weitere Person zurück nach Vallecito zu teleportieren. Als er entdeckte, dass Neveah Alice bereits hatte, hatte er geplant, den Menschen in Gewahrsam zu nehmen, während sie noch benommen war, um sie direkt in die Hölle zu bringen. Nur in der Hölle konnte er sicher sein, dass sie nicht wieder entkommen konnte und keine Gefahr mehr für den zerbrechlichen Frieden zwischen den Spezies darstellte.

Er hatte keine zusätzlichen Kraftreserven für einen Kampf … und jetzt hatte er keine Reserven mehr für *irgendetwas*. Er konnte nicht einmal mehr *laufen*, verdammt.

Das war besonders ärgerlich, da es ihn juckte, die menschlichen Todesopfer zu untersuchen, die er hinter dem beschädigten Maschendrahtzaun ausmachen konnte, wo er versucht hatte, die beiden in die Enge zu treiben. Es waren mehrere Männer und ganz offensichtlich tot. Diese Tatsache und die Verwirrung und emotionale Aufregung von Alice Ramirez machten ihn stutzig.

Ein schwacher Rest von Magie kribbelte auf seiner Haut, aber er konnte nicht mit Sicherheit sagen, ob es das Ergebnis des unerwarteten Angriffs des Engels auf ihn war oder etwas viel Schlimmeres. Alles, was er tun konnte, war, wie ein nutzloser Haufen dazuliegen und sich dem Rinnsal der umgebenden Macht zu öffnen, während sich die Welt um ihn herum drehte.

Wenigstens schien es keine Reaktion der menschlichen Behörden auf das, was geschehen war, zu geben, denn zu diesem Zeitpunkt wäre das Einzige, was ihn noch mehr demütigen könnte, die Notwendigkeit, wertvolle Energie darauf zu verwenden, die Polizei davon zu überzeugen, den Tatort zu verlassen und zu vergessen, dass sie etwas gesehen hatten.

Abgesehen von der direkten physischen Bedrohung – sowohl für Neveah als auch für jeden beliebigen Menschen, der sich Mab in den Weg stellte – erhöhte jedes neue Verbrechen die Wahrscheinlichkeit, dass eine polizeiliche Untersuchung die Aufmerksamkeit der Schattenregierung der Fae auf der Erde auf sich ziehen würde. Nicht einmal ein Schicksalsdämon konnte wirklich in die Zukunft sehen, aber Nigellus konnte sich mit verblüffender Leichtigkeit den Ablauf der Ereignisse vorstellen, sollte es Mab gelingen, andere Fae von ihrer Geschichte zu überzeugen.

Förmliche Aufkündigung des Vertrages.

Ein erneutes Aufflammen der Feindseligkeiten.

Die Belagerung der Hölle.

Eine unvermeidliche Reaktion der Dämonen.

Er konnte nicht zulassen, dass so etwas passiert. Nicht noch einmal. Und doch lag er hier und wartete darauf, dass sein älterer menschlicher Diener ohne übernatürliche Hilfe an seine Seite rannte.

Der Engel hatte inzwischen einen Vorsprung von mindestens einer Stunde.

Nigellus wollte wütend auf sie sein, aber wie konnte man einem Engel etwas verübeln? Weil sie versuchte, eine Unschuldige zu schützen? Es war ja nicht so, dass er nicht begriff, dass Alice Ramirez ein schuldloses Opfer war. Der Unterschied lag in der praktischen Umsetzung. Neveah schien sich mit der geringen Hoffnung zu begnügen, dass eine Lösung gefunden werden könnte, um Mab aus dem Menschen zu vertreiben, bevor die Fae-Königin einen Krieg heraufbeschwor.

Nigellus war *nicht* so hoffnungsvoll.

Schade, dass er hier festsaß wie ein gestrandeter Wal. Daran war nur er selbst schuld. Er war ohne nachzudenken losgerannt, aus einer zugegebenermaßen gut begründeten Angst um die Sicherheit seines Engels. Er hatte keinen Plan, keine Unterstützung, und er hatte dem Rat nicht einmal von ihrer Existenz hier auf der Erde erzählt. Das würde sich noch früh genug rächen, denn jetzt, da Neveah Alice hatte, war es nicht mehr zu vermeiden.

Er hatte Leyak einen Narren genannt, weil er von einer mächtigen Frau verzaubert worden war.

Er blinzelte zu der Autobahn hinauf, die über ihm lag, lauschte dem Rumpeln des Verkehrs und versuchte, mehr Heilenergie auf seinen Oberschenkel zu lenken, damit das verdammte Bein wenigstens nicht so herumschlackerte.

Es verging etwas mehr als eine Stunde, bis zwei Nebelschwaden in der Nähe auf die Erde hinabsanken und sich in der Dunkelheit zu zwei vertrauten Silhouetten verdichteten.

Zorah Bright und Ransley Thorpe traten an ihn heran und bauten sich rechts und links neben ihm auf. Er versuchte, sich unter ihren erschrockenen Blicken nicht zu winden. Ransley brach als Erster das Schweigen. Eine tiefe Furche zog sich über seine blasse Stirn.

„Nigellus, ich hoffe, du weißt, dass ich das nur respektvoll meine, aber ... was zum *Teufel*?"

In Nigellus' Kiefer zuckte ein Muskel.

Zorah hob fragend eine Augenbraue. „Natürlich wusste ich, dass Dämonen schreckliche Verletzungen ertragen können, ohne zu sterben ... aber ich war nicht wirklich auf zwei hautnahe Demonstrationen an einem Tag vorbereitet."

Mit letzter Kraft kläffte Nigellus: „Ich brauche eure Hilfe."

„Nach dem, was Edward uns erzählt hat, ist davon auszugehen, ja", sagte Ransley trocken. „Hat Mab dir das angetan? Und Folgefrage: Wenn sie in einem menschlichen Körper gefangen ist, *wie* hat sie dir das angetan?"

Nigellus zögerte und wog die möglichen Gefahren und Vorteile einer Enthüllung der ganzen Wahrheit ab. Es war klar, dass Edward die beiden gerufen hatte, um ihm zu Hilfe zu kommen, denn sie konnten als nebulöse Gestalt viel schneller hierherfliegen, als Edward fahren konnte. Ebenso klar war, dass er ihnen keine Einzelheiten über Neveah verraten hatte.

Doch Nigellus brauchte Verbündete und es war wahrscheinlich, dass Neveahs Geheimnis nicht mehr lange ein Geheimnis bleiben würde, egal wie.

„Es war nicht Mab, die mich überwältigt hat", sagte er monoton. „Das war Neveah Lane. Sie ist mit Alice Ramirez geflohen, vermutlich in der Absicht, unterzutauchen."

Sie starrten ihn beide an.

„Whoa. Moment mal", sagte Zorah. „Eine winzig kleine menschliche Enthüllungsreporterin hat dir das Bein abgehackt? Alter, nichts für ungut, aber die Frau sieht aus, als würde sie den ganzen Tag von singenden Teekannen und zwitschernden Vögeln träumen, die ihr Blumen ins Haar flechten."

Ransley hob eine Hand, um sie zu beruhigen, bevor er sich an Nigellus wandte. „Du hast einmal gesagt, sie sei ein Mensch mit natürlicher Magie. Ist das so, oder gibt es etwas, das du uns verschweigst?"

So viele Dinge, dachte Nigellus mit einem gewissen Bedauern. *Es gibt so viele Dinge, die ich dir nicht erzählt habe*. Aber zumindest in diesem Fall war es an der Zeit, die Wahrheit zu offenbaren. „Bis vor Kurzem habe ich tatsächlich geglaubt, dass sie ein Mensch ist. Ich habe mich jedoch geirrt. Neveah Lane ist der Engel Shemasiel, das einzige Mitglied der himmlischen Heerscharen, das noch auf der Erde weilt."

Ransley runzelte die Stirn. „Das ist unmöglich."

„Ich versichere dir, das ist es nicht", antwortete Nigellus knapp.

Zorah sah verwirrt zwischen den beiden hin und her. „Ich dachte, es gäbe kein Tor zwischen dem Himmel und den anderen Reichen, so wie es sie zwischen der Hölle und der Erde oder der Erde und Dhuinne gibt."

„Das gibt es auch nicht", antwortete Nigellus. „Nicht mehr. Die Engel schlossen die Himmelspforte, als der letzte Krieg begann."

„Und sie ist was? Ausgesperrt?", fragte Ransley. „Das scheint mir ein nicht zu kleines Malheur zu sein."

„Das ist ihre Geschichte, ja", sagte Nigellus. „Ich habe keinen Grund, ihr nicht zu glauben. Da ich bedauerlicherweise geschwächt war, als ich hier ankam, konnte sie meine Klinge herbeirufen und mich damit außer Gefecht setzen, sodass sie mit dem besessenen Menschen entkommen konnte."

Einen Moment lang herrschte Schweigen.

„Heilige Scheiße", hauchte Zorah mit großen Augen. „Okay, man kann ihr viel vorwerfen, aber das war ziemlich krass."

Wie üblich war Ransley mehr an der weiteren Geschichte interessiert. „Vielleicht solltest du uns sagen, warum ein Engel versucht, dich daran zu hindern, Mab zu fangen und in die Hölle zurückzubringen."

Nigellus seufzte. „Sie versucht den Menschen, Alice Ramirez, zu retten. Sie war von Anfang an gegen die Idee, Ms. Ramirez in der Hölle gefangen zu halten, aber jetzt hat sie festgestellt, dass der Rat eher die Hinrichtung des Fae-besessenen Menschen anordnen würde, als zu riskieren, dass Mab jemals wieder entkommt."

„Und ihre Annahme ist richtig?", fragte Zorah.

„Ja", gab Nigellus zu.

„Dann bin ich wohl auf ihrer Seite", gestand Zorah. „Sollte das Ziel nicht sein, Mab aus Alice' Körper zu exorzieren? Das würde jede Bedrohung, die sie darstellt, neutralisieren, oder nicht?"

„Und wie willst du das bewerkstelligen?", fragte Nigellus müde.

„Keine Ahnung", antwortete Zorah ohne zu zögern. „Nicht meine Abteilung."

„Ich denke, zumindest in einem Punkt sind wir uns alle einig", sagte Ransley. „Wenn Mab-Slash-Alice auf der Erde herumläuft, ist das ein Rezept für eine Katastrophe. Kann ich davon ausgehen, dass sie irgendwie für die Ansammlung von Leichen dort drüben verantwortlich ist? Oder war das der Engel?"

„Nein, das war mit ziemlicher Sicherheit Mab", sagte Nigellus. „Zusätzlich zu dem Mord an Ms. Ramirez' Vermieterin."

„Richtig", murmelte Ransley. „Ich möchte etwas überprüfen. Bin gleich wieder da."

Er löste sich in Nebel auf und tauchte innerhalb der Grenze des Bauzauns wieder auf, wo er von Körper zu Körper ging und sich hinunterbeugte, um jeden einzelnen zu überprüfen. Wenige Augenblicke später erschien er wieder an Nigellus' Seite. „Die Leichen haben keine offensichtlichen Verletzungen. Ihre Position deutet darauf hin, dass sie durch irgendeine Art von ritueller Explosion nach hinten geschleudert wurden. Zeigt dein Fae-Radar irgendetwas an, Liebes?"

„Hier ist etwas", sagte Zorah. „Aber es fühlt sich komisch an."

Zorahs Hybridnatur gab ihr eine erhöhte Sensibilität für Fae-Magie und deren Rückstände. Das reichte aus, um Nigellus' eigenen Verdacht bezüglich der Todesursache der Menschen zu bestätigen.

„*Komisch* … weil die Fae-Magie irgendwie durch einen menschlichen Körper gefiltert wird?", fragte Ransley.

Zorah warf ihm einen ungeduldigen Blick zu. „Woher soll ich das bitte wissen? Es ist Magie, aber es ist seltsam. Das ist alles, was ich sagen kann, tut mir leid."

„Wir müssen sie finden, aber sie hat bereits einen beträchtlichen Vorsprung", sagte Nigellus und lenkte das Gespräch wieder auf das Wichtigste.

„Wenn Neveah ein Engel ist, wird sie dann Mab im Zaum halten können?", fragte Zorah. „Immerhin hat sie *dich* ziemlich leicht ausgeschaltet, so wie es aussieht. Nichts für ungut."

„Schon gut." Nigellus biss sich auf die Lippe. „Und um deine Frage zu beantworten, der Engel ist stark geschwächt, nachdem er so lange keinen Zugang zum Himmelreich hatte. Ihr wurde durch eine Sprengfalle, die in Ms. Ramirez' Wohnung zurückgelassen wurde, das Herz durchbohrt. Und sie hat sich nicht so heilen können, wie man es von einem Unsterblichen erwarten würde."

Zorah betrachtete Nigellus' Bein genauer. „Ja, da scheint sie nicht die Einzige zu sein."

„Es heilt", murrte er mit zusammengebissenen Zähnen.

„Vielleicht sollten wir die aktuelle Situation noch mal durchgehen und einen Kompromiss finden", sagte Ransley. „Erstens: Hast du eine Möglichkeit, Neveah oder Mab direkt aufzuspüren?"

„Nicht mehr", gestand Nigellus ihnen.

„Wundervoll", sagte der Vampir leicht sarkastisch. „Kannst du teleportieren?"

„Es wäre nicht ratsam, dies zum jetzigen Zeitpunkt zu versuchen, nein."

„Sehr gut", antwortete Ransley mit geschürzten Lippen. „In diesem Fall schlage ich vor, Zorah hinter deinem Flüchtling herzuschicken, da sie die besten Chancen hat, der Spur der latenten Fae-Magie zu folgen." Er warf Zorah einen strengen Blick zu. „Nur zur Erkundung, wohlgemerkt. Du kannst das Handy mit Nigellus tauschen, da seins mit einer Ortungssoftware ausgestattet ist."

„Keine Gegenargumente", erwiderte Zorah trocken. „Aber es gibt eine Bedingung, Nigellus. Ich brauche dein Wort, dass du nicht zulässt, dass die Dämonen Alice exekutieren, bevor du nicht alle Möglichkeiten ausgeschöpft hast, um Mab aus dem Kopf des armen Mädchens zu bekommen."

Nigellus überlegte und wog seine Möglichkeiten ab. „Wenn ihr zustimmt, dass sie in die Hölle gebracht wird, werde ich meinen Einfluss geltend machen, um ihre Hinrichtung zu verhindern, bis alle anderen Möglichkeiten ausgeschöpft sind. Und wenn Mabs Seele erfolgreich exorziert werden kann, werde ich ihr die Wahl lassen, ob sie sich dem Dorf der Zehnten anschließen oder ein Seelenband akzeptieren will, damit sie die Hölle verlassen und zur Erde zurückkehren kann."

„Ein Seelenband mit dir, um genau zu sein?", drängte Zorah.

„Ja", stimmte er zu.

Sie schien einen Moment darüber nachzudenken und nickte. „Okay. Deal."

Nigellus zückte sein Handy und hielt es ihr hin. Zorah nahm es und gab ihm im Gegenzug ihres.

„Der Engel fährt einen weißen Volkswagen Rabbit aus den Achtzigern, der nach Bratfett stinkt", sagte Nigellus. Er hätte nie gedacht, dass er das im Laufe der Ewigkeit jemals sagen würde. „Alice Ramirez besitzt Berichten zufolge eine silberne Ford-Focus-Limousine, ein neueres Modell. Ich würde annehmen, dass sie Neveahs Auto genommen haben, da das andere auf den Eigentümer zurückgeführt werden kann."

Zorah seufzte. „Ähm, Baby-Vamp hier. Ich habe keine Ahnung, wie ein Volkswagen Rabbit aus den Achtzigern aussieht, besonders nicht von oben."

Ransley zog sein Handy aus der Tasche und begann zu tippen. Einen Moment später drehte er den Bildschirm in Richtung Zorah.

Sie nickte. „Oh, richtig! Die habe ich wohl schon mal gesehen."

„Halte die Nase offen, wenn du den Geruch von Popcorn oder Pommes aus dem Auspuff wahrnimmst", riet Ransley, „denn der Wagen ist mit Pflanzenöl umgerüstet. Die sind sogar in Kalifornien ziemlich selten."

„Du weißt schon, dass ich als Nebelschwade herumfliegen werde, oder?", meinte Zorah trocken. „Aber ich werde mein Bestes tun. Ihr zwei werdet doch nicht versuchen, einander umzubringen, wenn ich euch allein lasse, oder?"

„Er ist unsterblich und ich bin eine seltene Quelle von Vampirblut, die er dringend braucht, um sein Reich zu schützen", erklärte Ransley. „Geh schon, Liebes. Nigellus und ich bleiben hier und unterhalten uns ein wenig, während wir darauf warten, dass Edward mit dem Wagen auftaucht."

Er lächelte, zeigte seine Zähne, und Nigellus schluckte einen weiteren Seufzer herunter.

KAPITEL
ZWEIUNDZWANZIG

NIGELLUS GING DAVON AUS, dass er noch etwas Zeit hatte, bevor Edward hier auftauchte. „Ich nehme nicht an, dass du noch eine Blutspende tätigen willst, während wir warten", brummte er, nachdem sich Zorah in Nebel aufgelöst hatte und davongewirbelt war.

Ransley hockte sich neben ihn, die Ellbogen locker auf die Knie gestützt. „Nein", antwortete er prompt. „Wenn man bedenkt, wie viel ich heute schon für einen Dämon geblutet habe, würde ich gerne ablehnen."

„Du hast mir offensichtlich etwas zu sagen", sagte Nigellus. „Dann kannst du es auch gleich tun."

„Weißt du", erwiderte Ransley nach einer kurzen Pause, „ich finde es faszinierend, in welchem Ausmaß du bereit bist, für die Menschen zu kämpfen, obwohl du sie die meiste Zeit über nur als Bauern auf einem Schachbrett zu betrachten scheinst."

„Seltsam in der Tat", gestand Nigellus monoton. „Du bist heute die zweite Person, die mir das innerhalb einer Stunde vorwirft."

„Hmm. Stell dir das mal vor." Ransley legte den Kopf schief. „Der Rat hatte also wirklich keine

Ahnung, dass sie die Fae-Königin all die Jahre gefangen gehalten haben?"

„Ich denke, die Reaktion des Rates auf Leyaks Enthüllung spricht für sich selbst", sagte Nigellus.

Der Vampir schien seine Worte einen Moment lang abzuwägen. „Ja, ich nehme an, das tut es." Schweigen legte sich über sie. „Wenn es einen neuen Krieg geben sollte, dann erwarte nicht, dass ich wieder deinen Fußsoldaten spiele, Nigellus. Ich werde nicht für dich kämpfen. Ich werde nicht zulassen, dass Zorah für dich kämpft. Und ich glaube, ich kann mit Sicherheit sagen, dass Guthrie Leonides dir sagen wird, dass du dich zum Teufel scheren sollst, wenn du versuchst, ihn zu zwingen, deine Drecksarbeit zu erledigen."

Schmerzen, die nichts mit seiner Brustwunde zu tun hatten, durchzuckten Nigellus' Herz. Ransley und Zorah hatten durch ihre Blutspende bereits zur künftigen Kampfstrategie der Dämonen beigetragen. Sollten die Fae erneut den Krieg erklären, war er nicht so dumm zu glauben, dass er die drei verbliebenen Vampire davor beschützen konnte, was dann kommen würde.

„Hoffen wir, dass es nicht so weit kommt", sagte er nur.

Ransley nickte. „Nun, das ist sicherlich eine der lehrbuchmäßigsten Dämonen-Antworten, die ich je gehört habe. Sei Zeuge meiner Überraschung."

Nigellus ging nicht auf die Anspielung ein.

„Weißt du", fuhr der Vampir fort, „ich kann sogar die Dinge hören, die du nicht laut sagen willst." Er ließ sich im Schneidersitz auf dem Boden nieder. „Wenn die Dämonen beschließen, dass sie uns brauchen, können sie einfach die Kontrolle über unseren Willen übernehmen und uns zwingen, andere zu Vampiren für eine neue Armee zu verwandeln, ob wir das wollen oder nicht."

Es war eine schmerzhaft genaue Einschätzung und Nigellus schnitt eine Grimasse.

„Du glaubst, wenn du die menschlichen Zehnten, die du in der Hölle gehortet hast, in Vampire verwandelst, kannst du eine neue untote Kampftruppe aufstellen, die gegen die Fae-Waffe resistent ist, die mein Volk beim letzten Mal getötet hat", fuhr Ransley unerbittlich fort. „Ihr zieht sie mit gestrecktem Vampirblut auf, um sie stärker zu machen und ihre Lebensspanne zu verlängern, und hofft dann, dass sie durch ihren früheren Kontakt mit Dhuinne nicht sofort zu Kanonenfutter werden, richtig? Doch jetzt habe ich Neuigkeiten für dich, Nigellus. Nur weil die Fae sie als Säuglinge von der Erde entführt haben und sie für ein paar Monate in Dhuinne behalten haben, bedeutet das nicht, dass sie irgendwie gegen Fae-Magie immun sind."

Dies war offenbar der Grund für Ransleys derzeitigen Groll gegen ihn, und nicht, wie er ursprünglich gedacht hatte, die Verbitterung darüber, dass er ihn gerettet und dann seine Erinnerungen gelöscht hatte.

Interessant.

„Du bist nicht nur die zweite Person, die mich beschuldigt, fühlende Wesen wie Schachfiguren zu behandeln, sondern auch die zweite Person, die mich heute überrascht, Ransley", sagte er. „Aber ich frage dich Folgendes. Würdest du es wirklich vorziehen, dass sich die Hölle zurückzieht und den Fae erlaubt, über drei Reiche hinweg zu herrschen?"

Der Ausdruck des Vampirs verschloss sich. „Zwei Reiche, meinst du sicherlich. Wir wissen beide, dass die Fae nicht in die Hölle eindringen werden. Nicht, wenn sie dadurch zu Gefangenen der Hölle werden würden, was mich genau zu meinem Punkt bringt. Wenn dieses Weltuntergangsszenario eintritt und der Rat dafür stimmt, die Schöpfung weiterer Vampire zu erzwingen … gib mir dein Wort, dass du Zorah in der Hölle beschützen wirst, solange für sie außerhalb Gefahr besteht."

Nigellus sah seinem ehemaligen Schützling in seine strahlend blauen Augen und hielt seinen Blick gefangen. „*Ransley*. Sollte das Schlimmste eintreten, werde ich das für euch beide tun. Steht das wirklich zur Frage?"

Ransley kniff sich in den Nasenrücken und stieß ein schmerzerfülltes Lachen aus. „Ja, Nigellus. Ich war mir wirklich nicht sicher." Er sah auf und schüttelte reumütig den Kopf. „Ich habe das Gefühl, dass ich auch für Guthrie verhandeln sollte, wenn du schon so zuvorkommend bist, aber wir wissen beide, dass er dir ins Gesicht spucken würde, wenn du ihm vorschlägst, sich in der Hölle zu verstecken."

„Da bin ich mir sicher", stimmte Nigellus zu.

Ransley wandte sich ab und sprach leise vor sich hin. „Gott, ich hasse das alles so sehr." Und dann, in einem normaleren Ton: „Gut. Lass uns dich so weit zusammenflicken, dass du wenigstens stehen kannst, wenn Edward kommt."

„Ich dachte, du hättest heute schon genug für die Dämonen geblutet", bemerkte Nigellus, als sich Ransley über ihn beugte und eine Ader öffnete.

„Ich habe gelogen." Blut tropfte aus der klaffenden Wunde und brachte einen frischen Schwall an Heilkraft. „Aber versuch bitte, in der nächsten Zeit nichts zu tun, was mich das bereuen lässt."

Wenn das Leben nur so einfach wäre, dachte er.

„Danke", murmelte Nigellus, anstatt Versprechungen zu machen, die er vielleicht nicht halten konnte.

„Ich muss mich bald ernähren, wenn ich für das, was als Nächstes kommt, überhaupt von Nutzen sein soll", warnte Ransley ihn. „Und du musst anfangen, andere potenzielle Verbündete ausfindig zu machen, falls Zorah nicht in der Lage ist, Mab zu finden. Ehrlich gesagt bezweifle ich, dass wir diesen Schlamassel mit einer sauberen Weste abschließen können. Hast du an die Katzensidhe gedacht?"

„Sie ist bereits über die Situation informiert, wenn auch nicht über die Identität der entflohenen Gefangenen." Nigellus ließ vorsichtig sein Bein los. Es begann sich zusammenzuflicken, was ein gewisser Fortschritt war.

„Gut", meinte Ransley. „Was ist mit Albigard? Er mag ein Unseelie sein, aber er war noch nie ein Fan von Dhuinnes Kriegstreiberei. Dazu kommt noch, dass Mab das Leben seines Bruders und seiner Schwester geopfert hat, um die Fae-Waffe zu erschaffen. Es ist wahrscheinlicher, dass er selbst versucht, ihr ein Schwert in den Leib zu rammen, als dass er deswegen zum Fae-Court rennt."

Das war zugegebenermaßen ein Aspekt, den Nigellus nicht in Betracht gezogen hatte. „Ich hatte gehofft, dass nicht mehr Menschen als unbedingt nötig von diesem Vorfall erfahren würden, aber du hast recht. Vielleicht wird ein Zeitpunkt kommen, an dem es uns nicht gelingt, Neveah und die geflohene Gefangene umgehend aufzuspüren."

„Ja, *Neveah*", sagte Ransley und nahm seinen Platz neben Nigellus wieder ein. „Vielleicht möchtest du mir die Geschichte erzählen, während wir warten, denn du hattest es furchtbar eilig, zur Erde zurückzukehren, als du angenommen hast, sie könnte in Gefahr sein. Ohne jeglichen Plan." Er runzelte die Stirn. „Ich meine, ein Engel, Nigellus, *wirklich*? Muss ich derjenige sein, der dich darauf hinweisen muss, was für ein schreckliches Klischee das ist?"

Nigellus lehnte sich zurück und schloss die Augen. „Würdest du mir bitte erlauben, das klägliche Minimum an Würde zu bewahren, das mir noch geblieben ist, Ransley?"

„Ich werde die Geschichte schon noch aus dir herausbekommen", sagte der Vampir. „Aber behalte deine Geheimnisse, wenn du willst ..." Er schnaubte reumütig. „Ich nehme an, dass ich angesichts der Umstände meiner ersten Begegnung mit Zorah auch kein festes Standbein für mein Argument habe."

Nach allem, was passiert war, war das ein wenig verheißungsvolles Friedensangebot, aber Nigellus hob den Kopf und warf ihm einen genervten Blick zu. „*Kein festes Standbein*? War das *wirklich* nötig, Ransley?"

Ransley zog reuelos eine Augenbraue hoch. „Du bist derjenige, der sich Sorgen um seine Würde macht. Aber hey, Edward sollte bald hier sein. Ich habe gesehen, wie dieser Mann fährt."

„Und trotzdem hat er mir bei einer Verfolgungsjagd noch nie einen Kratzer in den zweihunderttausend Dollar teuren Aston Martin gemacht", murmelte Nigellus und lehnte sich wieder zurück.

Ransley hielt wohlweislich die Klappe. Sie warteten schweigend auf Edwards Ankunft und Nigellus war überrascht, dass es keine unangenehme Stille war.

KAPITEL DREIUNDZWANZIG

„WARTE, ICH MUSS NACH NORDEN!", rief Alice und deutete auf die Straßenschilder, als sie eine Kreuzung überquerten.

Neveah hatte von Sacramento aus den Highway 84 nach Süden in Richtung Rio Vista genommen. Sie machte sich keine Illusionen darüber, welche Mittel Nigellus und der Dämonenrat einsetzen würden, um ihren Aufenthaltsort herauszufinden. Nicht jetzt, da sie die Identität von Alice und der Fae, die sich ihren Körper zunutze machte, kannten, und wussten, dass Neveah versuchte sie zu schützen.

„Keine Sorge", sagte sie zu ihrer Beifahrerin. „Dahin werden wir letztendlich auch gehen. Wir machen nur erst einen kleinen Umweg, um sicherzugehen, dass uns niemand folgt."

Neveah hatte ihr Handy noch immer bei sich, und der Trick, den sie angewandt hatte, um Alice zu finden, hatte sie auf eine Idee gebracht. Es schien plausibel, dass Nigellus die gleichen Maßnahmen ergreifen würde wie sie und die Theorie aufstellen würde, dass Mab auf dem Weg zum nächsten Fae-Stützpunkt war, den sie kannte, was jetzt Seattle war. Angesichts dessen würde sie darauf wetten, dass Nigellus annehmen würde, dass

Neveah versuchte, Mab davon abzuhalten, dorthin zu gelangen.

Also würde Neveah zunächst ein Stück nach Süden fahren. Dann würde sie ihr Handy in einem Supermarkt so verstecken, dass es die Angestellten nicht gleich finden würden. Und schließlich würde sie einen Bogen fahren, um doch noch nach Norden zu gelangen. Wenn sie ihr Handy orteten, würden sie genau das finden, was sie wollte – einen direkten Weg nach Süden.

Die Sache war die, dass Mab so ziemlich überall im Land Fae finden konnte, wenn sie wüsste, wo sie suchen müsste. Es bestand kein zusätzliches Risiko, in die Richtung zu fahren, in die sie gehen wollte, und es könnte helfen, sie ruhig zu halten.

Das war im Moment ihr größtes Problem. Neveah hatte eine Theorie zu Mabs Abwesenheit seit dem Vorfall auf der Baustelle, aber es gab derzeit keine Möglichkeit, sie zu überprüfen. Jedenfalls keinen *direkten* Weg.

„Was ist im Norden?", fragte sie beiläufig. „Wo willst du hin?"

Sie warf einen Seitenblick auf den Menschen. Alice öffnete den Mund, als wolle sie antworten, schloss ihn wieder und runzelte die Stirn.

„Ich … äh … es ist nur …" Wieder entstand eine Pause. „Es gibt ein paar Leute, die ich sehen muss. In … diesem Ort mit der großen Bucht. Verstehst du?"

„Seattle?", fragte Neveah.

Alice' Miene hellte sich auf. „Ja, genau."

„Dann werden wir dorthin fahren", antwortete sie ruhig. „Es ist allerdings ein weiter Weg. Das weißt du schon, oder? Wir sollten irgendwo auf dem Weg anhalten und uns über Nacht ausruhen."

Alice zögerte, bevor sie langsam nickte. „Okay. Ich *bin* wirklich müde."

„Großartig", sagte Neveah. „Ich muss einen Zwischenstopp in Rio Vista einlegen, dann kehren wir um und fahren die Küste hinauf, bis wir einen guten Platz für die Nacht finden. Hast du Hunger?"

„Ich bin am Verhungern", sagte Alice.

Neveah zweifelte nicht daran, nachdem ihr menschlicher Körper als Leiter für Fae-Magie gedient hatte, um fünf Menschen in einem Wimpernschlag zu töten. Und das war ein weiteres Problem. Einige Menschen besaßen einen Hauch natürliche Magie – das Erbe einer Kreuzung mit den Fae in der fernen Vergangenheit, aber sie waren in keiner Weise dazu geschaffen, die Art von Macht zu kanalisieren, die Mab irgendwie mithilfe von Alice verströmte.

Neveah wusste nicht, welche Auswirkungen das haben würde und wie schnell sie sich wieder zeigen würde. Sie würde jedoch darauf wetten, dass es der magische Aufwand war, der Mabs Einfluss geschwächt hatte und es Alice ermöglichte, ihr Bewusstsein wiederzuerlangen. Neveah rechnete damit, dass Mab zumindest für ein paar Stunden außer Gefecht sein würde.

Sie war nicht darauf vorbereitet gewesen, dass die Fae noch über brauchbare Magie verfügte. Sie musste sich wappnen, und zwar schnell – aber das wäre alles überflüssig, falls sie Nigellus einholte. Also ging es zuerst in den Supermarkt, dann ins

Motelzimmer, und dann würde sie sich um den Rest kümmern, wenn diese Dinge erledigt waren.

In Rio Vista fuhr sie auf dem Highway 12 nach Westen und hielt an einer Raststätte. Sosehr es sie auch ärgerte, sie betankte den Rabbit mit Diesel, denn dies war definitiv nicht der richtige Zeitpunkt, um beim *McDonalds* am Ende der Straße nach gebrauchtem Speiseöl zu fragen. Im Inneren des Ladens sperrte sie den Bildschirm ihres Handys und schob es unter eine Reihe von Metallregalen, in denen Autozubehör ausgestellt wurde, ohne dass jemand sie beobachtete.

Sie ersetzte es durch ein dreißig Dollar teures Prepaidhandy, das sie in der Nähe der Kasse gefunden hatte, da sie noch die schwierige Kontaktaufnahme mit der Katzensidhe in Angriff nehmen musste. Dieser Prozess begann mit einem Anruf bei einem Menschen aus einer der alten Familien im irischen County Meath, die den Fae noch offiziell dienten. Als sie mit dem neuen Handy, einer Auswahl an Snacks und einer Schachtel *Sominex* zurückkam, fand sie Alice halb schlafend auf dem Beifahrersitz.

„Essen", sagte sie und reichte Alice eine Tüte mit Studentenfutter und eine Flasche Cranberrysaft. „Oh, und nimm zwei von denen hier. Du siehst aus, als hättest du höllische Kopfschmerzen."

Sie reichte ihr ein paar Schlaftabletten und Alice schluckte sie ohne zu hinterfragen.

„Braves Mädchen", sagte Neveah zu ihr. „Wir werden jetzt umdrehen und an der Küste entlang nach Norden fahren. Wenn wir ein bisschen mehr Abstand zwischen uns und Sacramento gebracht haben, werde ich uns einen Schlafplatz für die Nacht suchen."

„'kay", murmelte Alice leise. „Ich muss auch noch meine Eltern anrufen."

„Morgen früh", erwiderte Neveah entschlossen und wusste, dass sie sich bis dahin eine bessere Ausrede einfallen lassen musste, warum das keine gute Idee war. „Aber jetzt iss erst einmal. Und wenn du dösen möchtest, nur zu. Du musst völlig erschöpft sein."

Alice zitterte, konzentrierte sich aber auf das Studentenfutter, anstatt zu antworten. Eine halbe Stunde später war sie fest eingeschlafen, schnarchte leicht und sabberte gegen Neveahs Beifahrerfenster.

Neveah fuhr in Richtung Westen nach Petaluma und fand ein fragwürdig aussehendes Motel, das Bargeld akzeptierte. Das Motel war praktisch menschenleer, was ihr sehr recht war. Sie trieb die müde Alice in das Zimmer im Erdgeschoss, wo sie sich mit dem Gesicht nach vorne auf das nächstgelegene der beiden Betten fallen ließ und wieder zu schnarchen begann.

Neveah brachte Alice' Habseligkeiten herein und nutzte die Gelegenheit, um ihr Gepäck gründlich zu durchsuchen. Sie fand alles, was man von einem Menschen auf der Flucht erwarten würde – schlichte Kleidung, Toilettenartikel und Bargeld. Keine Spur von einem blutigen, in Salz verpackten Herz, was in gewisser Hinsicht beruhigend und in anderer Hinsicht fragwürdig war. Entweder hatte Alice Leyaks Herz weggeworfen oder sie hatte sich die Mühe gemacht, es irgendwo zu verstecken, als sie aus ihrer Wohnung geflohen war. Solange es sich noch im Salz befand, nützte Leyak keine der beiden Möglichkeiten, aber Neveah hoffte aus Prinzip auf die erstere der beiden Optionen.

Die Fahrt hierher hatte ihr Zeit gegeben, über die schreckliche Narbe auf Nigellus' Brust und seinen geschwächten Zustand nachzudenken. Sie wusste, dass sie nicht in der Lage hätte sein dürfen, so leicht die Oberhand über ihn zu gewinnen. Es gab nur einen Grund, der ihr einfiel, warum seine Brust aufgeschnitten worden war, kurz bevor er die Identität der entflohenen Gefangenen der Hölle entdeckt hatte.

Leyak fehlte sein Herz, was ihn davon abgehalten hatte, zu berichten, was er über Mabs Flucht wusste. Anscheinend hatte Nigellus ihm so lange sein Herz geliehen, um die benötigten Informationen zu bekommen. Es war gut möglich, dass Neveah unterschätzt hatte, wie weit der Dämon gehen würde, um die Ziele des Rates zu verfolgen.

Sie packte Alice' Habseligkeiten wieder so ein, wie sie sie vorgefunden hatte, und war sich sicher, dass keine versteckten Waffen oder andere gefährliche Dinge dabei waren. Dann setzte sie den ersten Anruf ab, der sie schließlich mit der Katzensidhe in Verbindung bringen würde, und machte es sich gemütlich, um zu warten ... und um nachzudenken. Sie hatte die groben Umrisse eines Plans, um Mab in Schach zu halten, auch wenn sie zunächst ein paar Vorräte brauchte. Das Problem war das Risiko, das damit verbunden war, Alice für längere Zeit allein zu lassen – daher das aktuelle Experiment mit den Schlaftabletten.

Es schien zu funktionieren, aber da Mab nach der Explosion der Magie bereits aus Alice' Bewusstsein verschwunden war, wollte sie noch ein paar Stunden warten, um sicherzugehen. Wenn Mab mit Medikamenten unschädlich gemacht werden konnte, die auf ihren gestohlenen menschlichen Körper wirkten, konnte Neveah damit arbeiten, bis sie in der Lage war, sich persönlich mit der Katzensidhe zu treffen. Das war zwar nicht gut für Alice' Gesundheit, aber es war bei Weitem besser als die Alternative.

Die Minuten verstrichen und wurden zu Stunden, während Neveah stumm Wache hielt. Shemasiel war eine Wächterin gewesen. Das kam ihr jetzt zugute.

Die roten Ziffern auf dem billigen Digitalwecker neben dem Bett zeigten drei Uhr zwanzig an, als Alice begann, zu wimmern und zu zucken, offenbar inmitten eines Albtraums. Neveah schwang ihre Beine über die Seite des zweiten Bettes und schaltete eine der Lampen ein. Sie brauchte das Licht zwar nicht, um etwas zu sehen, aber sie vermutete, dass es Alice nicht gefallen würde, in einem ihr unbekannten Zimmer in völliger Dunkelheit aufzuwachen.

Der Mensch wimmerte und murmelte Dinge wie *„Nein, hör auf"* und *„Bitte, das kannst du nicht tun"*. Abrupt zuckte sie zusammen und wurde mit einem Schrei aus dem Schlaf gerissen. Neveah nahm zur Kenntnis, dass dies ungefähr der Zeitpunkt war, an dem die Schlaftabletten normalerweise an Wirkung verloren.

„Alice", sagte sie beruhigend. „Beruhige dich. Du bist in Sicherheit. Du hattest nur einen Albtraum." Sie ließ sich auf der Kante des Bettes des Menschen nieder und legte ihr eine Hand auf die Schulter. Sie zitterte, und ihr Atem kam in großen, rasselnden Schüben heraus.

„Es war kein Albtraum", hauchte Alice. „Oh mein Gott, ich … ich erinnere mich! Mrs. Fitzwilliams, sie ist …" Die Worte wurden von einem erstickten Schluchzen unterbrochen und der Mensch brach in Tränen aus.

Neveah war bereit zu wetten, dass Mrs. Fitzwilliams Alice' Vermieterin gewesen war.

„Ich wollte das nicht tun!", schluchzte Alice. „Das war nicht ich … Ich kann das nicht getan haben! *Wie hätte ich so etwas Schreckliches tun sollen?"*

Neveahs Instinkte wurden wach. Beschützen. Versorgen. Rache üben, wenn nötig. Sie legte Alice die Hände auf die Schultern und drückte zu, bis Alice ihre weinenden, blutunterlaufenen Augen zu ihr hob.

„Hör mir zu, Alice", sagte sie ernst. „Diese schrecklichen Dinge waren *nicht* deine Schuld. Etwas anderes kontrolliert dich, etwas Altes, Wütendes und Bitteres. Ich werde einen Weg finden, um es aus dir herauszuholen. Und bis dahin *werde* ich dich beschützen … das schwöre ich dir."

Alice hatte mit großen Augen zugehört und trotz ihres heftigen Schluchzens nicht weggesehen. Doch plötzlich änderte sich ihr Verhalten. Ihre Schultern strafften sich unter Neveahs Griff und ihre Miene wurde kalt. Neveah starrte in Augen, die mit einem Funken glühenden Grüns leuchteten, wie der Wald an einem sonnigen Frühlingstag. Ein langsames, verzerrtes Lächeln umspielte Alice' blasse Lippen.

„Wie süß", sagte das Ding, das Alice' Körper bewohnte. „Und sag mir, kleines Geschöpf, wer wird *dich vor mir* beschützen?"

Neveah ließ die Schultern des Menschen los und erhob sich langsam von ihrer Bettkante. Zorn flammte in ihrer Brust auf, als sie das Wesen betrachtete, das einem Fremden das Leben stehlen würde, nur weil es aus bitterem Egoismus um jeden Preis überleben wollte.

Die Dämonen trugen die moralische Schuld für ihre Bereitschaft, einen unschuldigen Menschen zu bestrafen. Aber *hier* lag die wahre Schuld, bei dieser kalten, herzlosen Fae, die ohne Gewissen mordete und quälte. Neveah trat einen Schritt zurück, dann noch einen und noch einen, um Abstand zwischen sie zu bringen. Ohne ihren Blick von der Königin der Seelie abzuwenden, griff sie nach innen und wägte ab, wie viel Kraft sie noch hatte. Ihr Flammenschwert schwebte in der Taschendimension, wo sie es versteckt hatte, und ihre Flügel flatterten, verborgen und in Sicherheit.

Neveah verengte ihre Augen zu Schlitzen. „Oh, du willst also ein weiteres Opfer, ja? Du brauchst einen Vorwand, um noch mehr Magie zu verbreiten, nicht wahr?"

Sie hob ihre rechte Hand, die Finger bereit, sich um den vertrauten Griff ihres Schwertes zu schließen, um sich auf die Umsetzung des nächsten Teils ihres Plans vorzubereiten.

„Dann mach schon", stichelte sie Mab an. „Zeigs mir, Bitch."

Ende des Buch Eins

Willst du erfahren, wie es weitergeht? Hol dir *Der sechste Dämon: Buch Zwei!*

Weitere Bücher dieses Autors finden Sie unter www.rasteffan.com